KB157004

유곽안내서

옮긴이 박정임

경희대학교 철학과를 졸업했다. 일본 지바 대학에서 일본 근대문학 석사 과정을 마치고 출판 기획과 번역을 하고 있다. 옮긴 책으로 『방랑의 미식가』, 마스다 미리의 '수짱 시리즈'를 비롯하여 다니구치 지로의 『고독한 미식가』, 『산책』, 요코야마 히데오의 『클라이머즈 하이』, 기타모리 고의 『꽃 아래 봄에 죽기를』, 온다 리쿠의 『로미오와 로미오는 영원히』, 가노 도모코의 『일곱 가지 이야기』 등이 있다.

YOSHIWARA TEBIKIGUSA

by MATSUI Kesako

Copyright © 2009 by MATSUI Kesako

All rights reserved.

Originally published in Japan by GENTOSHA, Tokyo.

Korean translation rights arranged with GENTOSHA, Japan

through THE SAKAI AGENCY and SHINWON AGENCY.

이 책의 한국어판 저작권은 신원 에이전시를 통해

GENTOSHA와 독점 계약한 **피니스 아프리카에**에 있습니다.

저작권법에 의하여 한국 내에서 보호를 받는 저작물이므로

무단 전재와 복제를 금합니다.

이 도서의 국립중앙도서관 출판시 도서목록(CIP)은 서지정보유통지원시스템 홈페이지(http://seoji.nl.go.kr)와

국가자료공동목록시스템(http://www.nl.go.kr/kolisnet)에서 이용하실 수 있습니다.

CIP제어번호:CIP2016025009

吉原手引草

松井今朝子

유곽 안내서

박정임 옮김
마쓰이 게사코 지음

피니스
아프리카에

차 례

| 유곽 지도 |

오하구로도부

기루 ・ 히키테자야 ・ 히키테자야 ・ 기루

교초 이초메 ・ 교초 일초메

기루 ・ 히키테자야 ・ 히키테자야 ・ 기루

라쇼몬 강가 ・ 스미초 ・ 아게야마치 ・ 서쪽 강가

기루 ・ 히키테자야 ・ 히키테자야 ・ 기루

사카이마치

기루 ・ 히키테자야

에도초 이초메 ・ 에도초 일초메

기루 ・ 히키테자야 ・ 히키테자야 ・ 기루

후시미초 ・ 대문

기루 ・ 히키테자야 ・ 히키테자야

오하구로도부 ・ 오하구로도부

외부 히키테자야 ・ 오십간길 ・ 외부 히키테자야

버드나무 ・ 에몬자카 언 ・ 북쪽

니혼즈쓰미 둑

| 에도시대 유곽의 용어 |

요시와라 吉原
　　에도시대에 존재했던 대규모의 유곽.

히키테자야 引手茶屋
　　유곽에서 손님을 기루妓樓에 소개해 주는 역할을 하던 곳.

오이란 花魁
　　요시와라 유곽의 유녀 중에서 등급이 높은 유녀를 가리키는 말.

요비다시 오이란 呼出し花魁
　　단골손님만을 상대하던 상급 유녀. 주산昼三이라고도 한다.
　　요비다시는 호출이라는 뜻.

자시키모치 座敷持ち
　　평상시 자신이 쓰는 방 외에 손님을 맞는 객실을 따로 갖고 있는 유녀.

헤야모치 部屋持ち
　　따로 객실은 없지만 전용 침실이 있는 유녀.

신조 新造
　　오이란 옆에서 시중을 드는 여성.

반토신조 番頭新造
　　오이란의 매니저 역할을 했던 여성.

후리소데신조 振袖新造
　　열대여섯 살 정도의 유녀 견습생.

가무로 禿
　　오이란 옆에서 시중을 드는 열 살 전후의 소녀.

야리테 遣手
　　기루의 유녀를 관리하고 교육하며 손님과 기주,
　　유녀 사이의 중개 역을 하는 여성.

다이코모치 幇間
　　연회석이나 객실 등 술자리에서 분위기를 띄우며 기예 등을
　　보여 주는 직업으로 남자 게이샤라고도 한다.

도코마와시 屋床廻し
　　침소 시중꾼.

반토 番頭
　　반토는 일반적으로 고용인의 우두머리를 뜻하는, 지금의 지배인이다.

미세반 見世番
　　기루 내의 잡일을 하는 남자 종업원.

✝ 일러두기
본문의 모든 주는 옮긴이 주입니다.
짧은 주는 해당 단어 옆에, 긴 주는 해당 면 하단에 표기했습니다.

히키테자야[*] 기쿄야의 여주인 오노부

어머머, 손님. 어서 오세요. 응? 처음 뵙는 분 같은데……. 이거 참. 처음 뵙겠어요. 기쿄야의 여주인 오노부라고 합니다. 그런데 이곳까지는 가마로 오셨나요? 아니, 그게, 나룻배를 타고 오셨다면 선박 집에서 이미 연락이 왔을 터라. 아, 네. 솔직하게 말씀드리면, 처음 오는 손님이 이곳에 혼자 오는 경우는 실로 드문 일이라서요……. 아, 그러셨군요. 스루가초 마을의 사가미야 님에게 저희 이야기를 들으셨다고요……. 그런데 우리 손님 중에 스루가초에 사시는…… 아니요, 아닙니다. 호호호. 그냥 혼잣말입니다. 그거 참 고마운 일이군요.

*히키테자야 引手茶屋: 유곽에서 손님을 기루(妓樓)에 소개해 주는 역할을 하던 곳. 고급 기루에 등루하기 위해서는 반드시 히키테자야를 통해야 했으며, 유객은 이곳에서 먼저 술자리를 가진 후 기루에 들어가게 된다.

요즘에는 정문 앞에서 악덕 업주들이 진을 치고 있다고 하더군요. 숙박비보다 싸게 놀 수 있다고 속이고는 눈알이 튀어나올 정도로 바가지를 씌운다고 하니 손님도 조심하셔야 해요. 저희는 바로 옆의 야마구치도모에나 이즈쓰야 같은 곳과 어깨를 나란히 하는 유명한 히키테자야이오니, 이후에도 부디 저희를 찾아 주셔요.

자 자, 이러고 서 계시지 마시고 일단 그쪽에 앉으세요. 얼른 차 한 잔 가지고…… 네? 그 전에 하고 싶으신 말씀이 있으시다고요……. 어머나, 요시와라吉原 에도시대의 유곽에는 처음이신 데다 지금까지 사람들에게 제대로 들어 본 적도 없어서 전혀 모르신다고요. 오호, 그렇군요. 그래서 어린아이 손을 잡고 이끌듯이 이 유곽에 대해 하나하나 가르쳐 달라는 말씀이시군요. 이런, 정말 놀랐어요. 그렇게까지 솔직하게 터놓고 말씀하시는 분도 참 드물거든요.

손님이 그렇게까지 말씀하시니, 좋습니다. 그렇다면 저도 장사 생각은 일단 접고, 힘껏 도와 드리죠. 무엇이든 물어보세요. 하긴, 남편이 그러는데 저는 늘 말이 너무 많대요. 보셔요, 입술이 이렇게 얇고 입가에 큼지막한 점도 있잖아요. 호호호. 이게 수다쟁이 관상이라고 하더라고요. 그러니 제가 주책없이 쓸데없는 말을 하더라도 너그럽게 봐주시고 흘려버리셔요.

어린아이처럼 생각해 달라는 말씀을 그대로 믿고 일단 노파심에서 말씀드릴게요. 혹시 손님께서 이 유곽에서 길을 잃게 되신다면 이곳에 들어올 때 지나왔던 정문, 네, 그 까만 지붕이 있는 문을 안표로 삼으세요. 그 문이 이곳의 유일한 출입구랍니다. 정문 왼쪽으로 보면 촘촘하게 격자를 대고 저희 집과 똑같은 청죽 발을 걸어 놓은 곳이 있는데, 보셨나요? 그곳에는 늘 핫초보리八丁堀 에도시대부터 전후까지 에도/도쿄에 존재했던 수로의 남정네들이 모여 있어서 이곳에서는 다행히 별다른 소동은 일어나지 않습니다. 네? 그래도 최근에 엄청난 소동이 일어나지 않았냐고요? ……대체 무엇을 말씀하시는 걸까.

어쨌든 정문에서 곧바로 뻗어 있는 이 길을 나카노초라고 하는데요, 저희 같은 히키테자야가 죽 늘어서 있죠. 공교롭게도 지금은 환절기라 황량해 보이지만 이 길 한가운데에는 봄이면 활짝 핀 벚꽃이 아름답고, 유녀들의 요시와라에 뒤지지 않는 꽃의 요시와라가 되죠. 꽃이 지면 벚나무를 뽑아내고 창포를 심고, 다시 칠석에는 소원을 적은 종이를 매단 대나무를 세우고, 그리고 다시 조금 지나면 분재 국화가 화려하게 수를 놓고…… 네? 마치 연극의 소품 같다고요……. 아, 그럴 수도. 그렇게 말씀하시니 그런 기분도 드네요.

오하구로도부라고 부르는 수로로 둘러싸인 이만 평 크기의 이 유곽은 생각해 보면 하나의 커다란 무대일지도 모르겠네요. 너 나 할 것 없이 아름답게 차려입은 유녀들을 상대역으로 한 손님들은 누구나 자신이 천하제일의 미남이라는 기분으로 무대에 서는 거겠죠. 무대 위에는 남녀가 희롱하는 대사나 정사 장면은 물론이고, 사랑에 빠져 죽네 사네 슬퍼하는 장면도 있지요. 그렇긴 하나 모든 것이 한때의 연극이라고 생각하면 어설픈 실수는 하지 않고 끝날 지도 모르지요……. 이런, 이런, 제가 그만 김빠지는 소리를 해 버렸네요.

그래도 어떤 공연이든 열심히 하지 않으면 흥이 나지 않고, 맥 빠진 무대가 되는 것이 당연지사. 게다가 이곳은 연극과 달리, 후후훗, 진짜 정사가 있으니 손님들은 모두 살아서 극락정토에 이른다고 할 수 있겠지요.

살아서 극락정토에 이르려면 살아 있는 보살님도 오셔야 하는 법. 앞으로 한 시간 정도만 지나면 땅거미가 내려앉고, 사방등에 비친 밤 벚꽃보다 아름다운 오이란*의 도추**가 볼만합니다. 대모갑으로 만든 커다란 장식 빗 두 개와 앞꽂이 여섯 개, 뒤꽂이 여섯 개의 비녀로 장식한 머리는 말 그대로 후광이 비치는 듯하며, 세 겹의 화려한 기모노를 입고 세 굽의 높은 게다를 신은 채 당당한 팔자걸음으로 우아하게 행진하는 모습을 한번 보게 되면 세상만사 근심과 걱정은 순식간에 사라지고 나이 든 양반들은 굽은 허리도 펴진다고도 하니, 호호호, 말 그대로 살아 있는 영험한 보살님입니다.

네? 오이란도추라고 하는 이유 말씀이신가요? 아, 그건 이 길 끝을 에도초라고 하고 그 안쪽을 교초라고 하니까, 교토와 에도를 왕래하는 여행이라는 의미로 그렇게 부르게 되었지요. 교초와 에도초는 이 길을 끼고 일초메—丁目와 이초메二丁目로 나뉘고, 교초 이초메 옆의 스미초를 포함하여 요시와라 오초마치五丁町라고 부르죠.

도추는 이곳 요시와라에서 최고의 유녀라고 하는 요비다시 오이

---

*오이란 花魁: 요시와라 유곽의 유녀 중에서 등급이 높은 유녀를 가리키는 말. 예비 유녀가 선배 유녀를 오이란이라고 부른 것이 변하여 높은 위치의 유녀를 가리키는 말이 되었다.
**오이란도추 花魁道中: 손님의 지명을 받은 오이란이 예비 유녀, 야리테 등을 이끌고 유곽 내의 히키테자야로 손님 마중을 나갈 때의 행렬 또는 특정 행사 일에 아름답게 차려입고 유곽 내를 천천히 행진하는 것을 말한다. 도추(道中)는 여행이라는 의미.

란*만 할 수 있답니다. 이 넓은 오초마치에서도 한 손에 꼽을 수 있을 정도로 몇 명 안 되지요. 먼저 당대에는 마쓰바야 기루의 세가와 님, 오기야 기루의 가센 님, 조지야 기루의 가라코토 님, 그리고…… 네? 거기에 마이즈루야의 가쓰라기도 당연히 포함되지 않느냐고요?

손님, 너무하시네요. 나쁜 분이군요. 아무것도 모르는 척하시더니 다 알고 계시잖아요……. 아니, 다른 건 모르고 가쓰라기의 이름만 소문으로 들으셨다고요……. 아, 그럴 수도 있겠네요. 그런 큰 소동이 있었으니까. 아, 세상에. 저는 떠올리고 싶지도 않습니다만 확실히 얼마 전까지는 가쓰라기 오이란이 전성기를 누렸죠. 그녀의 행렬을 보려고 수많은 구경꾼들이 이곳으로 몰려왔었으니까요.

여하튼 도추를 할 수 있는 유녀는 내림 육십 척 이상의 큰 기루에 속해 있는 오이란뿐이죠. 그런 격이 높은 기루는 일명 오마가키 또는 소마가키라고도 하는데, 외람된 말이지만 저희 같은 히키테자야를 통하지 않고서는 등루하실 수 없답니다. 곧바로 만나실 수 있는 중급의 기루나 하급 기루는 하늘의 별처럼 많지만, 이 나카노초의 큰길에서 멀어지면 멀어질수록 유곽의 격은 떨어진답니다. 후후후, 그중에는 '히토키리—切り'에 열 푼이라고 해서 소매를 붙잡고 억지로 끌어당기는 곳으로 라쇼몬**강가라는 무시무시한 이름이 붙은 곳도

---

*요비다시 오이란 呼出し花魁: 유녀의 지위를 나타내는 말. 단골손님만을 상대하며 가무로와 신조를 데리고 히키테자야에서 손님을 맞이하는 상급 유녀. 요비다시는 호출이라는 뜻.
**라쇼몬 羅生門: 아쿠타가와 류노스케의 소설 『라쇼몬』을 빗댄 이름. 라쇼몬은 헤이안시대 말기 지진과 화재, 기근으로 황폐해진 세상에 대한 상징적인 장소다.

있습니다.

이런, 히토키리가 뭐냐고요? 그거야 선향 하나가 타서 재가 될 정도의 아주 짧은 시간이죠. 후후후, 손님. 그 짧은 시간에 무엇을 할 수 있겠어요? 그러다 조금이라도 길어지면 다시 열 푼이 추가되고 그러는 거죠. 그런 무서운 기루를 기리미세라고 부릅니다. 저희 손님 중에도 가끔 유별난 취향이 있는 분이 오셔서 경험 삼아 한번 가 보고 싶다고 하십니다. 어쩔 수 없이 젊은 유녀에게 안내해 드리면 허둥지둥 돌아오셔서는 "주인장, 그곳은 정말 무서운 곳이야. 유녀가 무슨 회반죽 같은 하얀 분을 덕지덕지 발라서, 등을 툭 쳤더니 분이 후두둑 떨어지더라니까." 하며 웃으시더군요. 그런 분도 있는가 하면 "그곳은 마음이 편해서 좋아. 체면 차릴 거 없이 실컷 농지거리를 할 수 있으니. 새침한 유녀를 대하는 것보다 훨씬 재미있어."라며 한동안 그곳을 다닌 분도 계셨지요.

뭐, 남자분의 취향은 제각각이어서 여자가 그 마음을 헤아리기는 어려운 부분도 있지만 여자에게도 역시 남자에게는 보일 수 없는 깊은 어둠이 있는 법이죠. 그러다 보니 연애만큼은 언제 어디서 어둠에 휩싸여 제 길을 벗어나게 될지 알 수 없는 위험이 있는 까닭에, 되도록 무사히 즐길 수 있도록 안내해 드리는 것이 저희 일입니다. 호호호, 손님처럼 처음부터 이렇게 물어봐 주시면 결코 해가 될 일은 없도록 해 드리죠.

네, 그렇죠. 처음 오시는 분은 기루도 유녀도 저희에게 맡겨 주시는 것이 좋습니다. 손님 중에는 유곽 안내서를 들고 와서는 꼭 이 유녀를 만나게 해 달라고 하시는 분도 계십니다만, 그건 그다지 현명한 방법이 아닙니다. 안내서 표지에 실린 오이란은 그 기루에서 가장 잘나가는 유녀이기 때문에 단골손님만으로 이미 예약이 꽉 차 있어서 좀처럼 만나기조차 힘들답니다. 설사 만났다고 해도 쉽게 단골이 될 수도 없고, 대충 상대해 주기 때문에 씁쓸한 기분만 들 뿐이죠. 그보다는 저희가 오랫동안 인연이 될 수 있는 상대를 골라서 소개해 드리는 편이 결국 손님에게 좋답니다.

아, 그야 돈을 내고 사는데 취향에 맞는 유녀를 원하는 것은 손님으로서는 당연한 일이죠. 그렇기는 하지만 역시 남녀 사이에는 궁합이라는 것이 있습니다. 여자는 겉모습이 전부가 아니죠. 성격도 다양해서 까다로운 성격이 있는가 하면 누긋한 성격의 유녀도 있고, 손님들 역시 활달한 유녀가 재미있다는 분도 있는가 하면 자상한 성격의 유녀에게 위로받고 싶다는 분도 계십니다. 이런 일을 오랫동안 하다 보면, 조금만 이야기를 해 봐도 이 손님에게는 어떤 유녀가 좋을지 감이 딱 오죠. 호호호. 크게 벗어나는 경우는 없어요.

이건 비밀입니다만, 사실 손님처럼 말끔하고 남자다운 분이야 상관없지만 아무리 봐도 여자에게 호감을 얻기는 힘든 분이 오시면 저희도 유녀를 찾는 데 조금 고생을 한답니다. 네? 어떤 손님을 싫어하냐고요? 흠, 오이란이 거들떠보지 않는 손님은 대체로 무사들이죠. 아니요, 풍류를 즐길 줄 아는 하타모토*나 루스이 같은 상급 무사들과는 달리 시골에서 올라와 이곳에서 평생에 한 번 실컷 놀

---

*하타모토 旗本: 무사의 신분 중 하나. 장군에게 직속된 상급 무사로, 녹봉 5백 석에서 1만 석을 받았다. 루스이(留守居)는 하타모토보다 조금 낮은 신분이지만 역시 상급 무사다.

아 보겠다는 시골 무사는 정말로 감당하기 힘들답니다. 그런 분들은 '연두색 안감'이라고 부르죠. 그분들은 옷의 안감이 대체로 연두색 무명이라서 우리가 얕잡아 부를 때 쓰는 호칭이죠.

가끔씩 마음 착한 루스이가 시골 무사를 데리고 와서 잘 봐 달라고 부탁하는 경우가 있답니다. 그런데 시골 무사들은 모처럼 유곽에 오면서도 복장은 촌스럽기 그지없고, 머리가 하도 푸석푸석해서 차라리 얼굴이 번들번들해 보일 지경으로 그런 무사를 상대해야 하는 오이란이 가엾답니까요. 게다가 거친 말투로 있는 대로 거만을 떨면서 여자랑 만나기만 하면 일단 자빠뜨리려고 눈을 희번덕거리는 자들이 오면, 정말이지 아무리 고심해서 유녀를 골라도 헛수고라는 생각에 저까지 맥이 빠진답니다.

그래서 그런 분에게는 반드시 나무 칫솔을 건넵니다. 최소한 입냄새라도 어떻게 하지 않으면 오이란이 도망가 버리니까요. 그렇다고 손님에게 그런 사실을 그대로 말할 수도 없어서, 칫솔과 치약을 드리고는 옆에서 헹굴 물을 들고 끝까지 지켜보죠. 호호호, 저희 일도 꽤나 고생스럽답니다.

하지만 뭐, 손님 같은 분이라면 아무 문제 없죠. 오히려 오이란이 반해 버릴걸요. 서둘러 기루를 찾아볼 테니, 안에 드셔서 잠시 느긋하게 술 한잔 드시고 계세요. 저희 집은 술안주에 꽤 공을 들이고 있어서, 완자탕 한 그릇도 제대로 된 맛이라고 소문이 나 있답니다. 기루에 등루하시면 요릿집에 주문한 화려한 주안상이 오르겠지만,

호호호, 처음 온 손님은 젓가락을 댈 정신도 없다고 하니, 부디 저희 집에서 배를 채워 두시기 바랍니다.

아, 혼자서는 좀 그러시면 술 상대로 다이코모치[*]와 여자 게이샤를 불러 드리죠. 그들은 기루에 갈 때도 함께해 드린답니다. 아, 네. 오이란은 어차피 어디를 가든 신조[**]와 가무로[***], 야리테[****]를 동반하는 데다 기루의 청년들이 줄줄이 따라다니니까 손님께서도 동반자가 없으면 균형이 맞지 않습니다. 아, 네. 화대는 저희가 먼저 지불하고, 나중에 해웃값 등을 모두 합해서 손님께 청구하죠.

네? 꽤나 비용이 든다고요? 그렇게 말씀하신다면 뭐. 하지만 손님, 이 정도에 놀라면 오이란과는 못 만납니다. 솔직히 유곽에서 놀려면 나름의 비용이 드는 것은 사실입니다. 처음 오셨으니 확실하게 말씀드리죠. 아니, 당치도 않습니다. 호호호, 손님을 거절하려고 드리는 말씀이 아닙니다. 부디 기분을 푸시고 계속 이야기를 들어 보세요.

먼저 손님이 오이란을 처음 만나게 되면 나름의 절차가 기다리고 있습니다. 이는 하룻밤이라도 부부가 된다는 굳은 언약의 축배를 드는, 소중한 혼례식이라고 생각하시면 됩니다. 오이란은 첫날밤의 신부와 똑같이 말도 하지 않고 가만히 앉아만 있기 때문에 손님은 말 그대로 '절벽에 핀 꽃을 바라만 보는' 상황이라서 애가 타는 마음

---

[*]다이코모치 幇間: 연회석이나 객실 등의 술자리에서 분위기를 띄우며 기예 등을 보여 주는 직업으로, 역사적으로는 남성의 직업이다. 남자 게이샤라고도 한다.
[**]신조 新造: 오이란 옆에서 시중을 드는 여성.
[***]가무로 禿: 오이란 옆에서 시중을 드는 열 살 전후의 소녀. 오이란은 소녀에게 유녀가 될 수 있는 교육과 생활비 등을 제공했다.
[****]야리테 遣手: 기루 전체의 유녀를 관리, 교육하며 손님과 기주, 유녀 사이의 중개 역을 하는 여성.

이시겠지만, 쉽게 꺾을 수 없는 꽃일수록 더욱 갖고 싶어지는 게 사람의 마음. 그 상황을 가만히 참아 내면서 단골이 되었을 때의 여러 가지 상상을 해 보는 것이 유곽 놀이의 풍류입니다.

그렇게 해서 첫 만남이 끝나면 재회를 해야 하는데, 하루를 넘기지 않고 같은 유녀를 부르는 게 보통이죠.

설령 첫 만남에서 마음에 들지 않았다고 해도 재회는 반드시 해야 합니다. 실수로라도 같은 기루에서 다른 유녀를 만나고 싶다는 따위의 말을 해서는 안 됩니다. 다시 만난 후에도 유녀가 마음에 들지 않을 때는 다른 기루로 가셔야 합니다. 같은 기루에서 다른 유녀를 만나는 것은 유곽에서 엄중하게 금하는 일입니다. 아무리 유흥이라고는 해도 이것만은 확실히 지켜 주시지 않으면 유곽에서 완전히 따돌림을 당하게 되므로 꼭 주의하셔야 합니다.

같은 유녀를 계속해서 세 번 만나면 이제 단골손님이 됩니다. 단골이 되면 오이란도 격의 없이 이야기를 나누게 되고 신조와 가무로도 손님의 존함을 불러 드리며, 술상이 나오면 젓가락 집에도 손님의 이름이 쓰여 있습니다. 결국 단골이 되는 것은 부부가 되는 것과 마찬가지로, 유곽 안에서 오이란과 가정을 꾸린다고 생각하시면 됩니다. 첫 만남에서 곧바로 옷끈을 푸는 하급 기루의 유녀라고 해도 단골이 되지 않으면 마음의 끈은 풀지 않습니다. 단골손님은 소중한 남편이며, 자신은 사랑스러운 아내라고 생각하는 것이 요시와라 유곽의 풍습입니다.

부부가 된 후에는, 호호호, 물론 바람을 피우는 것도 엄하게 금지

하고 있습니다. 언젠가 부채 가게를 하던 손님이 악질적인 바람을 피워서 유녀들에게 집단으로 놀림을 당하고는 머리카락까지 잘린 채 밖으로 내쫓기는 모습을 전 이 눈으로 똑똑히 보았습니다. 후후후, 손님처럼 멋진 남자는 혹시 모르니 꼭 말씀을 드려 놔야지요.

아, 여자와는 잠자리만 하면 충분하다고 생각하신다면 사창가에 가셔서 손쉬운 상대를 찾아보시는 편이 좋겠죠. 그렇지 않다면 이곳에서는 여러 가지로 복잡한 절차를 거쳐야 합니다. 오이란의 단골이 되는 데에도 단지 세 번 만나기만 하면 되는 것이 아니랍니다. 뭐, 그 화대와는 별도로 단골 요금이라는 것도 필요하죠. 거기다 신조나 야리테, 기루의 일꾼들을 비롯해 제게도 상응의 행하<small>심부름을 하거나 시중을 든 사람에게 주는 돈이나 물건</small>를 주는 것이 관례죠……. 아, 네. 그야 비용이 들기는 합니다만, 호호호, 여염집 여자를 만나 살림을 차리는 것보다는 훨씬 적게 먹힌답니다.

하지만 오이란에게는 당연히 단골이 여러 명 있어서, 그 가운데 오이란의 '좋은 사람'으로 불리려면 더욱 여러 가지가 필요합니다. 명절이나 갖가지 연중행사에는 '시마이'라고 해서, 오이란을 온종일 독점하지 않으면 안 됩니다. 연중행사 중에서도 특히 음력 팔월 십오일의 십오야는 달맞이 대축제일로, 이날에 시마이 예약을 하면 반드시 오이란의 '좋은 사람'이 된답니다. 단, 달맞이를 한 번만 하면 불길하다고 해서, 십오야에 종일 예약을 했다면 다음 달 십삼 일인 십삼야에도 반드시 예약을 해야 합니다. 아, 물론 독점 예약을 하면 화대도 행하도 만만치 않지만요.

하지만 그중에는 '소지마이'라고 해서, 기루를 통째로 대절해 버리는 호탕한 손님도 있습니다. 기루에서 요리나 바느질을 하는 여자에게까지 행하를 주고, 게이샤들을 불러 마시고 놀며 큰 연회를 벌이죠. 요전에 저희에게 오셨던 이세야의 도련님께서 십오야의 대축제일에 기루를 대절하셨다가 안타깝게도 부모님께 의절을 당한 쓰라린 일이 있었죠……. 아, 아닙니다. 손님에게는 절대 그런 무모한 짓은 시키지 않으니 안심하세요. 이런, 제가 너무 쓸데없는 말을 지껄였네요, 호호호. 이 얇은 입술과 점이 문제입죠, 네.

그런데 말이죠, 제가 처음 본 당신께 이렇게까지 솔직하게 이야기를 하는 이유는 저희 집의 좋은 손님이 되어 주셨으면 하는 마음에서입니다. 돈만 있으면 귀신도 부릴 수 있다고 하듯이 유곽도 일단은 돈이죠. 처음부터 그 사실을 명심하고 즐기신다면, 이후에 그렇게 큰 화를 입을 일은 없습니다. 그렇다고 해서 돈을 물 쓰듯이 쓰는 손님만 오이란에게 인기가 있는 것도 아니랍니다. 그게 바로 신화시대부터 지금까지 이어져 온 남녀 관계의 오묘한 이치입니다. 손님은 정말로 남자다운 멋진 분이라서 저도 이렇게 정직하게 사실을 말씀드릴 수 있는 거죠.

그야 돈을 쓰려고 하면 얼마든지 쓸 수 있죠. 오이란에게 화려한 옷이나 머리 장신구를 선물하는 것은 당연지사, 호호호, 두 사람만의 오붓한 시간을 위해 새 침구를 맞추는 것이 이곳 유곽만의 고급스러움이라고 할까요. 이불 겉은 모직이나 두꺼운 비단에 부드러운 벨벳으로 가장자리를 두르고, 안쪽에는 비취색 지지미 원단을 사용하도록 정해져 있죠. 포목점 에치고야나 다이마루에 주문해 완성된 이불이 도착하면 한동안 다른 사람들의 눈에 띄도록 히키테자야의 객실에 전시해서 전성기를 증명한답니다. 네? 그 비용은 어느 정도 냐고요? 이불 값만 가볍게 잡아도 사오십 냥. 그리고 마침내 그 이불을 사용할 때는 또 별도의 행하를 지불하셔야 하죠.

호호호, 그렇게 질린 표정 짓지 마세요. 무리하면 결코 오래 이어지지 못하는 법. '실컷 놀고 나니 수중에 돈 한 푼 없음을 이제야 알았다.' 하는 꼴이 되어서는 아니 되죠. 저는 말이 통할 것 같은 손님이 오시면 처음부터 이렇게 듣기 싫은 말을 확실하게 일러 드립니다. 주머니 사정을 솔직하게 밝히시고 "어이, 주인장. 나는 저 유녀가 마음에 들어. 좋은 관계가 되도록 좀 도와줘." 하고 말씀하신다면, 저도 만사를 제치고 힘껏 도와 드릴 작정입니다.

네에? 유녀를 기적_{妓籍 유녀들을 등록해 놓은 대장}에서 빼내는 것도 도와주냐고요……. 호호호, 아직 등루도 하지 않으셨으면서 낙적 이야기를 하시다니 너무 이르지 않습니까. 여하튼, 맞습니다. 낙적의 절차는 모두 저희 히키테자야에서 하고 있죠.

하지만 이것도 확실히 일러두겠습니다만, 오이란을 유곽에서 빼내는 것은 예삿일이 아닙니다. 계약 기간이 끝나기 전의 낙적은 기루에 들어올 때 받았던 전차금_{前借金}과 남은 기간의 화대를 더해서 계산합니다. 오랫동안 일한 오이란이라 해도 이러저러한 비용을 제하고 나면 겨우 전차금이나 갚은 상태거나 어떨 때는 빚이 더 늘어난 경우조차 있고요. 후후, 말하지 않아도 이미 짐작하시듯, 모두에게 뿌려야 할 행하 액수도 보통이 아닙니다. 동료 오이란들에게도 상응의 인사를 해야 하고, 게이샤들은 이때가 바로 마지막으로 돈을 벌 기회라고 보고 우르르 몰려듭니다. 이래저래 상급 기루의 오이란을 낙적하려면 최소한 천 냥은 각오해야 합니다. 호호호, 손님, 그렇게 눈을 부라리시면 안 됩니다. 그래서 오이란의 낙적은 부자의 상징이라고 하지 않겠습니까.

좀 더 노련하게 할 수 있는 약간의 묘안도 있습니다. 가족이 낙적을 하고자 할 때는 기루의 주인도 자비를 베풀어 싸게 증서를 내준답니다. 그래서 저희가 미리 가족에게 돈을 건네고 낙적을 하게 하면 모든 것이 원만하게 해결되죠. 하지만 그중에는 패악한 가족이나 탐욕스러운 주인도 있으니 낙적을 할 때에는 조심, 또 조심하지 않으면 낭패를 당하게 됩니다. 그러니까 그런 일은 저희에게 맡기는 것이 만사형통이죠. 아, 네, 물론 중개료는 받습니다만.

뭐라고요? 마이즈루야의 가쓰라기도 우리가 낙적 중개를 해 주었느냐니…….

이거 아무래도 이상하군요. 유곽에 처음 왔으니 하나하나 상세하게 가르쳐 달라던 입에서 두 번이나 그 이름이 나오는 것은 대체 무슨 상황인지. 당신, 아무래도 그 일을 아는 것 같은데…….

알겠군, 그거였어. 그래서 당신이 이곳에 온 것이군. 그 사건의 연유를 상세하게 들으려는 속셈이었어. 갑자기 혼자 나타나서는 히키테자야의 본업이니 어쩌니 하면서 이곳의 일을 하나부터 알려 달라는 것이 이상하다는 생각도 했지만 섣불리 겉모습에 속아서 내가 멍청하게도. 당신, 순진한 척하면서 다른 사람의 친절을 이용하다니, 남자로서 어찌 그리 비열할 수가 있어요. 아이고, 분해라. 당신, 대체 무슨 속셈으로 떠보려는지 알 수 없지만 사람이 나빠도 정도가 있는 것 아닌가.

우리가 그 소동으로 얼마나 손해를 봤는지나 아나? 아이고, 지금 생각해도 눈물이 다 나는군. 백 냥이 그냥 날아가 버린 것뿐인 줄 아나? 남편은 손이 발이 되도록 빌고는 자리에 몸져누워 버렸지, 나는 나대로 한동안 밖에도 나가지 못했다고.

우리가 잘못한 것은 하나도 없다고 위로해 주는 분도 있기는 했지만 우리의 불운을 게이샤들이 여기저기서 비웃고 떠들어 댄 탓인지, 한동안은 손님도 뚝 끊겼었다고. 죽어라고 해서 간신히 여기까지 다시 일어섰는데. 이제 와서 그 일을 다시 꺼내다니……. 에잇, 생각하면 할수록 화가 치미는군. 거기, 누가 소금 좀 가져와. 당장 나가지 않으면 남정네들에게 일러서 몽둥이세례를 받게 해 줄 테니 썩 나가!

마이즈루야의 미세반[*] 도라기치

예, 내게 무슨 볼일이라도…… 뭐? 거기서 무엇을 하고 있느냐
니. 허어, 당신 묘하게 심기를 건드리네. 외모로 봐서는 할 일 없
는 건달 같지도 않고. 대충 시간이 남아도는 방탕한 도련님 같은데.
뭐, 나도 시간이나 죽일 겸 말 상대나 해 주지.

뭐? 아, 내가 앉아 있는 이 평상 말인가? 규다이牛台라고 하는데,
말하자면 목욕탕의 계산대 같은 거지. 기루 입구에는 대부분 이 평
상이 있지. 왜 규다이라고 하느냐고? 그야, 이런 기루에서 일하는
놈들을 소牛라고 부르니까. 소는 코뚜레를 꿰어 끌고 다니지. 헤헤,
우리는 행하에 끌려다니고. 그래도 "어이, 거기 소!" 하고 불리는
것보다 "어이, 거기 청년!" 하고 불러 주는 편이 고맙지만.

*미세반 見世番: 기루 내의 잡일을 하는 남자 종업원. 오이란이 지명을 받아 도추를 할 때 제등이나
우산 등을 드는 역할도 했다.

24

아하하핫, 확실히 당신 말처럼 '청년'이라고 불릴 정도로 젊지는 않지. 하지만 내 입으로 말하기는 뭐해도, 몸집도 작고 얼굴도 쥐새끼 모양 작아서 실제 나이보다 젊게 보이지. 그런데 이름은 또 도라기치虎吉라고 해서 호랑이까지 들어 있으니 배짱 한번 좋지 않나. 쥐, 소, 호랑이가 다 모였잖아. 헤헤헤, 내가 생각해도 배꼽 잡을 일이야.

그나저나 당신도 이상한 사람일세. 아니, 이런 곳에 처음 왔다면 더 이상하지. 나 같은 놈 쳐다볼 시간이 어디 있나, 이런 고급 기루 안에서 손님을 부르고 있는 유녀들을 바라보는 것만으로도 하루가 모자랄 판인데.

뭐? 칸막이? 아, 격자 창문 말이군. 우리 가게는 이렇게 아래부터 천장까지 격자로 되어 있어서 오마가키*라고 하지. 소마가키라고도 하고. 좀 더 작은 기루는 한마가키라고 하고 격자도 절반. 안을 들여다보면 알겠지만 앉아서 손님을 기다리고 있는 유녀들의 수준이 완전히 달라.

우리 기루의 이름 말인가? 여기 포렴에 적혀 있는 대로 마이즈루야舞鶴屋. 별명은 센킨로仙禽樓라고 하네. 고메이로 오기야, 쇼요칸 마쓰바야, 게이제쓰로 조지야와 함께 오초마치의 사천왕으로 불리는 손꼽히는 기루지. 지금은 낮 시간이라 당신처럼 돈도 없이 눈요기나 하려는 손님뿐이라서 맥이 빠져 있지만, 여섯 번의 종이 울리면

*오마가키 大籬: 에도 요시와라에서 가장 격식이 높은 기루. 입구의 격자창이 천장까지 전면을 덮고 있다. 전체가 격자창이라는 의미로 소마가키(總籬)라고도 불렀다. 한마가키(半籬)는 격자창이 절반이라는 의미로, 규모가 작은 하급 기루를 가리킨다.

바로 분위기가 완전히 달라지지.

아, 맞네. 낮 시간에는 이 층에서 실컷 게으름을 피우던 오이란들도 밤에는 전부 아래로 내려와. 그러니까 밤이 되면 지금보다 훨씬 많은 유녀를 볼 수 있는 거지. 뭐? 가쓰라기도 이곳에서 손님을 기다렸냐고……. 어이, 자네, 그 이름은 금기어야. 이유는 말하지 않아도 알고 있겠지만. 이곳이 처음이라고 지껄이던 입으로 그 이름을 꺼내다니 배짱 한번 두둑하군. 너 이 자식, 그 점잖은 면상으로 싸움을 거는 건가? 아니라고? 이미 끝난 일이니까 상관없지 않으냐고? 그야 뭐 그렇지만……. 여하튼 가쓰라기 님은 '요비다시 오이란'이라고 해서, 여기 나와 있는 유녀와는 급이 달랐지. 여기에서 손님의 선택을 기다리는 일 따위는 없었어.

아, 생각해 보면 우리도 요비다시 오이란이 사라져서 조금 쓸쓸해졌지만, 그래도 띠링띠링 하는 샤미센 선율에 맞춰 오른쪽 치맛단을 들어 올리고 왼쪽으로 다리를 뻗어 무릎을 드러내는 오이란이 위에서부터 줄줄이 늘어서 있으면 천상의 선녀들이 따로 없다네. 주위가 환하게 밝아지지.

아, 그렇고말고. 오이란에는 각각 급이 있어서 해웃값도 다르지. 최상급은 낮에도 해웃값이 금 삼 푼이라서 '주산昼三'이라고 하네. 그 필두가 요비다시 오이란, 그러니까 옛날로 치면 오품 벼슬의 최고급 유녀라고 생각하면 돼. 주산 아래로 '자시키모치*', 또 그 아래를 '헤야모치'라고 하는데, 오이란이라고 부르는 건 여기까지야. 자신

*자시키모치 座敷持ち: 평상시 자신이 쓰는 방 외에 손님을 맞는 객실을 따로 갖고 있는 유녀. 자시키는 객실이라는 뜻. 헤야모치(部屋持ち)는 따로 객실은 없지만 전용 침실이 있는 유녀. 헤야는 방이라는 뜻.

의 방을 갖지 못한 유녀는 오이란이라고 부르지 않네. 큰 방 하나에 뒤엉켜 자는 이들은 나이가 들어도 신조야. 공동으로 쓰는 방에서 손님을 받는 처지거든.

아, 확실히 말해 두겠는데, 우리 같은 고급 기루에는 공용 방에서 손님을 받는 유녀는 없어. 젊은 신조는 오이란의 견습생으로, 주로 오이란의 시중을 들 뿐이지, 직접 손님을 받는 일은 없지. 공용 방에서 싸구려 유녀랑 놀고 싶다면 하급 기루를 찾아봐. 하지만 여기서 이렇게 유녀들을 구경하는 건 공짜야. 싸구려 기방처럼 시끄럽게 호객 행위를 하지는 않으니까 천천히 구경해도 돼.

호객 행위도 하지 않으면서 이곳에서 무엇을 하고 있느냐고? 아, 지금은 마침 한가한 시간이라서 불량배들이 행패를 부리지 못하도록 지키고 있는 것뿐이야. 그렇고말고. 어차피 우리는 히키테자야를 거치지 않고는 등루할 수 없으니까 호객 행위를 할 이유가 없지. 그렇다고는 해도 여기에 앉아 있는 일은 하급 기루에서 호객 행위를 하는 것보다 훨씬 힘들다네. 일단은 이곳에 처음 오는 손님이 불쑥 들이닥치면 정중하게 거절해야 하거든. 설득을 해도 안 되면 완력을 행사하지. 내가 그렇게 힘이 세냐고? 모르는 소리 말게. 이렇게 몸은 작지만 목소리는 엄청 크지. 헤헤헤, 곧바로 소리를 질러서 다른 젊은 사내들을 부르는 거야.

그럴 거면 애초에 힘센 사내들을 이곳에 앉혀 놓으면 되지 않겠냐고 생각하겠지만, 그게 또 쉽지가 않아. 단골손님이 오랜만에 오셨을 때 얼굴을 기억 못하면 큰일이거든. 게다가 오이란에게는 단골이 여러 명이 있어서 우연히 맞닥뜨리기라도 하면 성가신 일이 생기지. 그럴 땐 곧바로 이 층 사람들에게 알려서 서로 얼굴이 마주치지 않도록 해야 하네. 또한 오이란이 어느 쪽을 좋은 손님으로 생각하는지에 따라서도 처신을 달리해야 해. 싫어하는 손님 쪽에는 눈치껏 '오늘은 오이란이 아침부터 조금 몸이 좋지 않아서' 등의 핑계를 둘러대면 나중에 뒷수습이 편해지지. 그런데 재밌는 게 오이란과 손님의 관계는 수시로 바뀌거든. 그래서 신조의 이야기에 항상 귀를 기울여야 한다네.

또한 손님 중에는 갈수록 돈에 쪼들리게 되는 양반도 있고, 갈 데까지 가서 제정신이 아닌 양반도 있지. 위험한 상황이 일어나기 전에 일찌감치 기루에서 떼어 놓는데, 그래도 상대는 손님이니 노골적으로 거절할 수도 없어. 그래서 의심쩍은 이야기가 들리면 이곳에 앉아 있는 내가 먼저 그 손님의 안색을 살피지. 오늘 밤 표정이 아무래도 위험하다고 여겨지면, 곧바로 이 층에 연락해서 주의를 시키는 거야. 그런 기지를 발휘할 수 있는 자가 아니면 이 자리에는 앉을 수가 없지.

여기서 일한 지 몇 년이나 됐냐고? 어디 보자, 꽤 늦게 시작한 편이지만, 그래도 이래저래 사오 년…… 아니, 오륙 년은 되네. 옆에서 보기에는 세상 편한 직업으로 생각될지 몰라도, 헤헤헤, 이래 봬도 꽤 힘든 수양을 쌓았다고.

처음 일 년 정도는 매일 청소만 했네. 이곳은 폭이 열두 간이나 되는 데다 이 층까지 있는 큰 기루라네. 넓은 안마당을 빙 둘러싸고 있는 구조라서 복도는 또 어마어마하게 길지. 걸레질만으로도 어질어질해서 구토가 날 지경이었다네. 밤에는 또 배달 음식을 들고 계단을 몇 번이나 오르내리다 보니 정말이지 하체가 얼마나 튼튼해졌지 예전에 비할 바가 아니라니까.

그리고 무엇보다 당시에는 급료라는 게 전혀 없어서 더 힘들었다네. 아, 그렇고말고. 우리 일은 손님이나 오이란이 주는 행하에 의지할 뿐, 급료라는 이름으로 나오는 건 한 푼도 없네. 오이란이 남긴 음식으로 어떻게 연명은 하지만, 그것만으로는 허기가 져서 참을 수가 없었지. 술상을 치울 때 손님이 남긴 음식을 집어 먹었다가 야리테 할멈에게 호되게 야단을 맞기도 했다네.

복도를 걸레질하고 있으면 가끔 오이란이 방에서 "나카돈, 여기 잠깐만." 하고 부를 때가 있네. "내가 좀 출출하네. 야마야에 가서 금귤 두부 좀 사다 주겠나." 하는 식으로 은화를 던져 주는 날은 땡잡은 날이지. 거스름돈이 부수입이 되거든. 나카돈이 뭐냐고? 무사 집안의 하인 같은 거라 생각하면 되네.

나카돈을 일 년 꽉 채우자 마침내 불침번을 맡기더군. 말 그대로 한밤중에 깨어 있으면서 사방등의 기름을 채우거나 딱따기를 쳐서 불조심을 시키며 돌아다니는데, 행여 오이란이 애정 도피라도 하지 않나 감시하는 게 임무지. 그렇게 일 년 동안 불침번을 한 후 마침내 도코마와시로 발탁되었다네. 거기서부터 간신히 이 일의 이문을 보게 되는 거지.

도코마와시는 침소 시중꾼인데, 잠자리 준비를 하기 때문에 손님의 행하를 많이 받을 수 있지. 대신 이 일에는 눈치와 기지가 필요하다네. 솔직히 오이란도 어쩔 수 없이 감정이 있는 사람인지라 좋아하는 손님과는 되도록 오래 있고 싶어 하고, 싫어하는 손님은 거절하고 싶어 하는 법. 그래서 내가 눈치껏 융통성을 발휘하는 거지.

'오이란에게 갑자기 지병인 복통이 생겨서' 따위의 뻔한 변명이라도 공손하게 말하면 손님을 되돌아가게 할 수 있어. 물론 오이란에게 나중에 행하를 듬뿍 받지. 한편 "이봐, 지금 당장 그 유녀를 여기로 데려와. 이 정도면 너도 불만은 없겠지." 하며 호탕하게 금 한 푼을 던져 주는 손님도 있어서 그 또한 무시할 수 없지. 어느 쪽을 선택할지는 상황에 따라 그때그때 바뀌지만, 어느 쪽이든 그다지 불평을 듣지 않는다는 점이 이 일의 좋은 점이라네.

오랫동안 도코마와시로 일하는 자가 많지만, 나는 삼 년 정도 하고 아래층으로 내려와서 지금의 미세반이 됐네. 오이란이 행렬할 때 제등을 들거나 손잡이가 긴 우산을 받쳐 주거나 하는 자도 미세반이지만, 그건 키가 크고 볼품 있는 젊은 사내가 하게 되어 있어. 또 장부 관리나 외상값 회수를 담당하는 자도 있지만, 나는 아직 이곳에서 일한 지 얼마 되지 않아서 금전 관계는 맡겨 주지 않아.

아, 나처럼 나이가 든 후에 이 일을 시작한 사람은 나뿐이 아닐세. 생각해 보게. 애초에 유곽에서 태어났다면 팔자려니 하겠지만, 그렇지 않고서야 처음부터 이렇게 처량한 신세가 되고 싶은 남자가 세상 어디에 있겠나.

그렇다네. 저마다 사연이 있어서 이곳으로 흘러들어 온 게지. 유곽에 오가는 게 귀찮으니 차라리 이곳에 살자고 생각한 한심한 놈도 있는가 하면, 속세에서 뭔가 잘못을 저지르고 도망쳐 온 놈도 있지. 아니, 그렇다고 흉악한 죄인이 숨어들어 오거나 하지는 않네. 정문 초소에는 포리들이 지키고 있어서 죄인은 바로 붙잡히거든. 여하튼 세상에 고개를 들 수 없는 부끄러운 짓을 저지른 자들이 숨어 살기에는 안성맞춤인지도 모르지. 뭐? 나도 그런 이유냐고? 핫하하, 그렇다고 하면 그럴 수도 있네만, 신분을 감추고 살아야 할 만큼 엄청난 건 아니야.

그건 그렇고, 당신 참 이상한 사람일세. 달리 할 일도 없이 한가해서 오이란을 만나러 온 거라면 또 모를까, 나 같은 자의 이야기를 들어 봐야 무슨 재미가 있다는 건지 취향이 별나도 한참 별나구먼. 내 신세타령이 듣고 싶다면 들려주겠네만, 그리 재미있는 이야기도 아닐세.

내가 예전에 무엇을 했을 것 같나? 헤헤, 이래 봬도 원래 직업은 버젓한 세공장이었다네. 같은 세공장이라고는 해도 만드는 건 각양각색이지. 비녀 같은 것을 만들었다면 오이란에게 도움이 됐을 텐데, 난 문고리를 만들었지. 후후, 장지문 문고리 같은 것에 신경 쓰는 사람은 거의 없지만. 그래도 자세히 보면 타원형도 있고 오이 단면처럼 동그란 모양도 있는 등 다 나름의 공들인 세공이 들어간 거라네.

그 무렵에는 진종일 강철 끌과 실톱으로 가장자리에 정교한 무늬를 새기거나, 조각칼로 돋을새김을 하거나 했는데 전부 정교한 손작업이기 때문에 바싹 긴장하지 않으면 안 된다네. 한자리에 가만히 앉아서 돌기를 새기고 있다 보면 마누라 목소리도 귀에 들어오지 않아서 건성으로 대답하다가 엉뚱한 소리를 하기도 했지.

아, 마누라도 있었지. 스승님이 주선해 주신 마누라였는데…… 지금도 있기는 있지만…… 뭐, 그 이야기는 차차 하기로 하세.

정교한 무늬나 돋을새김을 넣은 손잡이는 아무 데서나 볼 수 있는 물건이 아니야. 아주 큰 사찰이나 지체 높은 무사의 저택 정도에서나 볼 수 있지. 내 스승님은 어느 높으신 양반의 저택에 출입하는 표구사와 함께 일을 했지. 표구사는 여러 가지 집 안 수선 일로 저택 출입이 잦았기 때문에 그곳의 하인들과도 친하게 되었다네. 그런데 그 표구사가 노름을 좋아해서는 나를 꼬드긴 게야. 결국 나도 그 저택의 하인 방에 드나들게 되었네.

하인 방에는 어디든 도박이 성행했고 방식도 다양했는데, 그곳은 돌아가며 짝수 홀수를 가리는 주사위 도박을 했지. 처음에 나는 엽전 이삼십이면 충분할 거라고 생각했는데, 웬걸, 아예 단위가 달랐어. 하지만 도박은 돈이 없다고 반드시 지는 것은 아니거든. 때로는 이길 때가 있으니 무서운 게야.

난 한동안 그곳에 틀어박히게 되었고, 어느 날 나를 꾀었던 표구사가 잔꾀를 부리기 시작했지. 그 자식은 애초에 내가 세공사인 것을 알고 꾀었는지도 몰라. 거기서는 주사위를 돌려 가며 던지기 때문에 자신의 순서가 오면 슬쩍 바꿔치기할 수 있었네. 나는 결국 표구사의 이야기에 무심코 뛰어들었지.

여섯 개의 눈 중 하나에 구멍을 내서 납을 채워 넣는 일쯤이야 세공사에겐 식은 죽 먹기지. 겉보기에는 전혀 다른 게 없지만, 일에 육의 홀수나 일에 일의 짝수 등 원하는 대로 나오게 만든 두 개의 주사위 가운데 하나를 그 녀석에게 주었고, 한동안은 신나게 이겼네. 하지만 너무 많이 이기면 수상하게 생각할 수 있으니까 나는 일부러 지기도 했고, 그곳에 가는 것도 한 달에 한두 번으로 제한했네. 하지만 그 녀석은 근본적으로 노름을 좋아해서 사흘이 멀다 하고 다녔던 게 분명해.

나는 당시 야나기하라 둑 가까이에 있는 초라한 집에 살았는데, 어느 날 사람들이 집으로 우르르 몰려들었고, 나는 엉겁결에 쇠망치와 강철 끌을 들고 일어났어. 하지만 험악한 무리들은 이내 내 팔을 잡고 토방으로 끌어내리더니 그다음에는 있는 대로 밟고 차고 하는 거야. 처음에는 대체 어찌 된 영문인지 몰랐지만, 곧 그 잔꾀가 들통났다는 사실을 알았네. 후회해 봤자 이미 늦은 일. 무참하게 차이고 맞으면서 눈앞이 흐려지는 가운데 내 팔을 못 쓰게 만들겠다는 협박에 섞여 마누라의 비명이 들렸다네.

마누라는 스승님의 먼 친척인데 처음 만날 당시에는 스승님 댁에서 하녀로 일하고 있었지. "어릴 적 부모를 잃고 친척 집을 떠돌아야 했던 불쌍한 아이라네. 앞으로 부디 소중하게 대해 주게. 겉으로는 온순해 보여도 심지가 꽤 굳은 아이라 분명 좋은 아내가 될 걸세."라고 스승님이 장담했었지. 나는 스물, 그쪽은 열일곱에 함께 가정을 꾸린 지 삼 년째, 스승님의 말씀이 점점 가슴에 와 닿던 무럽이었네. 결코 미인은 아니었지만 내게는 과분한 여자였어.

실력이 있는 장인은 웬만한 일이 일어나지 않는 한 평생 밥벌이는 걱정하지 않지. 그런데 그 웬만한 일이 일어났고, 마누라도 각오를 해야만 했다네. 간신히 제 한 몸 정착할 곳이 생겼구나 싶었을 텐데, 이전보다 더 괴로운 일이 기다리고 있으리라고는 상상도 못 했겠지. 나도 설마 마누라를 몸 파는 곳에 보내리라고는 꿈에도 생각하지 못했네.

그놈들이 소개해 주긴 했지만, 최소한 요시와라에 가게 해 달라고 부탁했던 건 나였네. 여기라면 사람들의 눈이 많아서 마누라가 그리 험한 꼴을 당하지는 않으리라는 계산에서였어. 세상에는 별놈들이 다 있지. 낯선 남자에게 몸을 맡길 때는 여자도 목숨을 거는 거네.

약속한 기간은 칠 년에 쉰 냥. 맞네, 마누라는 지금도 요시와라에 있어. 하하하, 하지만 우리 기루는 아니라네. 스물이 돼서야 일을 하겠다는 여자를 받아 줄 곳은 하급 기루뿐이야. 아니네. 라쇼몬 강가 정도로 심한 곳은 아니지만, 서쪽 강가의 작은 기루에서 매일 밤 푼돈으로 손님을 받고 있는 건 사실이라네.

마누라가 매춘을 하기로 한 덕분에 내 소중한 팔은 무사할 수 있었지. 팔만 무사하면 돈은 벌 수 있다, 열심히 모아서 칠 년을 삼 년에 끝내 버리겠다고 생각했었지. 정말로 그럴 생각이었어. 그런데 왜 이런 꼴이 되어 버렸는지 나도 잘 모르겠네. 이런 일을 할 바에야 팔이 있건 없건 마찬가지인데, 그때 마누라가 뭐하러 창녀가 되었을까 생각하면 내 자신이 한심해서 숨 쉬기도 싫네.

마누라가 일을 시작한 후부터, 나는 그 기루에 다니게 되었지. 아하하, 내가 내 마누라를 만날 때마다 금 반 푼을 지불해야 한다니 이상한 이야기지. 첫 만남은 뭐라 할 수 없는 묘한 기분이 들었던 것을 지금도 확실하게 기억하네.

강가의 작은 기루는 대체로 넉 간 크기로, 복도와 계단도 좁고 이층 천장은 지독히 낮지. 퀴퀴한 냄새가 나는 다다미 석 장짜리의 좁고 궁색한 방에서 한동안은 얼굴도 제대로 볼 수 없었네. 자세히 봐도 도저히 마누라의 얼굴 같지가 않고, 잘못해서 다른 창녀가 들어온 것만 같았지.

집에서는 머릿기름도 바르지 않고 민낯으로 있던 마누라가 흰 분을 목까지 바르고 입술에 빨간 연지까지 바르니까 완전히 다른 사람인 게야. 그냥 낯선 싸구려 창녀라고 생각하면 모르지만, 오히려 마누라라고 생각하니까 난 무슨 말을 해야 할지조차 모르겠더군.

그쪽도 말할 수 없이 어색했겠지. 말없이 앉아서 고개를 꼰 채 불편하다는 듯 머리카락을 쓸어 올리기도 하고 이따금씩 소녀로 돌아간 듯 양손으로 볼을 꼭 눌러 보기도 하는 모습이, 이상한 이야기지만, 너무나 요염해서 마음이 울렁거렸다네. 그래서 아무 말도 하지 않고 어깨를 붙잡아 이불 속으로 끌어당겼어. 헤헤헤, 마누라를 상대로 그렇게까지 흥분해서 야단법석을 떨기는 처음이었지.

아, 이렇게 좋은 여자가 다른 남자에게 안기는가 생각하자 재차 마음이 동했는데, 이번에는 조금 거칠었는지 마누라가 비명을 질러

대더군. 그러면 나는 더욱 흥분해서 결국 울음을 터뜨리게 만드는 식이었지. 여자가 그럴 때 흘리는 눈물은 쾌락의 눈물이라고만 알았는데, 이곳의 야리테 할멈 이야기를 들어 보니 꼭 그런 것만은 아닌 것 같더군. 고통과 쾌락은 종이 한 장 차이로, 여자의 쾌락은 남자보다 복잡한 것이라지. 허허, 내가 잘난 척 지껄였군.

금 반 푼으로 살 수 있는 싸구려 유녀라고 해도 여덟 번을 만나면 금화 한 냥이 되지. 아무리 허름한 작은 기루라고 해도 유녀 해웃값만 드는 게 아니라네. 아무래도 술값이니 뭐니 나가게 되고, 매일 만나기라도 할라치면 한 달에 열 냥은 그냥 날아가지. 제대로 된 벌이가 아니면 도저히 감당할 수가 없다네.

나는 그전까지는 계속, 마누라를 좋아해서 함께 산 게 아니라 스승님의 권유로 어쩔 수 없이 받아 준 것이라고 생각했었네. 그런데 웬걸. 손쉽게는 만날 수 없는 상대가 되자 말하기도 부끄럽기 그지없지만 둘도 없는 사랑스러운 마누라로 보이니 사람 마음은 참 요상하지. 집 안에서 가만히 혼자 앉아 끌 엉덩이를 탕탕 두드리고 있으면 침을 흘리며 울던 마누라 얼굴이 떠오르는 게야. 젠장, 지금쯤 다른 사내놈이 그 얼굴을 보고 있겠거니 하는 생각이 들기 시작하면 이미 손이 부들부들 떨리고 제정신이 아니었지. 자연히 납품도 늦어지고, 부부가 함께 명절 인사도 할 수 없게 되니 스승님은 완전히 정을 떼셨네. 당연히 주문도 점점 줄어들었고 돈이 궁해지는 거야 눈에 보듯 뻔했지만, 그녀가 옷깃이 거무스름해진 속옷을 입고 있거나 하면 옷을 사 주고 싶어졌지. 몸값을 삼 년 안에 갚아 버릴 요량이었는데, 십 년이 걸려도 안 되겠다는 생각이 차츰 들더군.

사랑하는 여자가 다른 사내 품에 안기면 더럽다고 얼굴도 보려하지 않는 남자가 많지만 난 타고난 성격이 어딘가 이상한지 오히려 그 반대인 게야. 마누라가 다른 사내에게 안겨 있는 모습을 떠올리면 가슴이 두근거리면서 뭔가 엄청나게 요염한 여자로 보이거든. 결국 갈 데까지 가서 그 사랑하는 아내가 있는 나락에 같이 떨어져보자는 심정으로 이곳에 정착을 하게 된 걸세.

요시와라는 속세와는 정반대라네. 일단 남자보다 여자를 높이 보지. 여자가 번 돈으로 끼니를 해결하고 있으니 남자들은 고개를 들지 못하는 게고. 손에 꼽히는 상위 오이란이라도 되면 기루의 주인까지도 반드시 '님' 자를 붙여 부르지. 더구나 나처럼 하찮은 일꾼은 "어이, 도라기치.", "도라코." 하고 부르기만 하면 "예이." 하고 달려가서 어떤 심부름도 받드네. 월경 때문에 예민해진 오이란이 불이 붙은 담뱃대로 내 정수리를 내리쳐도 싫은 소리 한마디 못하지.

나는 이곳에서 오이란에게 심한 핀잔을 들을 때마다 마누라에게 혼나고 있는 듯한 기분이 드네. 아니, 그렇지 않네. 마누라는 온순한 여자야. 집에 있었을 때는 말대꾸 한 번 하지 않았어. 이곳에 온 이후로는 싫은 소리도 가끔은 하게 되었지만, 그래도 아직까지 나를 거스른 적은 한 번도 없다네. 하지만 나는 반대로 이전보다 훨씬 마누라에게 상냥해졌지. 같이 이 유곽에 발을 담그게 되면서 처음으로 마음이 통하는 부부가 된 것 같은 생각이 들어서 말이지……. 핫하하, 이상하고 징글징글한 부부라고 실컷 비웃게.

오늘은 괜히 이야기가 이상한 데로 흘러가서 지나가는 사람을 붙들고 치부를 드러내고 말았군. 믿지 않아도 상관없지만 이런 얘기까지 털어놓은 사람은 자네가 두 번째네. 첫 번째는 그러니까, 후후, 아까 잠깐 언급했던 그 가쓰라기 오이란이었다네.

낮에 일을 하지 않는 오이란은 방에서 시간을 보내고 있어서, 우리가 방 청소를 하러 들어가면 뭔가 이야기를 걸어 주거든. 그러면 우리도 뭔가 세상 돌아가는 이야기를 들려주기도 하고. 그런데 어느 날 가쓰라기 오이란이 기다란 은 담뱃대를 빤히 바라보며, "이런 곳에 잘도 손공이 들어간 무늬가 새겨져 있네." 하고 말씀하시기에, 나는 털같이 가는 선을 새기는 기술이나 점선으로 입체감을 주는 기술에 대해 의기양양하게 말했지. 이윽고 묻는 대로 얘기하다 보니 점점 내 과거 이야기로 빠졌던 거지.

가쓰라기 님은 자네처럼 중간에 이상한 혜살을 놓지 않으셔서 나도 무심코 이야기를 해 버렸다네. 그분은 미천한 놈의 부끄러운 이야기를 마지막까지 열심히 들어 주시고는, "나, 자네의 마음을 왠지 알 것 같아. 사람의 마음은 깊은 우물과 같아서 아무리 몸을 뻗고 들여다봐도 어두워서 바닥이 보이지 않는 법이야." 하고 말씀하셨네. 조금 쉰 듯한 요염한 목소리가 지금도 귓가에 맴돈다네.

아, 역시 오초메五丁目에서 최고의 명성을 날렸던 오이란이 하는 말은 뭔가 달랐지. 여자면서 참 멋진 말을 한다 했는데, 그 오이란이 곧바로 이어서 "부부란 참 이상한 거네." 하며, 이번에는 또 더없이 순진한 말을 하는 게 아니겠나. 세상모르는 어린 소녀가 무척이나 감동한 듯한 표정이었지. 생각해 보면 나이도 그리 많지 않고 철도 들기 전에 유곽에 있었던 세상 물정 모르는 젊은 여자이니 속세의 부부 관계를 모르는 게 당연하다면 당연하겠지만. 난 그게 조금 가엾게 여겨지더군. 마침 낙적 이야기가 나왔던 때여서, "오이란도 이제 곧 끝이겠군요." 따위의 어설픈 위로를 했다네.

그리고 얼마 안 가 예의 그 소동이 일어났지. 아니, 난 속사정은 아무것도 모르네. 자세한 내용을 알고 있는 자는 주인과 반토* 정도겠지. 하지만 가쓰라기 오이란이 사라진 후부터 그 목소리를 자주 떠올리네. 나보다 훨씬 젊은 가쓰라기 님은 몸을 내밀어 사람의 깊은 우물 바닥을 봐 버린 게 아닐까. 그래서 결국 부부가 무엇인지는 모른 채 끝나 버린 것은 아닐까. 하하하, 거기까지는 아무도 알 수 없겠지.

*반토 番頭: 반토는 일반적으로 고용인의 우두머리를 뜻하는, 지금의 지배인의 지위.

마이즈루야의 반토 겐로쿠

호오, 계산대에는 무슨 일로? 아, 주인은 안에 계십니다만. 느닷없이 대체 뉘신지……. 어이쿠 이런, 기쿄야의 소개로 오신 손님이시군요. 제가 엄청난 실례를 범했습니다. 그러면 그렇다고 진작 말씀해 주시지. 여기 이렇게 계단 밑에 앉아 있다 보면 대부분의 손님 얼굴은 외우게 되는데, 나리 얼굴은 전혀 기억이 없어서 그만.

그건 그렇고, 그 기쿄야가 대체 어쩐 일일까. 처음 오는 손님이라면 으레 주인이나 안주인이 여기까지 안내해 주었을 텐데 청년 하나 보내지 않았다니 이상하군요. 이런, 기분 나빠 하지 마십시오. 마이즈루야는 손님을 직접 받지 않는 곳이라서 그렇습니다. 그쪽에 가서 확인하고 오는 동안 여기서 잠시 기다려 주십시오. 결코 아닙니다. 손님을 의심하다니요. 그쪽에서 뭔가 급작스러운 일로 경황이 없어서 손님을 안내해 드리지 못한 것이겠죠. 곧 똑똑한 놈을 하나 불러서 보낼 테니 잠시만 기다리십시오.

어이, 거기 청년. 기교야에 얼른 뛰어가서…… 네? 부르지 않아도 된다고요? 아쉽지만 오늘은 그냥 가셨다가 다시 오신다고요. 그 대신 여기서 저랑 이야기를 하고 싶다는 말씀이시군요.

하하하, 좋습니다. 계산대 업무도 일단락되어서 저도 담배나 한 대 피우려던 참입니다. 손님도 이 재떨이를 사용하십시오.

아, 네. 이건 보시는 대로 매출 장부입니다. 매일 밤 여기에 앉아서 장부를 기입하죠. 장사라는 건 뭐든 매상이 중요한데, 우리 상품은 한 번 팔았다고 사라지는 물건은 아니니, 후후훗, 팔려고만 하면 하루에 몇 번도 팔 수 있죠.

무슨 물건이든 안 팔리는 것보다는 팔리는 게 제일이죠. 이곳에서는 매출을 가장 많이 올리는 유녀를 오쇼쿠お職라고 부릅니다. 오쇼쿠에게는 우리도 아주 정중하게 대하죠. 네? 가쓰라기도…… 손님, 지금 가쓰라기도 오쇼쿠였냐고 말씀하셨습니까?

허, 이거 엉뚱한 이름이 나와 버렸군요. 손님, 그 이야기가 듣고 싶어서…… 아, 절대 그럴 작정은 아니었다고요. 하하하, 그렇다면 다른 이야기를 하시죠. 그 소동이 일어났던 당시에는 오로지 가쓰라기 이야기가 듣고 싶어서 몰려온 손님들 때문에 애를 먹었죠.

사실 많은 돈을 벌게 해 줬으니 전 가쓰라기에게 나쁜 감정은 없습니다. 이렇게 말하면 다른 반토들 눈이 휘둥그레질 겁니다. 매상에 큰 구멍을 냈으니 화가 날 만도 하지만 왠지 저는 지금도 그 오이란을 도저히 미워할 수 없습니다. 오히려 기특하다는 말을 해 주고 싶을 정돕니다…….

옛? 좋아했냐고요? 아, 네 네. 말씀하신 대로 좋아했었지요. 하지만 그건 짝사랑을 빗물 통의 물로 희석한 정도의 감정. 이곳에서 일하는 사내들은 모두 그런 감정이었을 겁니다. 어떤 장사이건 자신의 상품을 좋아하지 않으면 좋은 상인이 될 수 없죠. 하하하, 그렇다고 해서 상품에 손을 대거나 하지는 않는 법이죠.

제 자신이 이렇게 추남이기 때문에 아름다운 여자에게 사족을 못쓰는 건 사실입니다. 하지만 오랫동안 이 일을 하다 보면 오이란을 여자로 보지 않게 됩니다. 뭐, 말하자면 함께 장사를 하는 동무 같은 거죠. 하하하, 말은 그래도 어쩔 수 없이 이쪽은 남자, 그쪽은 여자. 조금 잠긴 듯한 달콤한 콧소리로 "겐로쿠 씨, 난 당신만 믿어요." 하고 한마디만 하면, 제 마음은 완전히 들떠서 간이라도 내주게 되죠. 원래 평상시 분별없는 소리를 하는 오이란도 아니었고, 세상의 이치나 도리도 확실하게 분간하는 현명한 유녀였죠. 그러니까 이런 큰 기루에서 당당하게 최고의 자리에 있을 수 있었던 것이죠.

아, 잠시만…… 네, 나리. 늘 이렇게 찾아 주셔서 감사합니다. 오늘 밤도 부디 즐거운 시간을……. 후후후, 보셨습니까? 저분 재미있는 손님입니다. 어이쿠, 가무로 둘이 부축해 주는데도 비틀비틀 위험해 보이는군. 저분은 교바시의 갑부이신데, 이곳에는 한 달에 대여섯 번 정도 오시죠. 그런데 매번 저리 만취 상태입니다. 히키테자야에서 일단 술을 잔뜩 드시고 등루하셔서는, 이곳 이 층에서도 또 술을. 결국 크게 코를 골며 곯아떨어지는데, 하하하, 가무로가 손님 콧구멍에 종이 끈을 넣어도 눈을 뜨지 못한다고 하더군요. 유녀가 이불에서 빠져나와 다른 손님과 만나고 돌아와도 여전히 잠들어 있어서, 하하하, 살며시 이불 속으로 들어가 아침이 올 때까지 등을 대고 잠만 잔다고 합니다. 아닙니다. 돈도 인색하지 않고, 성가시지도 않으니 더 이상 좋은 손님은 없는 셈이죠. 우리 기루에서 가장 인기 있는 손님입니다. 진정으로 요시와라를 좋아하는 사람이란 저런 손님을 두고 하는 말이 아닐까요. 하하하, 저런 손님만 있다면 편할 텐데, 흔치는 않죠. 손님처럼 젊은 분은 도저히 믿기 힘든 얘기 아닙니까?

원래 이곳에 오시는 분들의 가장 큰 바람은 오이란이 자신을 정말로 좋아해서 정사를 나누는 겁죠. 외람되지만 손님도 분명 그런 생각으로 오셨겠죠. 그냥 잠자리나 할 요량이면 사창가나 싸구려 기루로도 충분한데 거금을 뿌려 가면서 이곳에 오는 이유는, 수많은 남자 가운데 나야말로 이곳에서 직녀와 밀회하는 견우라고 생각하고 싶기 때문 아니겠습니까.

솔직히 말씀드리면 오이란은 여러 명을 상대하기 때문에 손님 입장에서 오이란의 진심을 얻기란 도박에서 돈을 따거나 복권에 당첨되기보다 어렵습니다. 하지만 도박이나 복권은 그 자리에서 결과가 결정되나, 유곽의 도박과 복권은 그리 쉽게 손을 떼지 않는 편이 좋습니다. 천천히 끈기 있게 붙어 있으면 탈락이 당첨으로 바뀌는 경우도 있습니다. 꾸준하고 성실하게 구애를 하신 손님에게는 오이란 자신도 차츰 끌리게 되어 어느새 가장 마음을 여는 상대가 되었다는 이야기를 자주 듣습니다.

하지만 그중에는 오이란에게 끊임없이 거절당하는 손님이 있어서 제가 고생하는 경우가 있죠. 거절당하는 이유는 주로 좋지 않은 행실입니다. 사람들 앞에서 쑥스러워서인지 일부러 유녀를 업신여기는 말을 하기도 하는데, 절대 금해야 합니다. 동료나 신조의 눈도 있어서 오이란은 억지로라도 손님을 거절할 수밖에 없습니다.

아무리 돈으로 사고파는 유녀라고 해도 살아 있는 사람인지라 마음까지 돈으로 살 수는 없는 법이죠. 후후후, 보아하니 손님처럼 젊고 훤칠한 미남은 오이란 쪽에서 놓아주지 않을 겁니다. 미남 손님이 나타나면 첫 만남부터 유녀의 마음 씀씀이가 완전히 달라서, 옆에서 봐도 알 수 있습니다.

예전에 화류계에 통달한 어떤 사람이 유녀에 대해 이런 말을 했습니다. '한 오이란에게 열 명의 손님이 있다면 일단 아홉 명은 미끼라고 생각하면 틀림없다'. 모든 상대를 진심으로 대했다가는 오이란의 몸은 남아나질 않을 테고, 그렇다고 노골적으로 차별을 하면 손님이 오지 않을 테죠. 그 지점을 능숙하게 요리하는 것이 바로 오이란의 실력입니다.

사람들은 흔히 세상에 네모난 달걀이 없듯이 유녀에게는 진심이 없다는 말을 하지만, 우리 눈에는 오이란도 역시 근본은 천생 여자로 보입니다. 일단 진심으로 마음을 빼앗기면, 끝까지 정성을 다해 상대를 대합니다. 후후후, 손님 같은 미남은 이곳에서 하룻밤만 머물면 그 사실을 바로 알 수 있을 겁니다. 아침이 되어 히키테자야에서 손님 마중을 와도, 좀처럼 보내려고 하지 않습니다. 그리고 손님이 댁으로 돌아가시면 다음 날 벌써 편지가 도착합니다.

아, 물론 대부분의 손님에게 편지를 보내고는 있지만, 정말로 좋아하는 손님에게는 다른 손님에게 쓴 편지를 일부러 보여 주기도 하면서 자신의 진심을 알리려고 애씁니다. 정말로 좋아하는 손님에게는 연중행사에 필요한 자금이니 부모에게 보낼 돈 등 자신의 주머니 사정까지 깡그리 털어놓으며 가족처럼 같이 의논하려고 하기 때문에, 손님 쪽에서도 정이 들게 되고 사랑하는 여인을 도와주고 싶은 마음이 절로 들죠. 유곽에서의 연애도 이 정도쯤 되면 더 이상 놀이가 아니죠.

그런데 때로는 그게 문제가 돼서 큰 소동이 일기도 합니다. 이쪽에 몸담고 있는 사람이 이야기하는 것도 좀 그렇지만, 바로 작년에도 맞은편 쪽 기루에서 소동이 한 번 있었죠.

요로즈야라고 하는 곳으로, 우리만큼 큰 기루는 아니지만 제법 좋은 유녀들을 데리고 있죠. 그중에서도 당시에 시키타에라는 오이란이 있었는데, 큰 기루에서도 최고까지는 아니어도 충분히 통할 만한 용모였지만 성격이 조금 경박하다는 평판이 있었죠. 여하튼 손님 접대가 능란했었는지 단골이 많은 편은 아니어도 사흘이 멀다 하고 드나드는 손님도 있어서 조절이 꽤 힘들었다고 합니다.

주요 단골은 세 명이었다고 합니다. 한 사람은 어느 높은 무사 집안의 둘째 도련님. 그분은 상속자가 아니어서 유흥비가 넉넉하지 못했기 때문에 때로는 오이란 자신이 화대를 지불하면서 만났다고 합니다. 뭐, 잠자리 애인 같은 관계였는지도 모르죠.

또 한 명은 니혼바시 근처의 포목점 반토로 마흔 살가량의 번듯한 처자식이 있는 분이었는데, 오이란에게 빠져서 상당한 물량의 옷을 바쳤다고 합니다. 하지만 그 외에는 지극히 계산적이어서 무턱대고 행하를 뿌리는 짓은 하지 않았다고 합니다. 아, 손님이 기루에서 주는 행하는 가미바나紙花라고 해서 진짜 돈이 아닌 종이인데, 나중에 계산대에서 그것을 돈으로 바꿔 주는 식이죠. 무턱대고 종이를 뿌려 대다가, 헤헤헤, 나중에 계산서를 보고 기겁하는 손님도 있습니다.

여하튼 원래 얘기로 돌아가서, 나머지 한 사람이 그 소동의 장본인입니다. 그 손님은 처음부터 혼자서 등루했다고 하는데, 그때 확실하게 거절했으면 그런 소동은 일어나지 않았을 겁니다. 뭐, 손님도 혼자 오신 분이라 듣기 기분 나쁠 수도 있겠지만 우리처럼 큰 기루는 반드시 히키테자야를 통해서만 손님을 받습니다. 히키테자야를 통하지 않고 손님을 받는 기루라고 해도 처음부터 혼자 들어오는 손님은 되도록 피하는 것이 관례죠. 나중에 정산할 때도 그렇고 여러 가지로 문제가 있을 수 있으니까요. 그런데도 그쪽 기루에서 그 손님을 그냥 받았던 이유는 옷차림도 말끔했고 정말 온순하고 기품 있는 젊은 도련님으로 보였기 때문이랍니다. 다른 기루 사람들도 모두 그렇게 착각했다고 하더군요.

소동이 일었을 때 저도 그 모습을 얼핏 보았지만, 엄청나게 하얀

고 갸름한 얼굴이 확실히 기품이 있다고 할 수 있는 생김새였습니다. 오싹할 정도로 붉은 입술이 실룩실룩했던 것이 떠오르는군요.

세 사람 가운데 유녀가 가장 좋아했던 상대가 누구였는지는 제쳐 두더라도 무사 집안의 둘째 도련님이나 처자식이 있는 포목점 반토에게 낙적까지 바랄 수는 없었겠죠. 하지만 홀몸인 젊은 도련님이라면, 어쩌면 지옥에서 구원해 줄지도 모른다는 기대도 있었을 겁니다. 매일 밤 반복되는 잠자리가 늘어날수록 하루빨리 몸을 뻗고 느긋하게 잘 수 있는 몸이 되고 싶어 하는 것은 유녀의 당연한 바람이 아니겠습니까. 뭐, 속셈이라고 하면 좀 그렇지만, 여하튼 유녀는 그런 기대로 인해 더욱 그 손님에게 정성을 다했을 것입니다.

그 손님은 호사롭게 놀지는 않았지만 행하도 인색하지 않았고 때로는 요시와라의 연중행사도 확실하게 챙겨 주었다고 합니다. 하지만 도저히 낙적을 해 줄 처지는 아니었죠.

나중에 들어 보니 스루가초에 있는 큰 환전상의 대리인이었는데, 요시와라에 드나드는 것만도 벅찬 상황이었다고 하더군요. 요시와라에 다니면서 마구잡이로 돈을 융통하다가 결국 감당할 수 없게 되자 가게 돈을 상당 부분 빼냈다고 합니다. 뭐, 예전부터 흔히 있는 이야기죠. 결국 오이란도 그 사실을 알아채고는 갑자기 쌀쌀맞아졌다고 하더군요.

오이란은 오이란대로 자신이 속았다고 생각했으니 순식간에 감정이 차가워졌겠지만, 남자 쪽에서도 그렇게까지 무리를 했으니 억울한 마음이 있었겠죠. 이미 그렇게 되면 관계는 회복하기 어렵습니다. 차라리 서로 얼굴도 보기 싫어져 헤어졌다면 그나마 낫지만, 뭐, 그렇게만 끝나지 않는 것도 예부터 흔히 있는 이야기죠.

손님의 궁핍한 주머니 사정을 알게 되면 기루에서도 대접 따위 해 주지 않습니다. 대접은커녕 섣불리 만나게 했다가 동반 자살이라도 시도하는 건 아닐까 싶어서 태도를 돌변해 매몰차게 대합니다. 이 층에 올라가도 공용 방에 아침까지 내내 방치한다든가 하는 날이 몇 번이나 이어지고, 도코마와시에게 행하를 줘도 효과가 없자 화가 치밀어 주먹을 휘두른 적도 있었던 모양입니다. 평상시에는 온순해 보이지만, 정색을 하고 화를 내면 완전히 다른 사람이었다던가요.

그러다 어느 순간 완전히 모습을 드러내지 않게 되어 기루 사람들은 일단 가슴을 쓸어내렸는데 한 달 정도 지나 다시 기루 앞에 모습을 드러냈을 때는 유녀가 소스라치게 놀라 비명을 질렀답니다. 표정이 어찌나 험악하게 변했는지 비명이 절로 나왔다는 겁니다.

격자창 너머로 말없이 보고 있는 것만으로도 오이란이 이성을 잃자, 미세반이 몇 번이나 쫓아냈지만 잠시 눈을 떼면 곧바로 돌아와서 다시 뚫어지게 노려보더라는 겁니다. 그런 일이 며칠이나 이어졌고, 오이란은 마침내 신경쇠약에 걸려 버렸습니다. 그러자 잠시 다른 섬으로 요양을 보내자는 이야기가 나왔다고 하죠. 그러던 와중에 어떤 소동이 일어났습니다.

여섯 번의 종소리를 시작으로 밤 영업이 시작되면, 손님들이 일제히 몰려와서 어느 기루든 정신이 없죠. 등루를 할 때는 무사라도 무기를 맡겨 두는 것이 유곽의 규칙으로, 우리처럼 큰 기루는 칼을 히키테자야에 맡깁니다. 그리고 히키테자야를 거치지 않고 온 손님은 이 계단 밑에서 칼을 맡기고, 우리는 안쪽에 있는 칼걸이에 걸어 둡니다. 돌아가실 때에 칼이 바뀌면 큰일이기 때문에 맡을 때에는 신경을 써서 하나하나 확인해야만 하죠.

그날은 초가을이었고, 근무 교대로 이제 갓 에도에 올라온 시골 무사 일행이 열 명이나 몰려왔습니다. 안 그래도 혼잡한 오후 여섯 시에 우르르 몰려들었으니 요로즈야는 거의 전쟁터 같았죠. 네, 맞습니다. 시골 무사들은 유곽에 익숙하기는커녕 에도의 물조차 마셔 보지 못한 촌뜨기라서 저희가 무척 애를 먹습니다. 사투리가 심해서 무슨 말을 하는지 제대로 알아들을 수가 없을 때도 있는가 하면, 시골 무사 주제에 잘도 위세를 떠는구나 싶은 자도 있죠. 하하하, 시골에서는 무사를 무시하는 사람이 없으니 기세등등한 거죠.

더구나 그때는 열 명 모두 요시와라에 처음 온 자들이어서 억지도 그런 억지가 없었죠. 어느 집안인지는 모르지만, 정말이지 폐스러운 일행이었던 겁니다.

아니나 다를까, 칼을 맡길 때 한바탕 말썽이 일었고, 청년들은 전부 시골 무사들에게 달려갔다고 합니다. 자연히 기루 입구가 비었고, 그 틈을 타 남자가 봉당으로 숨어들었지만 아무도 눈치채지 못했죠. 놀란 비명 소리가 들렸을 때는, 이미 남자가 담 안에서 비수를 휘두르고 있었다고 합니다.

손님을 기다리고 있던 스무 명의 유녀들이 꺄악꺄악 비명을 지르며 우왕좌왕하자, 청년들이 유녀들을 조금씩 담 밖으로 데리고 나왔고, 시키타에가 내 앞으로 뛰어나온 순간 남자도 곧이어 뒤를 따라 나왔죠. 다행하게도 시키타에는 스친 상처 하나 없이 구조됐지만 봉당에서 몸싸움을 벌였던 청년이 피를 흘렸고, 거기서부터 소동이 커졌습니다.

밖으로 나온 남자를 청년들이 에워싸자 남자는 궁지에 몰린 쥐처럼 포악해졌죠. 예전의 온순하고 유약해 보이던 남자의 모습은 온데간데없고 독기 품은 짐승처럼 난폭해서 아무도 가까이 가지 못하고 멀리 에워싼 채 한참을 지켜보고 있었죠. 어떤 자는 몽둥이 같은 걸 가지러 가고, 어떤 자는 근처 초소에 도움을 청하러 가는 등, 내가 소식을 듣고 밖으로 나왔을 때는 남자를 지키는 청년들이 얼마 없었습니다.

바로 그때 차랑하는 소리가 들렸습니다. 오이란도추의 선두에서 철장을 울리는 자가 내는 소리라는 것을 알고 나는 정신이 아득해졌죠. 우리 기루의 오이란…… 아니, 이제는 그렇게 부를 수 없지만, 그 가쓰라기가 돌아온 것입니다.

철장을 든 자 뒤로 제등을 든 자와 후리소데신조*의 모습이 보인 순간, 나는 큰 소리로 외치며 손을 흔들어서 이쪽으로 오지 말라는 신호를 보냈죠. 하지만 애석하게도, 그때는 하루 중 유곽이 가장 소

---

*후리소데신조 振袖新造: 열대여섯 살 정도의 유녀 견습생으로 가무로 중 유녀로서의 기량을 보이는 소녀가 이 정도 나이가 되면 선배 오이란의 도움으로 신조가 되는데, 오이란 대신 손님의 술자리에 앉기도 하지만 원칙적으로 잠자리는 하지 않는다. 후리소데신조가 되는 것은 앞으로 고급 오이란이 된다는 약속이기도 하다.

란스러운 때여서 그쪽은 전혀 눈치를 채지 못했습니다. 오이란의 행렬은 점점 다가왔고, 마침내 신조 뒤에 있는 오이란의 머리가 보이기 시작했습니다.

가쓰라기는 안 그래도 키가 큰 편인데, 거기에 여덟 치 높이의 게다를 신고 머리까지 틀어 올렸으니 더욱 눈에 띌 수밖에 없었죠. 팔자걸음으로 한들한들 흔들리는 머리를 보자 나는 이미 제정신이 아니었습니다.

아무리 오이란 행렬의 관습이라고는 해도, 그때 요로즈야의 사내들이 길을 환하게 터 주는 것을 보고 나는 '멍청한 새끼들'이라고 고함을 질렀습니다. 갑자기 포위망이 풀리고 오이란의 행렬과 그 남자가 정면으로 맞붙은 상황이 되어 버린 거죠. 철장을 든 자는 그래도 방어 태세를 취하며 남자 뒤로 돌아갔지만, 제등을 든 자가 한심하게도 옆으로 도망가 버리자 후리소데신조 두 명도 꺄악 비명을 지르며 달아나 버렸고, 오이란 뒤를 따르던 반토신조*마저 재빨리 도망쳐 버린 상황이었죠.

결국 가쓰라기는 길 한가운데서 남자와 마주하게 되었습니다. 나는 완전히 새파랗게 질려 있었죠. 엉뚱한 불똥이 튀어 우리의 소중한 오이란이 상처를 입다니 억울하기 그지없는 일이죠. 일단 우리 청년들에게 어떻게 해서든 오이란을 보호하라고 지시했습니다.

그런데 그야말로 천운이라고 할까, 전성기의 위세라고 할까, 그 남자는 신기하게도 갑자기 온순해져서는 팔을 축 늘어뜨리고 마치

---

*반토신조 番頭新造: 오이란의 매니저 역할을 했던 여성. 기량이 부족해서 유녀가 되지 못한 여성이나 계약 기간을 끝낸 은퇴 유녀가 맡았다.

드높은 산봉우리라도 바라보는 듯한 눈빛으로 오이란을 멍하니 올려다보는 것이었습니다. 순순히 비수를 내려놓고 오랏줄에 꽁꽁 묶여 끌려가면서도 재차 뒤를 돌아 오이란을 보고 있었죠.

나는 가쓰라기에게 달려가 손을 잡았습니다. 생각하면 같은 기루에 있어도 오이란의 손을 잡았던 건 그때가 처음이자 마지막이었습니다. 손이 눈처럼 새하얘서 세게 쥐면 녹아 버릴 듯한 기분이 들었는데, 후후후, 지금도 그 감촉이 또렷하게 남아 있습니다. 입고 있던 의상도 확실하게 기억합니다. 기모노는 분명 '고마치의 망령*'이라고 하는 문양으로 검은 지지미 원단에 커다란 해골을 은실로 수놓고, 해골의 눈에 자란 참억새를 금실로 수놓은 것이었습니다.

생각하면 조금 쑥스럽지만 그때의 나는 완전히 연극의 주인공이라도 된 듯한 기분에 빠져 양손을 잡고 눈을 보면서 "오이란, 무섭지 않았소?" 하고 속삭였죠. 그러자 그녀는 천천히 한쪽 보조개를 패며 이리 말하더군요.

"무서울 것이 뭐 있겠어요. 칼에 찔려 죽으면 이 세상의 고통에서 쉽게 벗어날 수 있고, 저세상에서 연꽃으로 피겠죠. 그리되면 오히려 여기서 당신의 손에 매달릴 일도 없겠지요."

정말이지 연극의 명대사 같은 말을 하고는 가만히 나를 바라보는데, 순간 머리가 어찔해지면서 열이 오르고 등골이 다 오싹하더군

---

*오노노 고마치(小野小町)는 헤이안시대 절세의 미녀였던 여류 가인으로 수많은 일화를 남긴 인물. 〈고마치의 망령〉은 고마치에 대한 전설 중 하나. 어떤 자가 들판을 지나가는데 억새 덤불 속에서 '가을바람이 불 때마다 눈이 아파.' 하는 소리가 들렸다. 목소리의 주인공을 찾아보니 해골 눈구멍에서 억새가 자라 있었고, 바람이 불 때마다 억새가 흔들려 사람 목소리처럼 들렸다고 한다. 그리고 그 해골이 바로 오노노 고마치의 해골이었다고 한다.

요. 하하하, 그 이후 나는 완전히 가쓰라기 지지자가 되었습니다. 오랫동안 이 일을 해 왔지만, 그녀처럼 배짱 두둑한 오이란은 이전에도 이후에도 없습니다.

마이즈루야의 반토신조 소데기쿠

 거기, 손님, 잠시만요. 어디를 가시나요? 뒷간이라면 이 복도 오른쪽으로 돌아…… 이런, 아니시라고요. 아, 알겠네요. 유녀가 좀처럼 돌아오질 않으니 초조해서 복도를 서성거리고 계시는 거군요.

 대신 제가 방으로 들어오라고요? 호호홋, 손님 참 언변이 좋으시네요. 제게 오이란의 이름이 가당키나 할지 눈을 크게 뜨고 보셔요. 이렇게 어두운 복도에서는 착각하실 수도 있겠지만, 길에서 만나면 한눈에 알 수 있을 겁니다. 화려한 의상의 오이란과는 반대로, 저는 우중충한 갈색 견주에 검은 공단 허리띠를 맨 수수한 차림. 예, 맞습니다. 저는 이 기루의 반토신조 소데기쿠라고 합니다. 네? 설마, 저를 찾으셨다고요? 이제는 손님을 받지 않습니다만. 오로지 오이란의 시중을 들고 있는 몸입니다.

아, 예. 말씀하신 대로 저는 분명히 가쓰라기 님의 시중을 들었었죠. 어쨌든 가쓰라기 님이 처음 손님을 받을 때부터 곁에 있었으니까, 이런, 호호호. 말하다 보니 나이가 들통나 버렸네요.

신조를 거쳐 오이란으로 처음 독립할 때는 이레 동안 그 사실을 알리는 행렬을 하면서 나카노초에 있는 히키테자야 한 곳 한 곳에 인사를 한답니다. 하지만 오이란 본인은 절대 입을 열지 않는 것이 관례라서 대신 가쓰라기의 이름을 알리고 다닌 사람이 바로 저였지요. 행렬을 할 때도 술자리에서도 오이란의 시중을 드는 사람은 어린 후리소데신조와 저처럼 나이 든 반토신조입니다만, 그중 오이란이 의지할 수 있는 사람은 역시 반토신조죠.

아니, 그러하지 않습니다. 유곽에 들어와서 처음부터 반토신조를 하는 여자는 없어요. 젊을 때는 후리소데신조라고 하고 그다음에 오이란이 되는 것인데, 나이가 들어서도 유곽에 남은 여자가 반토신조가 되는 것입니다. 예, 이래 봬도 저도 소싯적에는 제 객실을 가진 자시키모치 오이란이었지요. 자시키모치 오이란은 가쓰라기 님 같은 오쇼쿠 다음가는 상급 오이란이랍니다. 객실이 딸린 두 칸짜리 방에서 생활하는 호사를 누리기도 했지요. 호호호, 하지만 운이 다했는지 나이가 들고도 달리 갈 곳이 없어서 반토신조로 내려온 것이 오 년 전. 지금은 한방에서 남들과 뒤섞여 자는 신세가 되었으니, 예전과는 하늘과 땅 차이지요. 생각해 보면 제가 반토신조로 내려온 해와, 가쓰라기 님이 오이란이 되어 첫 손님을 받은 해가 마침 같은 해였던 것도 무언가 인연이겠지요.

또한 그해는 첫 손님을 받기에 길한 해라고 해서 당시 마쓰바야에서는 세가와 님, 오기야에서는 가센 님도 첫 손님을 받은 해였지요. 저희도 결코 질 수 없어서 무척이나 공을 들였답니다. 첫선을 보이는 피로연에서 나눠 주는 다케무라이세 만두를 담은 네모난 나무 찜통이 처마보다 높게 열두 척 높이로 쌓이는 등 정말이지 성대하기 그지없었죠.

의상에도 온갖 공을 들여서 피로연 준비에 전부 오백 냥이나 들었는데, 그 비용은 당시 전성기였던 미치노쿠 오이란이 단골손님에게 부탁한 것이었지요. 여하튼 오이란의 피로연은 기루에 의지하지 않고 언니 오이란이 자금을 마련해 주는 것이 관례랍니다.

예. 유곽에는 피보다 진한 인연으로 맺어진 자매가 있습니다. 언니는 동생 신조가 오이란으로 독립할 때까지 보살펴 주고, 동생 신조는 또한 언니의 모습을 보고 배우며 점점 그럴듯한 유녀의 모습을 갖춰 갑니다.

머리를 묶는 방법이며 화장법도 배우면서 어린 여자아이는 몰라볼 정도로 아름다워진답니다. 지나치게 갸름한 얼굴은 목부터 아래턱까지 하얀 분을 짙게 바르고, 이마와 볼은 가볍게 마무리하는 편이 예쁘게 보이며, 저처럼 평평한 얼굴은 콧날 양옆에 연지를 찍고 그 위에 하얀 분을 두드리듯 발라야 한다는 것도 언니가 가르쳐 주셨죠. 언니가 부엌에서 오이를 동그랗게 썰어 얼굴에 붙이거나 말린 잇꽃을 검게 구워서 바르는 것을 보고 대체 무슨 주술일까 생각했던 것도 옛날 얘기. 호호호, 저도 이내 나이가 들면서 따라 하게 되었지요.

생각해 보면 가쓰라기 님은 그런 화장도 필요 없는 타고난 미인이셨답니다. 가끔 목욕을 끝낸 후의 맨살을 보면 여자인 저조차도 황홀할 정도였죠.

그러한 화장법이나 차림새, 행동거지, 계절마다의 의례적인 인사, 담뱃대 손질과 다루는 법 같은 소소한 것은 물론, 손님 앞에서 이런 말을 하기는 뭐하지만 손님의 마음을 끄는 기술, 말하는 법과 편지를 쓰는 법도 언니를 보고 흉내 내면서 점점 몸에 배게 되죠.

옛? 가장 중요한 것이라…… 후후후, 말로 하기는 쑥스럽지만, 확실히 잠자리의 좋고 나쁨은 가장 중요한 부분이죠. 하지만 그야말로 십인십색이라서 배우기보다는 익숙해지는 것이 가장 빠르고 언니도 눈치껏 이런저런 이야기를 들려주거나 합니다. 말로는 해결이 되지 않을 때는…… 호호호, 그건 여기서만의 이야기라고 생각하시고 알고 계세요.

가쓰라기 님과 언니인 미치노쿠 오이란은 둘 다 붓꽃이나 제비붓꽃 같은 용모로, 피부는 눈부시게 아름다웠고 이목구비가 뚜렷했답니다. 단, 미치노쿠 오이란은 가쓰라기 님보다 좀 더 갸름한 얼굴이었고 눈꼬리가 올라가서 날카로운 인상이었지요.

미치노쿠 오이란이 가쓰라기 님을 동생으로 받게 된 것은 가쓰라기 님이 오이란으로 독립하기 겨우 일 년 전. 가무로 시절부터 함께한 친숙한 사이는 아니었는데, 여기에는 조금 사연이 있답니다. 요비다시 오이란은 보통 예닐곱 살의 가무로 시절부터 각별한 훈련을 받은 이들이 되는 법이지요. 하지만 가쓰라기 님이 이곳에 온 때는 이미 열서넛의 나이. 오이란이 되기에는 너무 많은 나이였기 때문에 그렇게까지 출세하리라고는 아무도 생각하지 못했지요.

그런데 갑자기 미치노쿠 오이란에게 낙적 이야기가 나왔고, 주인은 크게 당황했답니다. 무엇보다 요비다시 오이란은 기루의 간판이라 당장 후임자가 필요했지만 당시 미치노쿠 오이란의 동생은 너무 어려서 곧바로 미치노쿠 오이란을 대신할 정도의 기량이 되지 않았었죠. 그러던 중 설마설마했던 가쓰라기 님이 발탁된 것입니다.

기루 주인은 미치노쿠 오이란에게 어떻게든 낙적을 뒤로 미루고 가쓰라기 님을 훈련해 달라고 부탁했다고 합니다. 거문고, 샤미센, 다도, 꽃꽂이, 서화, 시조 등은 각 분야의 스승을 붙였지만, 오이란에게는 오이란이 아니면 가르칠 수 없는 다양한 것들이 있죠.

우선 행렬에서 빼놓을 수 없는 팔자걸음입니다. 높은 게다에 익숙해지기까지가 가장 힘든데, 행렬 중 잘못해서 게다가 벗겨지는 것은 오이란의 큰 수치랍니다. 그럴 때는 근처의 히키테자야에 들러 그 일행에게 행하를 주는 관례라든지 발을 내디딜 때는 몸이 위아래로 떴다 가라앉기 때문에 마치 배가 흔들리는 것처럼 보이는데 이때 어떻게 해야 자세가 흐트러지지 않는지 등을 가르친답니다.

보통 그 걸음걸이를 배워서 자세가 나오기까지 삼 년은 걸린다고 하는데, 가쓰라기 님은 단 일 년 만에 몸에 익혀야 했지요. 그래서 낮에는 매일 미치노쿠 오이란이 딱 붙어서 이 층 복도에서 연습을 했었답니다. 당시의 가쓰라기 님은 아직 앳되어 보일 정도의 얼굴이었고, 한편 미치노쿠 오이란은 눈꺼풀이 홀쭉해서 무서워 보이는 얼굴이었죠. 가끔씩 담뱃대로 종아리를 때리며 엄격하게 훈련을 시키는 모습은 옆에서 보기 안쓰러울 정도였지만 가쓰라기 님은 순순히 가르침을 받아 부쩍부쩍 성장했고, 겨우 반년이 지났을 때에는 이미 오이란에게 어울리는 모습을 갖추었답니다.

겨우 일 년 동안의 인연이라고 해도, 미치노쿠 오이란과 가쓰라기 님은 어느새 친자매처럼 친해지셨죠. 언젠가 경쟁자가 될 위치였다면 달랐을지도 모르지요. 하지만 어차피 미치노쿠 오이란은 곧 은퇴할 예정이어서 결코 경쟁자가 될 일은 없었으니 더 사이좋게 지낼 수 있었겠지요.

가쓰라기 님의 첫 손님이 된 사람은 미치노쿠 오이란이 부탁한 어느 큰 상점의 영감님이었습니다. 유곽에서는 제법 이름이 알려진 분으로, 호호호, 그분의 신세를 진 오이란은 셀 수 없다고 해요.

마치 극락의 연대蓮台에 오른 듯한 폭신폭신한 이불이 피로 물들었던 저의 첫날밤은 지금도 잘 기억하고 있습니다만, 후후후, 가쓰라기 님은 하룻밤에 그 일을 성사시키지 못하셨죠. 나이가 어린 탓도 있었는지 그 영감님이 손을 들어 버렸고, 기루 주인은 물론 미치노쿠 오이란도 꽤나 당혹해하셨답니다. 요비다시 오이란이 되었음을 알리는 피로연은 이레 낮 이레 밤에 걸쳐 이루어지는데, 여드레날에는 미치노쿠 오이란이 유곽을 떠나기로 되어 있었던 만큼 틀림없이 마음이 조마조마했을 겁니다.

요비다시 오이란의 방은 호화로운 세 칸 방으로, 첫 번째의 다다미 열 장짜리 방은 상좌에 장식 공간이 있는 객실이며, 안쪽의 다다미 여덟 장짜리 방에는 침구가 펼쳐져 있고, 가장 안쪽의 다다미 네 장 반짜리 방은 옷가지 등을 넣어 두는 곳으로 장롱 등 다양한 세간살이가 들어 있지요. 그날은 이미 미치노쿠 오이란의 낙적이 내일모레로 다가와 있었고, 다다미 열 장짜리 객실에는 히키테자야와 후원자들이 보낸 선물이 빽빽하게 놓여 있어서, 오이란은 아침부터 안쪽 작은 방에 칩거하고 있었습니다. 낮 영업을 위해 다른 오이란과 후리소데신조는 모두 아래층에 내려갔고, 이 층에는 야리테와 반토신조만이 남아 잡담을 나누고 있을 때였습니다. 기루의 청년이 어느 단골의 위문품이라며 쟁반에 귤을 수북하게 담아 가져왔습니다. 햇것이니 미치노쿠 오이란에게도 드려야겠다 싶어서 세 개를 석창포 잎에 말아 방으로 가져갔지요.

다다미 열 장짜리 방은 선물이 산더미처럼 쌓여 발 디딜 틈도 없었지만, 간신히 헤치며 다음 방 앞까지 갔더니 안에서 무언가 소곤소곤 이야기를 나누는 소리가 들려서 저는 소리를 내지 못하고 있었습니다. 손님이 머물고 있을 리가 없는데도 목소리는 어딘가 손님을 맞고 있는 듯한 교태가 느껴졌고, 큭큭 웃는 소리도 섞여 있어서 뭔가 묘한 기분이 들었죠.

기척을 낼 수도 없고, 그렇다고 안의 상황이 궁금해서 돌아설 수도 없었답니다. 나쁜 짓이라는 것을 알면서도 맹장지에 조그맣게 구멍을 뚫어 보니, 빨간 비단 속옷에 둘러싸인 채 마치 새하얀 설산 같은 맨살을 딱 맞붙이고 있는 두 사람의 모습이 보였답니다. 그 장면을 못 박힌 듯 꼼짝 못하고 보고 있는 동안 미치노쿠 오이란은 복숭앗빛 유두를 입에 물고는 빨기도 하고 혀끝으로 돌리기도 했고, 손을 아래로 뻗어 가녀린 손가락으로 깨끗하게 손질된 풀숲 두덩을 쓰다듬기도 했습니다. 그러자 가쓰라기 님의 간지러운 듯한 웃음소리가 이내 달콤한 비명으로 바뀌더니, 점차 짐승 같은 신음 소리가 되었지요. 결국에는 견딜 수 없었는지 울음을 터뜨리는 모습을 보고 저는 마치 숫처녀로 되돌아간 듯 얼굴이 달아오른 채 멍하니 서 있었답니다. 이윽고 "누구냐, 거기 있는 자는!" 하는 외침이 들렸고, 맹장지 구멍을 통해 치켜뜬 눈이 똑바로 저를 보는 순간 이제 난 죽었구나 하는 생각에 엉덩방아를 찧고는 뒷걸음질을 쳤죠.

결국 들통나서 나중에 미치노쿠 오이란에게 호되게 꾸지람을 들었는데, 그건 가쓰라기 님에게 손님이 많이 붙도록 몸소 잠자리 기술을 가르쳤던 것이라고 하더군요. 호호호, 요비다시 오이란 정도 되면 역시 가르침도 빈틈없구나 하고 저는 마음 깊이 감탄할 따름이었지요.

네? 저는 가쓰라기 님에게 무엇을 가르쳤냐고요? 글쎄요…… 숙취로 약을 먹을 때 외우는 주문이라든가, 개구리 모양으로 자른 종이를 바늘로 다다미에 꽂아 단골을 붙잡는 주문이라든가 그런 실없는 것들뿐이었습니다. 가쓰라기 님은 용모는 물론이고 워낙에 마음가짐도 남다른 분이어서 저 같은 자가 가르칠 게 없었으니까요. 단지, 먼 훗날 교훈이 되도록 가끔씩 어리석은 유녀의 참회록을 들려주는 것이 제 몫이라고 생각했지요.

쑥스럽지만 이래 봬도 한때는 제 방을 가졌을 정도로 제법 이름을 날렸던 몸이 어쩌다 이런 처지가 되었는지, 호호호. 손님도 그 연유를 한번 들어 보세요.

생각해 보면 저는 타고나길 사람에게 쉽게 빠져드는 성격이었던 모양입니다. 일 년에 한 명이라도 진심으로 좋아하는 손님이 있으면 그것만으로 이미 유녀의 처지를 잊었죠. 뭐, 그렇게 낙천적인 성격 탓인지 단골손님도 제법 많은 편이어서, 자시키모치 오이란 중에서도 나름대로 간판 오이란이었던 해도 있었을 정도였죠. 낙적 이야기도 몇 번인가 나왔지만, 그때마다 다른 손님에게 빠져 있어서 미적대는 동안 그 이야기는 흐지부지 사라졌고, 문득 정신을 차리고 보니 계약 기간이 끝나는 해가 다가와 있었죠.

빠져 있던 손님 중에서도 계약 기간이 끝나갈 무렵 제가 홀딱 빠져 있던 사람은 어느 무사 집안의 둘째 도련님인 노부지로라는 분. 나이는 저와 같거나 한 살 아래인 스물너덧…… 네, 당신과 무척 닮은 호남이었죠. 문득 그이가 떠오른 것도, 호호호, 여기서 당신을 만났기 때문이겠지요.

그이는 상속자가 아니어서 주머니 사정이 여의치 않았고, 이곳에 자주 올 수도 없었죠. 그래서 제가 화대를 내야 했답니다. 유녀가 자신의 화대를 지불한다는 것은 결국 빚이 늘어난다는 의미죠. 그나마 더 이상 융통을 할 수 없게 되었고 결국은 비상수단을 쓰게 되었지요.

교초 뒷길에는 밀회를 즐기기에 안성맞춤인 히키테자야가 있습니다. 하지만 그곳에 가기까지가 힘들었어요. 야리테와 기루 청년들에게 그때마다 뒷돈을 줘야 하기 때문에 결국 빚은 조금도 줄지 않았답니다.

여하튼 뒷골목에 가리가네야라는 히키테자야가 있었는데 지금도 잊히지 않습니다. 손바닥만 한 안뜰에 자그마한 나한송이 심겨 있었고, 툇마루를 지날 때면 늘 앞뜰의 엽란이 촉촉이 젖어 아름답게 빛나고 있었지요. 그이는 반드시 저보다 먼저 와서 작은 방의 기둥에 기댄 자세로 가만히 저를 봅니다. 매번 그때만은 날개가 돋아 하늘로 오르는 듯한 심정이었답니다. 호호호, 어리석은 여자라고 비웃지 마시어요. 노부지로 님은 여자처럼 속눈썹이 길고 부드러운 눈이라, 그 눈을 바라보는 것만으로 제 허리 부근이 근질근질해지고, 겨드랑이에 땀이 밸 듯했지요.

호색한에게는 돈과 권력이 없다는 옛말도 있죠. 밀회 비용을 전부 제가 부담한 것은 물론, 거기에 용돈까지 달라고 조르는 상황이었지만 전 그래도 노부지로 님과의 인연을 끊고 싶은 마음이 없었습니다. 회양목 빗 하나 사 주지 않는 그이에게 지어 준 옷만도 몇 벌인지. 아, 지금 생각하니 화가 나고 한심해서 참을 수가 없군요.

아무리 다른 손님이 있다고 해도 번 돈을 전부 다른 데 써 버리니 옷값도 부족한 상황이 이어졌지요. 자시키모치 오이란이라고는 도저히 볼 수 없을 정도로 궁상맞은 차림이라며 어느새 평판도 나빠졌고, 밀회를 하는 날은 괜스레 마음이 들떠서 일도 소홀하게 되었고요. 단골은 점점 줄어들기만 했고, 스물다섯을 경계로 새로운 손님은 완전히 끊어졌답니다. 저는 몸값도 갚지 못한 채 나이만 먹게 되었죠.

하지만 오랜 단골손님 중에 오덴마초에 있는 포목점 이세야의 반 토는, 호호호, 제 입으로 말하기 쑥스럽지만 제게 완전히 반해서 몇 번이나 낙적 이야기를 꺼냈었답니다. 덕분에 저는 어느 날 마음을 굳게 먹고 노부지로 님과 이별하기로 결심했죠. 마침내 노부지로 님에게 낙적 이야기를 밝히고 이별을 고하기로 한 날이었지요.

늘 그러하듯 기둥에 등을 기댄 채 무릎을 껴안은 자세로 노부지 로 님은 제 이야기를 말없이 듣고 있었습니다. 몇 번인가 천천히 고 개를 끄덕였고, 가끔씩 안타까운 한숨이 새어 나왔죠. 마지막에는 앉은 자세를 바로 하고는 "내가 무기력해서 힘들게 했구나. 용서하 여라." 하며 고개를 숙이시니 저는 어찌할 바를 몰라 으앙 하고 소 리 높여 울어 버렸답니다.

설사 계약 기간이 끝날 때까지 기다린다고 해도 무사의 아내가 될 리도 없고, 어차피 첩이 될 바에야 돈 많은 남자 옆에서 안락하 게 사는 것이 제일이라고 제 나름대로 확실하게 이해득실을 따진 후의 결심이었지만, 정은 또 별개라서 사랑하는 마음은 변하지 않 더군요. 저는 다시 제 화대를 내고 기루의 제 방에서 제대로 이별주 를 나누고 싶어졌습니다.

제가 악질 정부와 헤어진다는 이야기는 순식간에 사람들에게 전 해져, 그날 밤은 기루의 청년들과 다이코모치가 방으로 몰려와서 평소와 달리 흥겨운 술자리를 만들어 주었고, 제가 우울해지지 않도록 기분을 북돋아 주었습니다.

기루가 문을 닫는 시간은 어디든 밤 열두 시로 정해져 있어서, 마감을 알리는 딱따기 소리가 울릴 즈음에는 방도 복도도 다시 고요해졌지요. 남은 것은 마지막 밤을 기다리는 것뿐. 전 그이 품에 실컷 안겨 미련을 남기지 않을 생각이었습니다.

그런데 잠시 방을 나갔던 그이가 좀처럼 돌아오지 않아 무슨 일인가 싶어서 복도로 나갔답니다. 손님이 볼일을 보는 뒷간은 이 복도의 오른쪽으로 돌면 바로 있습니다만, 예상대로 그곳에 쭈그리고 앉아 있는 검은 그림자가 보였습니다.

"노부지로 님이셔요?" 하고 불렀더니, "응." 하는 모깃소리처럼 가녀린 목소리가 들려왔지요. 핏기 없는 창백한 얼굴이 달빛에 떠올랐고, 저는 저도 모르게 "무슨 일이셔요!" 하고 큰 소리로 외쳤다가 재빨리 입을 막았답니다.

노부지로 님, 아니, 그 남자는 결코 술이 약한 사람이 아니어서, 웬만큼 마셔도 흐트러지는 일 한번 없었답니다. 그런데 그런 사람이 술에 취했을 뿐만 아니라, 속이 불편했는지 뒷간에서 심하게 구토를 한 모양이었습니다. 옷깃에 토사물을 묻힌 채 왜소한 어깨를 가늘게 떨며 바닥에 주저앉아 있는 모습은 추태 그 자체. 그 모습을 보고 정나미가 떨어졌다고 말할 수 있다면, 아, 얼마나 좋을까요. 어찌 된 일인지 저도 제 마음을 알지 못한 채, 낙적을 거절하고 말았답니다.

생각해 보면 그전까지 수없이 밀회를 하면서도 그 남자가 제게 보여 준 얼굴은 한 가지였습니다. 늘 상냥한 눈길로 나를 보며 싱긋 미소 짓는, 더없이 기품 있는 얼굴. 그 얼굴을 볼 때마다 마치 초봄의 푸르른 하늘을 보는 듯한 기분이 들었지요.

이쪽은 정신을 못 차릴 정도로 좋아서 매일이라도 만나고 싶어 바둥거리다가 겨우 만나게 되면 반가워 눈물이 날 지경인데, 그쪽은 늘 시치미를 떼는 듯한 말끔한 얼굴인 것이 왠지 부아가 치밀기도 했답니다. 그래서 이별 이야기를 꺼내도 그쪽은 분명 나만큼 힘들어하지 않을 것이라고 멋대로 생각했었던 거죠.

뜻하지도 않게 초봄의 창공에 늦가을 태풍이 불어와 검은 구름이 휘몰아치는 것을 보자, 저는 그 남자를 내버려 둘 수 없게 되었습니다. 토사물이 묻어 시큼한 냄새가 나는 옷을 빨아 주면서, 어떤 고생을 하더라도 이 남자와 반드시 해로하겠다는 결심을 하고는 계약 기간이 끝나는 날까지 천천히 기다리기로 한 것입니다.

그래서 어떻게 됐냐고요? 호호호, 그거야 말할 필요도 없지 않습니까. 이 꼴을 보면 알 터.

계약 기간이 끝나기 반년 전부터 그 남자는 이곳에 발길을 뚝 끊었습니다. 혹시 병이라도 난 건 아닌지 걱정스러워 하루에도 몇 번이나 편지를 보냈지만 감감무소식. 이곳을 떠난 후의 일을 의논하려고 해도 방도가 없어 속절없이 시간만 보내자, 주인이 이곳을 나가도 갈 곳이 없다면 반토신조로 일하라고 권해 주셨지요.

그로부터 반년인가 일 년 정도 지나고, 조지야의 오이란 중에 자시키모치 오이란 한 명이 정부에게 완전히 빠져서 기루가 애를 먹고 있다는 소문이 들려왔습니다. 그리고 소문으로 들은 그 정부라는 자의 인상이나 풍채가 아무래도 그 노부지로 같다는 의심이 들었답니다. 처음에는 조지야 앞을 지키고 서서 확인을 해 보려고 했지만, 이내 한심하다는 생각이 들더군요.

설령 그 남자라고 한들, 또는 아니라고 한들 그 남자가 저를 감쪽같이 속였다는 사실에는 변함이 없으니까요. 그쪽은 제가 돈줄이 되지 못한다고 판단하자마자 미련 없이 돌아섰던 것이지요. 유곽에는 예부터 그런 수법을 쓰는 악질적인 정부가 널려 있었다는 이야기를 나중에 야리테 할멈에게 들었답니다. 세간에서는 손님을 속이는 것이 유녀의 습성이라고 하지만, 유녀가 손님에게 속았으니 누굴 탓하겠습니까. 호호호, 어리석기 그지없는 유녀라고 비웃으셔도 됩니다.

가쓰라기 님이 막 오이란이 되었을 즈음, 저는 이 이야기를 우스갯소리처럼 들려주었던 것이 기억납니다. 가쓰라기 님은 마지막까지 진지한 얼굴로 조용히 듣고 있더니, 마지막에는 묘하게 감동이라도 한 듯 깊게 고개를 끄덕이고는 싱긋 웃으셨지요.

"그렇게까지 사랑에 빠져 보는 것도 여인네의 숙원이 아닐는지요." 하며 청량한 목소리로 말씀하셔서 간담이 서늘해지는 기분이었습니다. 아, 이분은 나와 달리 정말로 현명한 분이시구나. 어린 나이에도 이렇게까지 모든 걸 꿰뚫어 보니, 나처럼 보잘것없는 남자 때문에 장래를 망칠 염려는 없겠구나 하는 생각이 들었지요. 저의 어리석은 경험으로 교훈을 주려고 했던 자신이 부끄러워졌을 정도였답니다.

　그런데 그런 오이란이 설마……. 그 소동은 대체 뭐였는지 오히려 제가 묻고 싶은 심정입니다. 저는 옆에 있었지만 자세한 내용은 아무것도 모른답니다. 단지, 생각건대 그처럼 현명한 오이란이 행한 일이라면, 결코 틀리지 않았을 것이라고 믿을 뿐이지요.

주류 도매점 이타미야의 한사이 영감

어이, 거기 멍하니 앉아 있지 말고 차라도 좀 내와. 요즘 계집들은 정말 눈치가 없다니까. 말을 안 하면 꼼짝도 안 하려고 들어…… 후후, 하지만 괜찮은 여자 아닌가. 자네도 봤을 텐데. 뭐라니, 의뭉 떨지 마시게. 지금 저기 장지문을 열고 나간 계집의 탐스럽게 살이 오른 엉덩이를 안 봤다는 겐가.

뭐 어쩔 수 없지. 자네 나이에는 여자를 보면 먼저 얼굴에 눈이 가게 되니, 저 계집의 좋은 점을 알 리가 없겠지. 얼굴은 떡판인 주제에 이목구비는 자잘해서 미인하고는 한참 거리가 멀지만 피부는 갓 찐 찹쌀떡처럼, 후후후, 새하얗게 빛나는 게 찰싹 달라붙을 것 같지 않나.

저 계집은 우리 가게 종업원인데, 주로 이 별채에서 이 노인네를 돌봐 주고 있다네. 여자로서 이제 막 피려는 나이니 못생겨도 한창 예뻐 보일 때지. 여자의 전성기는 스물에서 서른이라느니 서른 중반은 돼야 제대로 농익었다고 한다지만, 나처럼 나이 든 노인은 저 정도로 젊은 쪽이 좋아. 저쪽도 자네처럼 젊은 남자보다 내 쪽이 좋다고 생각할 걸세.

남자는 이상한 동물이라서 젊었을 때는 묘하게 연상에 끌리기도 하는데, 여자도 그건 매한가지. 남자건 여자건 나이를 먹으면 상대방은 되도록 젊은 쪽이 바람직하지. 요컨대 기운이 남아돌 때는 상대방에게 나누어 주고, 부족해지면 상대방에게 나눠 받는 모양이라 할 수 있네.

한창때가 지난 여자에게 남자가 눈길도 주지 않듯이 여자도 나 같은 노인네에게는 차가워진다네. 우리 며느리가 좋은 예지. 예전에는 뭔가 선물이 들어오면 가장 먼저 시아버지에게 드리라고 하던 사랑스러운 며느리였네. 어느 집이나 마찬가지지만 시어머니와는 사이가 좋지 않아서 나도 음으로 양으로 뭐든 감싸 줬지. 그런데 어떤가. 그 며느리가 서른을 넘어서부터 갑자기 쌀쌀맞아진 걸세. 오히려 사이가 나빴던 할망구하고는 그래도 같은 여자라고 뭔가 이야기도 하지만 내게는 아예 말도 걸어 주질 않아. 아들놈도 아들놈이지, 가게에 얼굴을 내밀면 노골적으로 거북한 표정을 짓는다네. 그래서 이 별채에서 하루 종일, 후후훗, 이렇게 고양이나 저 계집을 무릎에 앉혀 놓고 세월을 보내는 걸세.

이놈도 암컷이라 초봄에는 야릇한 소리로 울면서 몸부림을 치지.

지금도 이렇게 허리뼈 부근의 털을 만져 주면, 이거 보게, 몸을 부르르 떨면서, 하하하, 귀엽지 않은가. 사람이건 고양이건 내 손에 걸리면 순식간에 쾌락의 비명을 질러 댄다네.

맞네. 자네가 들은 대로 나는 요시와라에서 미즈아게*, 그러니까 유녀의 첫날밤을 도와주는 남자로 통했지. 그래서 그 이야기를 듣고 싶어서 찾아왔다고? 하하하, 그렇다고 자네를 호사가라고는 할 수 없지. 젊은 남자라면 궁금한 게 당연지사일 터. 묻고 싶은 것이 얼마나 많겠나.

뭐? 미즈아게라고 하는 이유? 유녀가 첫 손님을 받는 것을 왜 미즈아게라고 하는지 알고 싶다? 별 시시한 걸 다 묻는군. 어린 예비 유녀를 신조라고 해서 배에 비유하니 그 배에서 무거운 짐을 내리는 의미라고 주장하는 자도 있지만, 뭐 이유 따위가 중요한가. 여하튼 자네 같은 풋내기가 감당할 수 있는 일이 아니라는 것만은 확실하지.

슬프게도 난 이미 이도 빠지고 머리는 반들반들, 피부는 푸석푸석. 이 꼴이 되니 역시 요시와라에는 발길이 가지 않지만, 바로 사오 년 전까지만 해도 살쩍_{관자놀이와 귀 사이에 난 머리털}도 조금은 남아 있었고 얼굴에도 윤기가 있었다네. 보는 대로 콧대는 굵고 입술은 두툼하지. 크크크, 한눈에도 정력이 센 관상 아닌가.

미즈아게를 부탁한 마지막 유녀가 누구였더라…… 뭐? 가쓰라기? 그 엄청난 소동을 일으킨 가쓰라기 말인가……. 분명히 가쓰라

---

*미즈아게 水揚げ: 상인이 배에 실려 있는 짐을 내려 비로소 상점에 내놓는다는 뜻의 용어. 이에 빗대어 유녀가 첫 손님을 맞는 것을 의미하는 유곽 용어로 사용되었다는 설이 있다.

기의 상대도 하긴 했지만, 자네가 어떻게 그걸? 아, 그래. 그냥 해본 말이라고. 하기야 근래에 유례없는 소동을 일으킨 유녀다 보니 요시와라의 오이란이라고 하면 바로 그 이름이 떠오를 수도 있겠군. 가쓰라기 이후에도 내가 보살핀 유녀가 한두 명은 더 있었던 것도 같은데……. 아, 이리 한심할 데가. 나이가 드니 자꾸 잊어버리는구먼.

그런데 이상하게도 젊었을 때의 일은 뭐든지 기억이 나네. 처음 만난 유녀의 얼굴은 지금도 선명하게 기억이 난다네. 이마가 산봉우리처럼 생긴 예쁜 오이란이었지. 그렇게 아름다운 얼굴형은 이전에도 이후에도 본 적이…… 아니, 있었을지도 모르지. 어쨌든 오십 년이나 된 옛이야기니까. 그 이후 몇 명과 잠자리를 했는지, 하하하, 그것도 분명하지가 않군.

그런데도 첫 유녀는 확실하게 기억하는 걸 보면, 나를 첫 손님으로 맞은 오이란들도 모두 나를 똑똑히 기억하지 않겠나. 난 그네들이 나를 분명 좋게 기억할 것이라고 생각했다네. 그런데 어느 순간, 그것은 남자의 낙관적인 착각인지도 모른다는 생각이 들었네. 여자는 남자보다 정이 깊은 것처럼 보이면서도 의외로 박정하기도 하고, 어쩔 때는 별것도 아닌 일을 언제까지고 가슴속에 담아 두는가 싶으면, 소중한 약속은 또 휴지처럼 버리고 태연하기도 하지. 남자의 눈으로 보면 여자의 마음속에는 악마가 사는 것 같아 그게 또 재밌기도 하지만, 여하튼 나는 그것 때문에 한 번 호되게 당한 적이 있다네.

기명은…… 그래, 분명히 하나무라였네. 작고 갸름한 얼굴에 입가에는 점이 하나 있었는데, 그 점이 참으로 요염하게 보였지. 신조 시절부터 나이에 비해 성숙해 보이는 얼굴이었다네.

원래 아무리 성숙해 보이는 유녀라도 가무로 시절에는 순진한 법이지 않나. 어렸을 때부터 유곽에서 자라서 듣고 본 것이야 많겠지만, 몸으로 직접 경험하는 것과는 완전히 다르지. 그래서 나 같은 남자가 필요한 거네. 여자는 무엇보다 첫 경험에 실패하면 정사가 고통으로밖에 느껴지지 않게 된다고 하지. 유녀의 처지라고는 해도, 아니, 유녀이기 때문에 더욱 처음이 중요해서, 그녀들의 고뇌를 조금이라도 편안하게 해 주는 것이 내 역할이라고 생각했다네.

자네는 아직 안사람이 없겠지. 그렇다면 새로 지은 속옷을 입고 이불 위에 누워 있는 여자의 피부를 만지는 기분도 모를 터. 대부분의 남자는 색시를 맞이할 때밖에 그 무릉도원을 맛볼 수 없지. 큭큭큭, 내가 맞이한 색시는 양 손가락으로도 다 꼽을 수가 없다네.

우리 가게는 보시는 대로 술 도매상으로, 취급하는 술은 전부 간사이 지방에서 생산된 것이네. 맛있는 탁주야 이곳에도 있지만, 청주는 역시 간사이가 최고지. 일 년에 너 말들이 수십만 통이 오사카 항구에서 배에 실려 이곳 신카와 부두로 오게 되는 것이야. 우리는 '겐비시劒菱'를 매입하는데, 겐비시가 내로라하는 명주다 보니, 그쪽의 양조업자들이 에도에 올 때 요시와라에서 접대하는 것도 우리 업무 중 하나라네.

마이즈루야 입장에서는 내가 내 아버지 때부터 매상을 올려 주는 단골손님이었으니, 내게 첫선을 뵈겠다는 제안을 한 것도 이상할 것은 없었지. 난 마침 마흔 살이 된 해였고, 안식구가 내게 시집온 지 이십 년 가까이 됐으니, 하하하, 그 제안이 기쁘지 않을 리가 있겠는가.

안식구와의 첫날밤이 번거롭게만 느껴졌던 것은 이쪽이 아직 젊었던 탓이겠지. 사십 대가 되니 그 제안이 기쁘기 그지없었지만, 애당초 숫처녀라는 유곽의 말 따위 믿지 않았네. 마이즈루야에서 아마도 여러 명의 손님에게 첫 손님으로 와 달라고 하며 엄청나게 돈을 긁어모을 거라고 생각했지. 그런데 괜한 의심이었다는 것을, 하하하, 이불 위에서야 알았던 걸세.

하나무라는 신조 시절부터 여러 번 얼굴을 마주했었지. 제법 눈치가 있는 아이라서, 내가 방에서 농지거리를 하면 오이란보다 먼저 큭큭 웃기도 했지. 가만히 있으면 성숙해 보이지만, 순진하게 웃을 때는 정말 귀여웠다네.

그런데 그 귀여운 얼굴이 굳어지면서 더없이 창백해지더군. 속옷 속으로 손을 넣어 보니 피부가 싸늘했지. 젖퉁이를 살짝 주무르자 요 고양이 녀석과 똑같이 부르르 떨더군.

고양이는 어떤 고양이든 똑같지만, 여자가 좋은 소리를 내는 부위는 제각기 다르다네. 천 명이면 천 명 다 다르고, 만 명이면 만 명의 성감대가 있을 것이네. 몇 군데 알지도 못하는 남자들이 꼭 자랑스레 떠벌리고 싶어 하는 걸 보면 그야말로 가소롭기 짝이 없지. 자네 같은 풋내기는 그런 이야기가 궁금하겠지만, 그건 가르쳐 줄 수 있는 것이 아니라네. 하하하, 자신의 손으로 직접 찾아봐야 알 수 있지.

단, 한 가지는 가르쳐 주지. 여자를 상대할 때는 무엇보다 마음을 느긋하게 해야 하네. 젊은 남자는 어디를 눌러서 좋은 소리가 나면 금세 다른 요소要所를 찾아보고 싶어지게 마련이지만, 여기저기 주무르면 여자는 정신이 어수선해져서 오히려 분위기가 깨져 버리지. 소중한 연장이나 그릇을 공들여 닦듯 한 곳을 차분하게 공들여 쓰다듬고 주무르면 여자는 차츰 몸도 마음도 녹아드는 게야. 그야 물론 거칠게 다뤄 주는 것을 좋아하는 이도 있기는 있지만, 대부분은 싫어한다네. 특히 처음일 때는 더욱 부드럽게 해 줘야만 해. 조금이라도 무섭게 하면 조개가 입을 꽉 닫아 버려서 그동안 고생한 것도 물거품이 되지. 그렇게 되면 젊은 남자는 애가 타서 여기저기 주물러 대다가 일을 더 꼬이게 만들지. 하하하, 나도 안식구랑 할 때는 하마터면 실패할 뻔했다네.

하나무라와 첫날밤을 보낼 때는 나도 나이가 나이인 만큼 여유가 있었고, 그쪽도 대략적인 것은 들어서 각오는 하고 있었을 게야. 처음에는 얌전하게 몸을 맡기는가 싶더니만, 중요한 단계에 들어서서 내가 발목을 들어 올렸더니, 순간 깜짝 놀라서 이불 밖으로 몸을 빼 버리는 것이 아니겠나. 그때서야 진짜 숫처녀를 맞이했다는 것을 알게 된 게지. 어허, 거참. 그때의 기쁨을 어찌 표현할꼬. 핫하하, 여하튼 요시와라에서 그때만큼 좋았던 적은 이전에도 이후에도 없었다네.

그렇기는 해도 애를 먹이는 안식구 때와 매한가지였네. 하나무라는 완전히 이성을 잃어서 장딴지로 내 목을 조르고 손톱으로 팔뚝을 찌르기도 했지. 너무 고통스럽다는 듯 미간을 찡그리며 이를 으드득거리고, 입가의 점이 움찔움찔 떨리고 있었네. 그 모습이 애처로워 보였지만 도중에 그만둘 수는 없지 않겠나. 나는 일단 숨을 깊게 들이마시고는 천천히 숨을 뱉어 내며 하나무라의 호흡에 맞춰 갔다네. 그러자 허벅지 안쪽 살이 다시 점점 느슨해졌고, 몇 번 정도 호흡을 맞추는 동안 문이 스르륵 열렸지. 하나무라에게 나는 말 그대로 첫 손님이 된 게지. 큭큭큭, 그때는 방이 좁고 궁색해서 몸을 움직이기도 불편했기 때문에 금방 끝났지만.

아, 다시 떠올리니 그립군. 그날 밤 나는 하나무라가 세상에서 제일 사랑스러운 여자로 보였다네. 안식구가 들으면 당연히 화를 내겠지만, 남자란 원래 그런 존재가 아닌가.

하나무라의 안심한 듯한 얼굴을 보고 나는 눈가에 맺힌 눈물을 혀로 핥아 주었다네. 그쪽은 내 체취라도 맡는 듯 가슴과 옆구리에 코를 박았지. 우리는 개들이 장난을 치듯 서로 희롱하면서 고급 안피지로 뒤처리를 했다네.

그 뒤로 일 년인가, 일 년 반 정도 하나무라의 잠자리 상대를 했지. 그쪽은 금세 이름이 나기 시작해서 다른 단골도 많이 생겼네. 잠자리 기술도 놀라울 정도로 능숙해졌지만, 내 마음은 이상하게 식어 갔다네. 아무래도 나는 원래 집착이 없는 성격인지, 이미 내 손을 떠났다고 생각하면 오히려 어깨의 짐을 내려놓은 듯한 기분이

들었지. 절대로 끈덕지게 들러붙거나 하지 않았다네. 그러는 동안 다시 첫 손님을 맞는 유녀가 나타나게 됐고, 그 뒤로는 똑같은 반복이니 굳이 말할 것도 없지.

하나무라와는 인연이 끊어진 후에도 자주 마주쳤다네. 다른 유녀들도 마찬가지였지. 후후후, 한때는 마이즈루야의 오이란 중에 나를 모르는 이가 없다고 해도 좋을 정도였네. 그래서 술자리에 부르거나 복도에서 지나칠 때면 어쩐지 모두 하나같이 당당하게 가슴을 펴고 의기양양한 표정으로 빙긋 미소를 짓는 게야.

하나무라가 낙적했다는 이야기를 들었을 때는 진심으로 축하해 주고 싶었지. 계약 기간이 끝날 때까지 일하고 유곽을 무사히 떠나는 오이란은 생각만큼 많지 않다네. 도중에 병이 드는 이도 있거니와 질 나쁜 손님이나 정부에게 걸려 몸만 버린 예도 수없이 봐 왔지. 낙적을 해 주는 자가 누구든, 전성기에 낙적되는 오이란은 더없이 행운인 셈이야. 얼굴도 모르는 남자에게 시집가는 여염집 여인네들에 비하면, 잠자리를 함께했던 상대와 맺어지는 것이니만큼 오이란이 더 행복할지도 모르지.

어디 사는 누가 하나무라를 낙적해 줬는지는 기루에서도 말해 주지 않았고, 나도 묻지 않았네. 하나무라의 단골 중에는 제후의 저택에서 근무하는 상급 무사도 있는가 하면, 이름만 대면 알 만한 큰 점포의 주인도 있었지. 어느 쪽이나 유곽에 드나드는 비용에 불편함을 느끼지는 않을 사람들이지만, 낙적에 드는 돈은 그리 쉽게 낼 수 있는 액수가 아니라네. 바로 내가 그런 예지. 그렇게 유곽에 들

락거렸어도 오이란을 낙적해 곁에 둔 적은 한 번도 없었다네. 후후후, 안식구에게 미안한 마음도 있지 않겠나.

낙적을 해 주는 자는 의외로 단골보다는 근처 시골의 부농인 경우가 많지. 시골 부농들은 에도의 오이란을 데려왔다는 것이 자랑이기 때문에 마치 가보처럼 소중하게 대한다고 하고, 오이란 쪽에서도 에도에서 눈칫밥을 먹는 것보다 마음 편해서 좋다고도 하는데 정말 그런지는 알 수 없지. 여하튼 상대가 누군지 기루에서 들은 바가 없던지라 하나무라도 아마 그런 상대에게 낙적되어 에도를 떠났으려니 하고 멋대로 생각하고 있었다네.

그건 그렇고 안식구의 친정은 형님이 대를 이었는데, 그 형님의 취미가 하이카이(俳諧 유머러스한 일본 시의 한 형식)여서 나도 교류 삼아 시작했고, 몇 번인가 시를 짓는 모임에 갔었지. 하이카이는 혼자 읊어 봐야 재미가 없기 때문에 모두 모임에 나와서 서로의 서투른 시를 피력한다네. 여하튼 어느 모임에서 알게 된 자가 오덴마초의 스즈카야라고 하는 포목점의 반토였지. 원래 마쓰자카 목면 생산으로 명성이 높은 포목점인데, 주인은 이세에 있기 때문에 반토라고는 해도 에도에 있는 점포에서는 주인과 매한가지였지. 니혼바시 근처의 포목점은 모두 그런 식으로 운영되었다네. 나이는 나랑 별반 차이가 없었지만, 하이카이 실력은 뛰어나서 내게 '가센* 잇기'라는 놀이를 가르쳐 주었지.

가센 잇기라는 건 한 명이 오칠오의 첫 구를 띄우면 다음 사람이

*가센 歌仙: 렌가(連歌), 하이카이의 형식 중 하나로, 장구와 단구를 교대로 이어서 36구로 만든 시.

칠칠로 둘째 구를 이어서 전부 서른여섯 구를 만드는 건데, 이게 꽤 재미있다네. 그 스즈카야 반토가 가을에 무코지마에 있는 별장에서 그 모임을 한다고 해서 나도 형님의 동행인으로 재미 삼아 따라가지 않았겠나.

별장은 전통적인 다실이 있는 구조였고, 그때는 참억새와 싸리가 다실의 뜰을 장식하고 있었다네. 형님과 나 외에도 두 사람이 더 모였고, 거기에 반토 부부가 합류해서 전부 여섯 명이서 가센 이어가기를 하게 되었지.

그런데 반토의 아내라는 여성을 보고, 나는 깜짝 놀라 주저앉을 뻔했다네. 머리는 둥글게 틀어 올렸고, 눈썹을 밀었으며, 수수한 회색의 줄무늬 지지미로 된 옷을 입고 있어서 완전히 딴사람 같았지만, 얼굴은 틀림없는 하나무라였지. 무엇보다 입가의 점이 그 증거였네.

나는 크게 당황했지만 그쪽은 아무렇지 않은 얼굴로 자연스럽게 인사를 하고는 자리에 앉았지. 너무 아무렇지 않은 듯 보여서 혹시 다른 사람인가 순간 의심도 했지만, 그럴 리가 없었네. 생각해 보면 스즈카야 반토는 분점에 혼자 나와 있는 게야. 안사람은 본점에 있으니 이웃과 교류가 없다면, 아내라는 것은 이름뿐으로 딴살림을 하기에 충분한 조건이지. 전직 오이란으로서는 새 삶을 살기에 적격이지 않겠나.

하나무라 정도의 오이란이면 유곽에서 시와 하이카이는 기본적으로 배웠겠지. 여하튼 남자 다섯에 여자 한 명이 되니 헤이안시대의 육대 가센 명인이 한자리에 모인 듯했고, 하나무라는 육대 가센 명인의 유일한 여자였던 오노노 고마치라고 할 만한 재색겸비의 여인이었으니, 스즈카야 반토는 오죽 자랑스러웠겠는가.

나는 피치 못할 인연으로 그네와 다시 만나 마음이 들떴다네. 게다가 세 사람씩 마주 앉았기 때문에 정면에 그네의 얼굴이 있었지. 몇 번인가 슬쩍 표정을 살폈지만, 그네는 그때마다 느긋하게 미소를 보내 주는 게야. 그 웃음이 또 수수께끼였지.

다른 남자라면 그냥 간살부리는 웃음으로 볼 수도 있겠지만, 나는 어찌 됐든 그네의 성격이며 속살까지 알고 있는 사람 아닌가. 게다가 그네 입장에서는 처음으로 몸을 주었던 손님이기도 하고. 이것은 하늘의 뜻이라기보다 하나무라의 간절한 마음이 나를 이곳으로 부른 것은 아닐까 하는 생각까지 들었네.

나를 보고 웃는 것은 무언가 이유가 있겠지, 다시 어디선가 밀회를 즐기자는 의미는 아닐까 등등의 망상이 떠올랐다 사라졌고, 이미 시나 읊조리고 있을 기분이 아니었다네. 마침내 나는 생각다 못해 시의 첫 구절로 확인해 보기로 했지.

한집에서 새하얀 싸리를 보았었지

이 첫 구는 물론 마쓰오 바쇼의 「깊숙한 샛길」에 나오는 '한집에서 유녀도 잔다, 싸리와 달'에서 따와, 싸리를 정강이*로 들리게 하

*정강이(脛)와 싸리(萩)는 모두 '하기'로 발음된다.

려는 속셈이었지. 나는 과거에 유녀였던 자네와 한 지붕 아래에서 하얀 정강이를 보지 않았느냐 하는 물음이었던 게야.

분명히 무슨 대답이 있을 것이라 믿고, 나는 그네의 얼굴을 가만히 지켜보고 있었네. 하나무라는 내심 무척이나 당황했을 테지만 얼굴은 조용한 미소를 머금은 채 가면처럼 조금도 흐트러지지 않더군. 그리고 이어서 읊은 구절은 이랬다네.

피를 빨고 우는 가을 모기 성가시구나

당했다 하는 소리가 나도 모르게 나올 뻔하지 않았겠나. 핫하하, 첫 남자를 잊지 못하고 있지 않느냐고 이제 와 물어보아야 이쪽은 짜증 날 뿐이다. 그런 일은 모기에 물린 정도로밖에 생각하지 않는다고 하나무라는 내게 제대로 한 방 먹인 게야.

허어 참, 남자의 헛된 자부심이었음을 알게 된 꼴이었지. 그 이후 나는 여자라는 존재가 무서워졌다네. 그래서 그 이후로는 오로지 신조나 젊은 오이란만을 상대하게 됐지.

가쓰라기의 첫날을 부탁받았을 때는 나도 환갑이 넘은 나이였지만, 후후후, 남자는 젊음이 다가 아니지 않은가. 마이즈루야에서는 언제부터인가 내 손을 거친 유녀는 반드시 성공한다는 얘기가 있어서 계속해서 첫날밤을 부탁받게 되었네. 나 역시 젊은 유녀를 상대할 때면 이상하게 힘이 났네.

가쓰라기는 내가 본 유녀 중에서도 단연코 미인에 속했는데, 특히 눈이 아름다운 유녀였지. 그런데 다른 이들과 달랐던 것은 이불 위에서조차 그 아름다운 눈을 빤히 뜨고 있었던 것이네. 살짝 고개를 꼬고 무심한 표정으로 나를 보고 있었지. 여염집 계집이라면 몰라도 유곽에서 자란 그녀가 지금부터 무슨 일이 시작될지 모를 리가 없지 않은가. 그전에 총명한 아이라는 소문을 듣지 않았다면 조금 모자란 아이가 아닐까 생각했을 수도 있었을 걸세.

그 눈길에 나는 나답지 않게 당황했고, 손을 뻗어 눈꺼풀을 살짝 내려 줬다네. 그러고는 늘 하던 대로 옷깃 사이로 한 손을 넣고, 다른 한 손으로 허리띠를 풀었지. 그런데 다음으로 당황한 것은 옆구리를 만졌을 때야. 다시 눈을 뜨고는 간지러운 듯 웃음을 터뜨리더군. 상대가 웃으면 진도를 나가기 어렵지만, 뭐 순진한 계집은 어쩔 수 없는 법이니 그때까지는 나도 크게 당황하진 않았네. 간지러워한다는 것은 성감대가 둔하지 않다는 증거니까. 웃음소리도 어느새 달콤하게 변한 느낌이 들었지.

마침내 발목을 잡고 들어 올렸을 때, 끄윽끄윽 하며 울음을 참는 소리가 새어 나왔기 때문에 나는 만족스럽게 가쓰라기의 얼굴을 바라보았다네. 가쓰라기는 얼굴이 새빨개져 떨고 있었지. 그런데 아무래도 모습이 이상한 게야. 뭐라 표현하기는 어렵지만 다른 유녀들이 울었을 때와는 조금 다른 느낌이었지. 그래서 유심히 봤더니 울고 있는 게 아니라 입술을 깨물며 웃음을 참고 있는 것이 아닌가. 난 크게 놀랐네. 뻔뻔하다고 할까, 겁이 없다고 할까. 여하튼 기가 차서 아무 말도 하지 못했다네.

이미 다른 남자의 손을 거친 것은 아닐까 하는 생각도 들었지만 아무래도 그럴 리는 없었기에 나는 더욱 초조해졌네. 그 유녀는 그냥 순진해서 두려움을 웃음으로 감추려고 했던 것인지도 모르지만, 나로서는 멍청하게 어디 엉뚱한 곳에 들이대느냐고 비웃음을 당하는 것 같아서 순식간에 기운이 빠져 버렸다네. 몇 번을 다시 시도해 보았지만 내 음경은 그 유녀의 입구에서 넙죽 절만 올릴 뿐 아무것도 하지 못했고, 늙은이라는 말이 불쑥 떠올라 찬물을 뒤집어쓴 기분이었다네.

결국 가쓰라기를 여자로 만든 사람은 내가 아닌 게지. 나는 처음으로 베개를 나란히 하고 한 이불을 덮은 남자에 지나지 않네. 그러면 가쓰라기의 첫 남자가 누구였느냐? 그것까지 내가 어찌 알겠나. 야리테 할멈에게라도 물어보게. 아, 그러고 보니 반대로 그 유녀가 남자로 만들어 준 젊은 도련님이 내 아들놈 친구였는데, 그 이야기가 꽤 재밌었다네. 분명히 가야바초에 있는 쌀 도매점 시나노야라고 했던 것 같은데…….

그런데 아까도 얘기했듯이, 하나무라도 그렇고 내가 여자로 만든 오이란들은 모두 그 이후 어디서 만나더라도 의기양양한 웃음을 띠면서 나를 보았거든. 그런데 가쓰라기만은 달랐네. 그 유녀는 복도에서 스쳐 지나갈 때마다 놀란 얼굴로 고개를 살짝 숙이고 눈을 내리뜬 채 지나갔지. 그 모습이 무척 부끄러워하는 것처럼 보였던 게야. 처음에는 어딘가 내게 미안한 마음이 있는 것이려니 했는데, 몇 번을 지나쳐도 같은 모습인지라 아무래도 그런 이유는 아닌 듯한 기분이 들었지.

그러다 어느 순간 나는 문득 깨달았다네. 가쓰라기는 어쩌면 나에게 내가 첫 남자라고 생각하게 하려고 부끄러운 척을 하고 있었는지도 모른다고 말이지. 물론 그건 새빨간 거짓말이지. 하지만 오이란에게 거짓말은 으레 따라다니는 것 아닌가. 그렇게 생각하니 오히려 내가 부끄러워졌다네. 나와 있었던 일을 오이란이 배려해 주는 꼴이니 얼마나 비참한 얘기인가. 가쓰라기의 인기가 계속 높아지면서 전성기에 이르렀다는 이야기가 들릴 때까지도 일부러 부끄러운 듯한 모습을 보이자 반대로 나는 묘한 열등감을 느꼈고, 아무래도 그쪽이 한 수 위구나 생각했다네.

물론 나의 지나친 생각일 수도 있을 걸세. 아무리 오이란에게 거짓말이 몸에 뱄다고는 해도, 설마 그렇게 귀찮은 거짓말을 할 이유가 어디에 있겠는가. 그 유녀는 그 유녀 나름대로 나를 볼 때마다 첫날밤에 실패했던 것이 떠올라 정말로 부끄러워한 것일지도 모르지. 아마도 그렇게 생각하는 편이 합당하겠지만 당시의 나는 순순히 그렇게 생각할 수가 없었다네. 가쓰라기가 영리한 유녀라는 평판이 자자했고, 나는 나대로 온몸으로 나이를 느끼기 시작할 때였으니, 후후후, 어느 정도 비뚤어진 마음이 있었던 게지.

급기야는 그 반대를 생각해 봤네. 처음 맺은 남자라면 가쓰라기가 나를 보고 부끄러워하는 것은 당연하지만, 그렇지 않은데도 부끄러운 척하는 것이 오이란의 거짓말이라면, 그 반대도 역시 진실이라고 할 수 있지 않을까 하고 말이지.

무슨 말인가 하면, 하나무라를 필두로 내게 첫 문을 열었던 오이란들은 모두 어딘가 내게 약점을 잡힌 기분이 들었던 것은 아닐까 하는 걸세. 그래서 더욱 허세를 부리며 복도에서 만나면 의기양양한 듯 미소 짓고, '가을 모기 성가시구나.' 하는 시구를 지어낸 게 아닐까 하는 거지. 염치없는 생각인지는 모르지만, 후후후, 남자로서는 그렇게 생각하고 싶은 법 아니겠나.

하지만 그렇게 생각하면 가쓰라기는 늙은이인 나를 불쌍히 여겨서 일부러 부끄러운 척 행동한 것이 되니, 이 역시도 그리 유쾌한 이야기는 아니지.

누구에게 물어본 것도 아니라 진실은 알 수 없다네. 설사 물어본다고 본심을 얘기해 줄 리도 없을 터이고. 안식구가 말하길, 여자는 본인조차 자신의 마음을 모르는 경우가 많다고 하더군. 그러니 남자에게 여자의 마음이란 도저히 알 수 없는 수수께끼투성이가 아니겠는가.

후후, 남자가 자신을 쉽게 보면 볼수록 여자는 그거 잘됐다고 생각하겠지. 그게 여자의 무서운 점이라고 자네에게 알려 주는 거네.

쌀 도매점 시나노야의 주인 모헤이

뭐요? 요시와라의 이야기를 듣고 싶다고? 당신 이러면 곤란합니다. 가게 앞에서 갑자기 그런 얘기를 큰 소리로 떠들다니. 종업원이 이상하다는 얼굴로 이쪽을 보고 있지 않습니까. 술값이나 받으러 온 건지 뭔지 모르겠지만, 난 요시와라 같은 곳은 간 적도 없으니 잘못 찾아온 거요.

그리고 다스케, 자네도 그래. 물정 모르는 어린 사환도 아니고, 책임자인 자네가 부르면 내가 당연히 믿고 나오지 않겠나! 그러니까 누구든지 제대로 용건을 확인한 후에…… 뭐? 같이 어울리는 지인이라 생각했다? 그게 말이 되는가? 유곽이나 드나드는 지인이 내게 있을지 없을지 평상시의 모습을 보면 알 거 아닌가. 아, 더구나 목석처럼 재미없는 남자라고 자네들이 뒤에서 수군거리는 걸 내가 모르는 줄 알았나?

뭐, 어쨌든. 보다시피 당신이 뭔가 착각했다는 건 알았을 테니 소금 뿌리기 전에 돌아가시죠. 예? 최근 일이 아니라 아주 오래전 일이라고요? 이전에 요시와라 교초의 마이즈루야에서…… 당신, 어떻게 그런 걸. 게다가 이제 와서…… 아니, 뭐가 됐든 이렇게 가게 앞에서 할 얘기가 아니니 일단 안으로…… 아니지, 안은 안 되겠고. 밖으로 나갑시다, 자, 밖으로. 다스케야, 잠깐 나갔다가 금방 올 터이니 안에다 얘기할 필요 없다.

자, 함께 나가시죠. 딱히 갈 곳은 없지만 오늘은 다행히 날씨도 좋으니 천천히 걸으면서 이야기합시다. 가끔은 이렇게 바깥바람을 쐬어야지, 집에만 있으면 숨이 막혀서. 그렇다고 용무도 없이 다 큰 남자가 혼자 돌아다닐 수도 없으니……. 아하하, 이거 말벗이 생겨서, 어디 사시는 뉘신지는 몰라도 되레 고맙다고 하고 싶군요.

보아하니 당신은 아직 홀몸이신 듯한데, 미리 각오해 두는 편이 좋습니다. 가정을 갖게 되면 뭐든 불편해집니다. 더구나 데릴사위라도 되시면, 지금의 내 심정을 아실 겁니다. 아무리 가난해도 쌀겨 세 홉만 있으면 데릴사위는 하지 말라는 옛말도 있는데, 딱 맞는 말입니다. 하지만 저처럼 보잘것없는 남자도 데릴사위가 되고 나니 바로 시나노야의 서방님이 됩디다. 그러니 불평했다가는 벌을 받을 수도 있겠죠.

제가 시나노야의 주인이 된 지 어느덧 삼 년은 되었을 겁니다. 장인이 은퇴했는데도 종업원들은 나를 아직도 서방님이라고 부르며 주인으로 인정하지 않습니다. 원래 그전에는 더부살이를 하던 처지였죠. 나를 한참 깔보던 고참 반토도 아직 가게에 있으니, 그쪽은 그쪽대로 껄끄럽기는 하겠지요.

하지만 오랫동안 아가씨라고 불렸던 이를 아내로 맞이한 저는 더욱 잔걱정이 끊이지 않습니다. 이런 처지인데 가게 앞에서 태연하게 요시와라 이야기를 하다가 아내에게 발각되는 날에는 이후에 어떤 힘든 상황이 닥칠지 생각해 보십시오.

시나노야에서 일한 지는 벌써 십오 년째로 오랜 옛날부터지요. 사환으로 들어와 데릴사위가 될 때까지의 고된 시간이야 뭐, 어딘들 똑같을 터이니 말할 필요도 없겠죠. 하지만 내게는 그 십여 년의 세월이 최근 삼 년의 마음고생보다는 나았다는 생각조차 들 정도입니다.

스스로도 도저히 주인이 될 그릇은 못 된다고 생각이야 하지만, 이미 된 이상은 위치에 맞게 행동하지 않으면 주변에 오히려 방해가 됩니다. 어찌 됐건 좋건 싫건 사람이 분에 맞게 각자의 역할을 해내면 세상은 큰 문제 없이 돌아가는 법이죠. 나도 그런 세상 이치를 모르는 것은 아니지만, 때때로 문득 석연치 않은 마음이 고개를 듭니다.

이렇게 우둔한 남자를 장인께서…… 아니, 주인님께서 사위로 맞아들인 이유는, 그저 고향이 같다는 것밖에 없을 것입니다. 주인님도 데릴사위였던 데다 나와 같은 시나노 출신이라고 들었습니다. 시나노야는 원래 첫 주인이 시나노 출신으로 예전부터 종업원도 시나노 출신이 많았습니다. 제 본가에서도 주인님과 뭔가 인연이 있어서 저를 이곳 고용인으로 보낸 것입니다만, 혈연관계는 아닙니다. 주인님은 평소에도 시나노 출신 중에는 충직한 사람이 많다고 말씀하시며 나같이 우둔한 놈도 아껴 주셨습니다.

주인님은 당신의 과거에 비춰 보며 데릴사위의 힘든 점을 차근차근 설명해 주셨습니다. 그러고는 데릴사위가 되어 달라며 고개를 숙이셨죠. 제 입장에서는 고맙고 또 황송할 따름이었죠. 하지만 막상 데릴사위가 되고 보니…… 아닙니다, 더 이상은 말하지 않는 편이 낫겠습니다.

아내도 분명 근본은 좋은 사람이겠지만 워낙에 제가 우둔한 인간이지라 늘 불만을 입에 달고 삽니다. 얼마 전까지만 해도 주종 관계였으니 당연히 그쪽은 하고 싶은 말을 다 하고, 이쪽은 그저 참는 수밖에 없죠. 변변치 못한 주인을 편들어 주는 자는 아무도 없습니다. 뭐, 아내도 나도 백발이 될 때쯤이면 주인님과 안주인님처럼 원만하게 살아가겠지만, 그건 아직 먼 이야기죠. 지금은 무엇보다도 주인님이 확실하게 물러나 주시지 않으면 종업원들이 제 지도를 따를 리 없고, 결국 아내에게도 무시당하는 처지가 될 수밖에 없지요.

넘겨준다고 말씀을 하셨으면서도 아직도 이러쿵저러쿵 참견을 하시면, 이쪽은 뜻을 거스를 수도 없고…… 아이고, 아닙니다. 당치 않습니다. 아무리 마음고생을 한다고 해도 큰 은인이신 주인님을 원망하다니 가당치도 않습니다. 저는 주인님을 친아버지보다 소중하게 생각합니다. 주인님도 데릴사위 이야기가 나왔을 당시에는 그야말로 친아들처럼 아껴 주셨습니다.

　나를 요시와라에 데려가 주신 것도 주인님이셨죠. 내게는 그때가 처음이자 마지막이었지만. 배에서 내려 길게 뻗은 언덕길을 내려가서, 벌벌 떨며 정문을 들어설 때의 일은 지금도 똑똑하게 기억할 수 있습니다. 길가에는 수많은 제등이 환하게 비추고 있어서 밤 벚꽃이 무척 아름답게 보였지요. 환하게 붉을 밝힌 그곳은 대낮처럼 북적거렸고, 내가 여기서 두리번두리번, 저기서 허둥지둥할 때마다 주인님이 소매를 끌어당기셨습니다.

　아닙니다. 주인님은 결코 유곽이나 드나드시는 분이 아니셨습니다. 그때도 유곽의 관습을 잘 아는 분에게 동행을 부탁해서 안내를 맡기셨죠. 나야 당연히 처음이니 허둥대기만 할 뿐이었죠.

　요시와라는커녕 저는 그전까지 사창가라는 곳조차 가 본 적이 없어서, 아하하, 부끄럽지만 여자를 아직 몰랐었습니다. 뭐, 그 정도로 품행이 고지식한 남자라는 점도 생각해서 사위로 맞으셨겠지만, 아무것도 몰라서는 그 역시 곤란하다며 그곳에 데리고 가 주셨던 겁니다.

　여자는 처음이 중요한데 남자가 여자 다루는 법을 모르면 딸이 불행해진다고 하셔서, 저는 스스로 어떻게든 해 볼 생각이었습니다. 하지만 주인님은 남자도 처음이 중요하니 당신께 맡기라고 하셔서. 저는 신바람이 나서 따라나섰죠.

　주인님의 은혜를 꼽자면 끝이 없지만 그때만큼 깊은 은혜를 느낀 적은 없었습니다. 요시와라에 데려가 주셨기 때문만이 아닙니다.

"모헤이야, 잘 듣거라. 네가 시나노야의 주인이 되고 나면 고용인 출신이라는 자격지심 때문에 다른 주인들과 교류할 때 뭔가 주눅이 들 게야. 그래서 내가 오늘 밤 실컷 호사롭게 놀아 볼 수 있게 해 주려는 게야. 그러고 나면 어디를 가도 결코 기가 죽는 일은 없을 것이니라."라고 제게 해 주셨던 말씀이 지금도 귓가에 생생하게 남아 있습니다. 요시와라에 갈 때는 당신이 젊었을 때 입으셨던 외출복을 빌려주셨답니다.

시나노야는 제법 규모가 있는 가게였지만 주인님은 평상시 무척이나 소박하고 검소한 생활을 하셨죠. 그런데 그때는 다이코모치에 여자 게이샤까지 불러서 큰돈을 쓰셨습니다. 거북이의 보은으로 용궁에 초대받은 어부처럼, 저는 본 적도 없는 산해진미에 입맛을 다시고 늘 마시던 싸구려 술과는 천지 차이인 값진 술을 맛보며 정신없이 기뻐했죠. 그런데 정작 오이란을 부를 단계가 되자 주인님은 저를 더욱 놀라게 하셨습니다.

그 히키테자야 이름이 아마도 기쿄야였던 것 같은데…… 오, 맞습니다. 말씀하신 대로 다이코모치나 여자 게이샤가 무색할 정도로 정말 수다스러운 여주인이었습니다. 주인님은 그 히키테자야 주인에게 돈은 얼마든지 낼 터이니 요시와라 최고의 오이란을 불러 달라고 하셨죠. 그리고 나타난 오이란이, 맞습니다, 당신 말대로 마이즈루야의 가쓰라기라는 오이란이었습니다.

방에 들어온 순간, 침향나무 향기 같은 것이 화악 풍겼던 기억이 납니다. 모습이 어땠는지는 확실히 생각나지 않습니다. 저는 마치

용궁에서 공주님을 만난 기분이었고, 눈이 부셔서 제대로 볼 수 없었다는 것이 솔직한 얘기입니다.

한참 후 마음이 진정된 후에 몰래 엿보니 화려한 옷도 그렇지만, 지체 높은 가문의 아가씨도 무색할 정도로 수행원들이 줄줄이 붙어 있는 데다 엄청나게 미인이라 놀랄 따름이었죠. 곧바로 혼례 의식 같은 건배를 시킨 것도 놀라웠습니다.

히키테자야를 나온 후에는 얼큰히 취한 상태로 오이란의 뒤를 따라 외등이 밝게 비추는 나카노초의 넓은 길을 천천히 걸었죠. 이따금씩 사르르 불어오는 밤바람에 꽃잎이 춤을 추며 오이란의 머리와 어깨에 하늘하늘 떨어지는 풍경은 정말이지, 완전히 꿈을 꾸는 듯한 기분이었답니다.

마이즈루야 이 층에서도 다시 한차례 술자리가 이루어졌습니다. 안내받은 방은 다다미 열 장 정도의 크기로 장식 벽에는 글귀가 적힌 멋진 족자가 걸려 있었고, 아름다운 꽃이 꽂혀 있었죠. 그 옆에는 거문고와 샤미센, 호궁이 장식되어 있었고, 다른 선반에는 문갑과 벼룻집이 늘어서 있었고, 또 그 아래에는 바둑판이 놓여 있던 것이 기억납니다. 오이란은 기둥에 기댄 채 가만히 앉아 있을 뿐이어서 그 세간살이 속에 녹아 있는 듯 보였습니다. 누군가가 "옷을 갈아입으세요." 하고 말하자 일단 모습을 감춘 뒤, 다시 나타났을 때는 덧옷을 벗은 모습이어서 조금은 인간처럼 보이더군요.

방에는 어느새 사람들이 늘어나서 히키테자야에서 데려온 다이코모치와 여자 게이샤 외에도 번갈아 가며 인사를 하러 고개를 내미는 사람들이 있었는데 주인님은 그때마다 하얀 종이를 뿌려 댔습니다. 알고 보니 그 하얀 종이가 요시와라에서는 돈을 대신하는 거라고 하더군요. 그날 하룻밤에 쓴 돈은 정말이지 어마어마했죠. 그런데 그 모든 게 주인님이 저 하나를 위해 해 주신 일이었으니 지금 생각해도 감사의 눈물이 솟습니다.

이러저러는 동안 밤도 깊었고 자리에 있던 사람들도 줄어들었을 즈음, 얼핏 보니 주인님이 히키테자야 여주인과 뭔가 소곤거리며 한창 얘기 중이었습니다. 여주인은 곤란하다는 표정으로 고개를 흔들고 있었고, 주인님은 두 손을 모은 채 절이라도 하는 모습이었습니다. 유곽의 안내를 맡은 분도 여주인과 마찬가지로 곤란한 듯 고개를 갸웃하고 있었습니다.

나중에 듣고 알았지만, 가쓰라기 정도의 오이란이 되면 처음 만나는 손님과는 말도 섞지 않고 그날은 그대로 물러난다고 하더군요. 두세 번 만나고 오이란 쪽에서 마음에 들면 상대하는 것이 관습인 듯합니다. 거참, 거창하기도 하다는 생각이 들더군요. 하지만 세상사 예외 없는 일은 없다고 하죠.

주인님은 두 사람과 얘기해 봐야 결론이 나지 않는다고 생각하셨던 모양입니다. 뭐, 술기운도 한몫했는지 모르겠지만, 갑자기 오이란과 직접 담판을 짓기에 이르렀습니다.

"이보게, 오이란. 내가 그쪽에게 긴히 부탁할 것이 있네." 하시자, 오이란은 희미하게 고개를 끄덕이는 듯 보였습니다. 아, 그때의 그 겸연쩍고 쑥스럽던 기분이란. 주인님의 마음이 너무 고맙고, 기뼈서 얼굴도 몸도 확 달아오르는 기분이었죠. 주인님은 나를 가리키며 "여기 모헤이는 내 소중한 아들이네." 하고 똑똑히 말씀하셨습니다.

"소중한 아들에게 세계 제일의 오이란을 아내로 맞이할 기회를 주고 싶네. 오이란, 부디 첫 여인이 되어 주지 않겠나?"

그렇게 말씀하신 주인님은 두 손을 모으고 오이란에게 고개를 숙였습니다. 저는 기겁을 해서는 어찌할 바를 모르고 있었는데, 저뿐만 아니라 모두가 놀란 양 방 안은 쥐 죽은 듯 조용해졌습니다. 그래서 오이란의 목소리가 확실하게 들렸던 것이죠.

"좋습니다. 그러면 오늘 밤만의 아내가 되어 드리지요." 그렇게 조금 잠긴 듯한 달콤한 목소리가 들린 순간, 방 안이 갑자기 소란스러워졌습니다. 게다가 방 안에 있던 누군가가 밖에다 급보를 알렸는지, 방 안에는 사람들이 더욱 늘어나고 있었습니다.

이것도 나중에 들은 얘기인데, 가쓰라기를 일단 처음 만나려면 반년은 기다릴 각오를 해야 했던 모양으로, 주인님이 그 안내역을 해 주신 분에게 반년 전에 미리 부탁을 해 두었기 때문에 만날 수 있었다고 합니다. 그 사실을 몰랐던 주변에서는 이 무슨 뻔뻔한 요청인가 생각하던 차에 오이란 본인이 순순히 승낙했으니 꽤나 놀랐을 것입니다.

예엣? 뭐라고요? 가쓰라기 오이란에게 그런 행운을 얻은 손님은 그 전후로도 저 혼자뿐이라니, 당신은 대체 어떻게 그 사실을……. 아, 이타미야의 어르신께 이야기를 듣고 일부러 찾아오셨다고요.

호오, 다른 사람 입에까지 오른 걸 보면 역시 어지간히 드문 일이긴 했나 봅니다. 어떻게 그럴 수 있었는지, 제게 물어봐야 난감합니다만……. 아이고, 아닙니다. 오이란이 제게 한눈에 반했다니 당치 않습니다. 보시는 대로 미남자와는 한참 거리가 먼, 온순하고 성실함만이 장점인 남자입니다.

그때는 아마도 오이란이 주인님에게 압도당했던 것이겠죠. 훌륭한 어른이 두 손을 모으고 고개를 꾸벅꾸벅 숙이면서 세계 제일의 오이란이라고 하니, 어떤 여자도 기분이 나쁘지는 않겠죠. 아니면 주인님이 저를 생각해 주는 마음을 보고 오이란도 끌렸는지 모르지요. 아니, 분명 그 이유일 겁니다. 그 오이란은 사람의 인정과 의리를 확실하게 아는 여자였죠. 하하하, 겨우 한 번 만난 주제에 뭘 알겠느냐고 생각하시겠죠.

저는 주변의 분위기를 보고는 그건 말도 안 된다고 일단 주인님께 호소했습니다. 무엇보다 당시에는 아직 고용인 신분이었고 데릴사위가 되겠다는 결심도 아직 하지 않았던 때였지요. 주인님은 제게 그 결심을 하게 하려고 큰돈을 쓰신 건지도 모르겠지만요.

제 호소를 들은 주인님이 제 귀에 대고 몰래 속삭이셨던 말씀은 절대 잊을 수가 없습니다. 뭐라고 하셨느냐고요? 하하하, 생전 처음 보는 사람에게 그것까지 얘기해도 좋을지 어떨지…….

여하튼 오이란이 일어서는 것을 신호로, 기루의 청년들이 "자, 치웁시다." 하고 크게 말하자 한 청년이 저를 뒷간으로 안내했습니다. 다이코모치 일행과 함께 용무를 마치고, 이러저런 농지거리를 들으면서 방으로 돌아와 보니 술자리는 이미 깨끗하게 정리되어 있었고, 주인님과 안내해 주신 분은 어딘가로 사라진 뒤였습니다.

안쪽에 있는 방문을 여니 그곳에는 침구가 있었죠. 그런데 세상에나, 두툼한 모직 이불이 다섯 장이나 겹쳐 깔려 있어서 깜짝 놀랐습니다. 다이코모치의 손에 이끌려 이불 위로 올라가니, 작은 배를 탄 듯 폭신폭신해서 정신이 하나도 없었습니다. 다이코모치는 "좋은 시간 보내십시오." 하고는 물러났습니다. 기루의 청년들까지 "서방님, 그러면 내일 아침에 모시러 오겠습니다." 하고 사라지자, 방에 남은 사람은 여자들뿐이었는데 젊은 여자에 늙은 여자, 어린애까지 다양했죠. 오타쓰라고 불리는 야리테 노파가 담배가 놓인 쟁반을 제게 건네면서 "자, 서방님. 걱정하시 마시게. 여기서 잠깐 쉬고 있으면 오이란이 곧 올 터이니." 하며 슬쩍 웃는데 그 모습이 소름 끼치게 싫더군요.

그렇습니다. 주인공인 오이란은 방을 나가서 좀처럼 돌아오지 않았습니다. 그래서 저는 아까는 주인님 앞이라서 승낙하는 척했지만 진심으로 상대할 생각은 없었던 거라고 확신했습니다. 다소 실망이야 했지만, 솔직히 안도감이 더 컸다고 할 수 있을 겁니다. 이렇게 된 이상 다섯 장의 이불 위에서 느긋하게 뒹굴며, 평상시에는 피우지 않는 고쿠부 지방의 고급 담배도 실컷 피워 주겠다고 생각하며 불을 붙였습니다.

담뱃대 대롱을 쟁반에 툭툭 치며 두 번째 재를 떨었을 때, 그것이 마치 신호라도 되는 양 문이 스르륵 열렸습니다. 그러자 방 안에 있던 여자들이 일제히 일어났고, 어린애가 되바라진 얼굴로 "즐거운 시간 보내세요."라고 말하고는 모두 방에서 나갔습니다. 그리고 그 다음은, 하하하, 머리에 피가 쏠려서 잘 기억나지 않습니다. 몸이 활활 달아오른 탓인지 오이란의 피부가 무척이나 차갑게 느껴질 뿐이었죠.

여하튼 저는 오이란에게 몸을 맡겼습니다. 단, 폭신폭신한 이불이 말 그대로 극락의 구름으로 변한 것이 한 번은 아니었다는 말만 해 두겠습니다. 처음에는 너무 허무하게 끝나서 뭔가 수치심 같은 기분이 들었지만, 두 번째는 이상하게 자신감이 생겼습니다. 남자는 자신감이 생기면 신기하게도 조금 전에 처음 만났을 뿐인 여자가 진심으로 사랑스럽게 여겨집니다. 그뿐만이 아니라 조금 과장하자면 모든 사람이 내 편이고, 이 세상은 모두 나를 위해 돌아가는 듯한 기분마저 드는 것입니다.

사실을 말하자면, 그전까지는 데릴사위 이야기도 반신반의하는 부분이 있었습니다. 나 같은 사람은 도저히 그런 가게의 주인이 될 그릇이 못 된다고 생각했기 때문에 나를 속이는 건 아닌지 의심도 했죠. 눈앞에 미끼를 던져서는 나를 실컷 부려 먹은 다음, 어디 내놔도 부끄럽지 않은 훌륭한 사위를 맞으려는 속셈일 거라는 등 생각이 나쁜 쪽으로만 돌았습니다.

또한 설사 주인님은 진심이라고 해도, 제가 그것을 받아들이고 싶은지도 솔직히 반반이었습니다. 젊었을 때는 힘들었던 고용살이도 시간이 흐르면서 점점 편해집니다. 섣불리 데릴사위가 돼서 새로운 마음고생을 짊어지는 것보다 앞으로 오 년 정도 참다가 분점을 내 달라고 하고, 초라하더라도 내 힘으로 가정을 꾸리는 편이 훨씬 편하지 않을까……. 지금도 그런 생각이 들 때가 있습니다.

그렇다고는 해도 큰 은인이신 주인님이 간곡하게 부탁을 하시면 함부로 거절할 수도 없죠. 싫든 좋든 결국에는 승낙을 할 수밖에 없을 텐데 괜히 다른 고용인들에게 터무니없는 의심을 받거나 질시를 받는 것은 아닐까 이런저런 고민을 하며 침울해하고 있었습니다.

그런데 그러한 고민들이 가쓰라기 오이란 덕분에 전부 날아가 버린 거죠. 아하하, 부끄럽기 짝이 없군요.

처음에는 아무래도 제대로 한 것 같지 않아서 무릎의 힘이 빠지고 온몸이 나른해지더니 마음도 묘하게 허해졌습니다. 오이란은 분명 나를 비웃고 있을 것이라는 생각에 신경이 날카로워졌죠. 거칠게 몸을 밀쳐 내고는 말없이 등을 돌리자 오이란의 미지근한 숨결이 귀를 간질였습니다.

"잠들지 마셔요. 밤은 길어요."라고 했던가. 여하튼 그 달콤한 속삭임에, 아하하, 저도 젊으니까 곧바로 몸이 반응을 하더군요. 하지만 잘하려고 하면 할수록 점점 초조해져서 다시 또 다른 길에서 쩔쩔매고 있자니 오이란의 부드러운 손이 능숙하게 이끌어 주었죠.

그때 뭔가 깨달은 게 있다고 하면 허풍으로 들릴지도 모르겠습니다. 하지만 세상은 자기 혼자 아무리 용써 봐야 안 된다, 흐름을 거스르지 않고 몸을 맡기는 편이 순조롭게 흘러가는 경우도 있다고 생각했던 것은 정말입니다. 흔히 유녀는 부평초 같은 신세라고 합니다만, 수많은 남자에게 몸을 맡기고 떠올랐다 가라앉기를 반복하면서 목숨을 부지해 가는 오이란이기에 더욱 그런 깨달음을 얻게 해 주지 않았겠습니까.

그때 저는 오이란의 마음을 피부로 느끼고는 마음이 편해졌는지, 이번에는 살며시 오이란을 껴안고 솔직하게 고맙다고 할 수 있었습니다. 하지만 그러고 나니 조금 부끄러워진 탓에 그만 쓸데없는 말을 해 버렸습니다. 자네도 이렇게 매번 다양한 남자들을 상대해야 하니 힘들겠구나 하는 내용의 말을 입에 올리고 말았던 것입니다. 이미 말한 후에야 아차 싶었죠.

기분이 상하지는 않았을까 걱정했지만, 오이란은 정말로 아름다운 미소를 보이며 "때로는 서방님 같은 분을 만나 이렇게 행복한 기분이 들기도 하지요." 하더군요. 허, 참. 나이는 저와 별 차이도 없을 텐데, 그쪽은 정말 어른이었습니다. 저는 그 말을 듣고, 이렇게 연약한 여자도 씩씩하게 세상을 헤쳐 가고 있는데 난 고생 같지도 않은 고생을 싫다고 하면 벌을 받겠구나 하는 생각이 들었습니다.

요시와라에서 최고라고 불릴 정도의 오이란은 역시 사람 됨됨이가 다르다고 할까. 그 가쓰라기는 정말 대단한 여자였습니다. 요시와라에 간 것은 그때가 처음이자 마지막이지만 제게는 아주 특별한 추억으로 남아 있습니다.

넷? 뭐라고요? 마지막으로 주인님이 제 귀에 속삭였던 말을 가르쳐 달라고요? 아하하, 그건 그리 재미있는 이야기는 아닙니다. 뭐, 그렇게 알고 싶다면 말씀드리죠. 주인님은 이렇게 말씀하셨습니다.

"부모의 욕심도 있겠지만, 우리 딸은 그리 근성이 나쁜 녀석은 아니네. 하지만 옥에 티라고 하면 제 어미를 닮아 질투가 심해서, 자네가 사위가 된다면 눈을 뜨고 있는 한에는 결코 바람을 못 피우게 할 걸세. 하지만 모처럼 남자로 태어났는데 내 딸밖에 모르고 이 세상을 떠난다면 너무 안타깝지 않은가. 게다가 아버지가 되는 나로서도 면목이 없고. 그런 연유로 오늘 밤은 평생의 추억으로 남을 만한 여자와 자네를 맺어 주고 싶은 거네."

저는 그 말을 듣고 무엇보다 부모가 자식을 생각하는 마음에 감동했습니다.

작년 말에, 아하하, 제게도 마침내 딸이 생겼습니다. 그 아이의 사위를 맞게 될 때에는 저도 아마 같을 말을 하지 않을까 합니다.

마이즈루야의 야리테 할멈 오타쓰

어이쿠, 깜짝이야. 손님, 안 됩니다요. 아무리 장지문이 열려 있다고 말도 없이 들여다보면. 이 이슥한 밤에 귀신이라도 나온 줄 알고, 아직도 심장이 두근거립니다.

뒷간이라면 이쪽 끝에. 아, 그게 아니라면, 유녀를 찾아 나오신 게군. 벌써 열두 시가 다 되어 가는데 아직도 방에 모습을 드러내지 않으니 이상하다 싶으셨겠군. 손님같이 멋진 서방님을 소홀하게 대할 리는 없겠지만, 만약 그랬다면 내가 나중에 따끔하게 혼을 내 줄 터이니 그 유녀의 이름을…… 예엣? 아니시라고? 밤일은 이미 끝나서 유녀는 방에서 쿨쿨 자고 있는데, 손님은 잠이 오질 않아서 이렇게 복도를 서성이고 있었다? 아, 그래서…… 아, 예예. 이런 할망구라도 괜찮다면 얼마든지 상대해 드리리다.

아니, 나도 문을 닫을 때까지는 잘 수 없는 처지라 괜찮소. 이 나이가 되면 늦게까지 깨어 있기가 고되서 나도 모르게 꾸벅꾸벅 졸다가 냄비를 태우기도 하고 그런다오. 누가 같이 있는 편이…… 예? 이 냄비에 끓이고 있는 게 뭐냐고? 아, 그거야 뭐 청각채에 여러 가지를 섞은 거라오. 호호호, 투명하고 찐득하니 확실히 갈분죽처럼 보이기는 하지만, 먹는 건 아니라오. 음식은 전부 아래층 부엌에서 만든다오.

그러면 이 갈분죽 같은 것은 뭐냐? 호호호, 맞혀 보시구려. 하지만 모르는 게 약인 경우도 있지. 호호호. 그런 식으로 말하면 더 알고 싶어지는 것이 사람 마음이다? 정 그렇다면 일러 드리겠소만, 듣고 나면 흥이 깨져서 후회하실 게요. 이건 오이란들의 부탁으로 만드는 거라오. 기루에 따라 만드는 방식은 다르다고도 합디다만. 후후후, 본디 여자에게는 사랑의 물이라든가 마음의 물이라고 하는 것이 있는데 이것은 그걸 대신하는 거라오. 그러니까 이걸 그곳에 바르. 그다음은 대충 짐작이…… 이런, 아니라오. 처음 온 손님이라고 해서 속이다니. 한번 생각해 보시구려. 낮이고 밤이고 잠자리를 해야 할 오이란의 몸을 말이오. 아무리 풍성한 샘이라도 계속 퍼내면 마를 수밖에 없지 않겠소?

잠깐 담배 한 모금 태우리다……. 아, 역시 오이란 방에서 슬쩍한 담배는 내가 피우던 싸구려 담배와는 아주 다르구려. 자, 손님, 내가 피우던 거라도 한번 태워 보시겠소? 아하하, 그렇다고 그렇게 도망갈 것까지야 뭐 있소. 내가 도깨비도 아니고.

내가 이래 봬도 예전에는 얼굴을 하얗게 칠하고 새빨간 비단으로 만든 화사한 속옷을 길게 늘어뜨렸던 사람이라오. 그런데 지금 꼴을 보쇼. 면으로 만든 줄무늬 옷깃에 이불에나 쓸 두툼한 모직으로 만든 검은 허리띠, 게다가 눈썹은 밀고 얼굴은 주름투성이인 할망구가 되어 버렸으니, 나이 드는 것이 참 싫지 않겠소.

그렇소. 야리테는 반드시 유녀 출신이 하게 되어 있어서, 이 일을 하려면 한 번이라도 유녀 생활을 해 본 적이 있어야 한다오. 호호, 나도 유녀였을 때는 야리테 할멈을 엄청 무서워했지. 복도에서 마주칠 때마다 또 무슨 꾸중을 듣지나 않을까 흠칫흠칫했다오. 참말로 심보 고약한 할망구라고 동료끼리 늘 험담도 하고 말이오. 호호홋, 그때는 설마 내가 그런 소리를 듣게 되리라고는 상상도 못했지.

그게, 내가 몸소 경험했으니 하는 말이지만, 유녀는 내버려 두면 금세 편한 것만 찾고 게으름을 피우게 된다오. 가끔씩 누군가가 정신이 들게 해 주지 않으면 제대로 돈도 못 벌고 무위도식이나 하게 되지. 그래서 내가 여기 이 층에서 하루에도 몇 번이나 계속 돌아다니며 오이란의 방을 들여다보는 게 아니겠소. 매일 눈여겨보다 보면 누가 진짜 월경 때문에 쉬는지, 누가 꾀병을 부리며 게으름을 피우는지 금방 알게 된다오. 그중에는 우울증에 걸려 자해할 우려가 있는 유녀도 있고, 질 나쁜 정부에게 걸려서 귀한 옷이나 장신구를 모조리 전당 잡히는 유녀도 있지. 자칫하면 애정 도피를 하거나 동반 자살을 할 수도 있어서 좀처럼 방심할 수가 없다오. 이상한 낌새가 느껴지면 기루 청년들에게 일러서 망을 보게 해야 하지.

손님도 허투루 보지 않는다오. 그렇지, 바로 저기 계단 아래에는 반토가 앉아 있고, 여기는 내가 있어서 오르내리는 모습을 지켜보고 있으니 수상쩍은 자가 오면 바로 알 수 있는 게지. 호호호, 손님도 이미 지켜보고 있었다오. 혼자 온 낯선 손님이니 이상하게 보일 수밖에. 반토는 밑에서 청년들을 지휘하고 나 같은 야리테가 이 층에서 오이란을 감시하는 것은 어느 기루나 마찬가지로…… 아, 그렇지. 잘못을 한 유녀에게는 징계를 내리지만, 나 혼자 멋대로 하는 것은 아니라오. 징계를 할 때는 이러저러한 사정을 주인에게 이야기해서 허락을 받아야 하지. 때로는 주인이 따끔하게 혼을 내라고 하는 경우도 있소. 하지만 직접 벌을 주는 것은 우리다 보니 야리테를 나쁜 사람처럼 취급하지만 난 아직 그리 심한 징계를 한 기억은 없다오. 당신에게 거짓말하는 게 아니라 사실이 그런 거니 그렇게 웃지 말아 주시게.

내가 젊었을 때, 호호호, 이미 수십 년이 지난 일이지만, 이곳이 아닌 다른 기루에 있었는데, 그곳에는 보기에도 무시무시한 야리테가 관리를 하고 있었다오. 내 이름은 오타쓰이오만, 그 야리테는 오쿠마라는 이름이었지. 눈은 움푹 패고 입가에는 수염이 자란 데다 얼굴 전체가 쭈글쭈글 주름투성이인 할망구였어. 뭐라? 그건 나도 똑같지 않느냐? 호호호, 손님은 정말 입이 거칠구려.

여하튼 그 오쿠마라는 야리테는 정말로 사람들을 못살게 굴었다오. 가무로와 신조들을 종일 담뱃대로 후려쳤지. 그런데 가만히 보면, 얼굴이 예뻐서 아주 미인이 될 것 같은 이에게는 절대 손을 대지 않았다오. 잘못해서 얼굴에 상처가 날까 봐 그런 것도 있었겠지만 그 계집애가 오이란이 된 후의 복수도 계산하고 있었던 게지. 예쁜 계집은 소중한 대접을 받으니 점점 더 예뻐지고, 반대로 늘 담뱃대와 먼지떨이로 얻어맞는 계집은 점점 비뚤어져 그나마 귀염도 사라지니. 뭐, 세상 어딘들 불공평하지 않은 곳이 있겠소만.

나도 유녀로는 그다지 인기가 없었던 사람이지만, 오쿠마는 정말이지 그 면상을 보면 나보다 훨씬 더했을 텐데도 손님을 못 받으면 얼마나 구박을 하는지 정말 무서웠다오.

우메노이가 내 기명이었는데, 결국 자시키모치 오이란은 되지 못했다오. 이틀 연달아 찻잎을 갈았던 적도 있었으니……. 아, 예전에는 손님을 받지 못한 유녀에게 맷돌로 찻잎을 갈도록 했지. 하하하, 지금이야 그런 일을 시키는 기루는 없소만. 그래도 손님이 없으면 수치스럽기는 지금이나 예전이나 마찬가지여서, 요시와라의 연중행사에도 손님을 받지 못하거나 이틀 연달아 찻잎을 갈거나 하면 오쿠마가 식사 때에 일부러 찾아와서 "어이구, 우메노이 님. 어제도 찻잎을 갈았다더니 밥이 잘도 목구멍으로 넘어가시네." 하며 사람들 앞에서 면박을 주었는데 그게 참 괴로웠지.

얼굴로만 따지자면 나보다 못한 유녀도 몇이나 있었는데, 코가 납작한 추녀도 광대뼈가 불거진 못난이도 이상하게 단골이 많고 손님이 끊이질 않았다오. 말하자면 잠자리에 탁월한 유녀들이지. 그러다 보니 야리테는 단골이 없는 건 잠자리에서 제대로 못한 탓이라고 야단을 치면서, 대충대충 했다가는 가만히 두지 않겠다고 협박까지 했다오.

　그런데 그게 그냥 협박이 아니라오. 사흘 연달아 찻잎을 갈거나 모처럼 온 손님을 소홀히 대한 날에는 혹독한 징벌이 기다리고 있었소. 아침을 못 먹게 하는 건 기본이요, 뒷간 청소를 시키거나 먼지떨이로 엉덩이를 매몰차게 때리기도 했소.

　옆에서 보면서 아, 제발 저 징벌만은 피하고 싶다고 생각했던 것이 '물거울'이라고 불렀던 징벌이었지. 얼굴은 예뻤지만 성격이 새침해서 동료 사이에서는 그다지 평판이 좋지 않았던 오이란이 있었는데, 그이가 손님을 연달아 거절했다는 이유로 물거울이라는 징벌을 받았다오. 그 물거울이라는 게 어떤 거냐면, 물을 채운 커다란 대야 위에 벌거벗은 채 가랑이를 벌리고 한참을 서 있는 거였다오. 물 위로 오이란의 그곳이 비치니 청년들이 킥킥거리며 엿보려고 하지 않겠소? 그 오이란은 분명 혀를 깨물고 죽고 싶을 정도로 창피했을 거요. 훌쩍훌쩍 울었지만 그래도 야리테는 징벌을 거두지 않았다오. 그래서 그 징벌을 받은 뒤 오이란 스스로 다른 기루로 옮겨 달라고 했지.

　뭐, 그런 식으로 오만을 떨다가 징벌을 받은 오이란도 있었지만 손님을 받으려고 해도 받을 수 없는 유녀에게 오쿠마는 더욱 심하게 대했다오. 심한 감기에 걸려 누워 있으면 당연히 손님을 받을 수 없지 않겠소. 그걸 빌미로 아침저녁을 못 먹게 하면 나을 것도 안 나았지. 결국 어두침침한 골방에 갇힌 채 더욱 병약해져서 숨을 거둔 오이란도 한둘이 아니었지…….

난 절대 그렇게 되지는 않겠다고 다짐했소. 죽어 버리면 죽은 이만 억울한 거 아니겠소. 이곳은 죽기 살기로 독하게 마음먹고, 오쿠마처럼 끈질기게 살아남는 자가 이기는 법이지.

하지만 지금 한 얘기는 징벌 축에도 끼지 않소. 혹시나 몰라서 일러두오만, 아무리 유녀가 좋아도 여기서 데리고 도망가겠다는 허튼 생각을 해서는 안 되오. 유곽의 출구는 저 정문 하나뿐이고, 옆에는 초소가 있어서 네 명의 보초꾼들이 항시 눈을 번뜩이고 있소. 그곳을 피하려면 높은 담을 타 넘고, 폭이 열두 척인 오하구로 도랑을 건너야 하지. 설사 빠져나갔다고 해도 곧 추격대가 쫓아와, 니혼즈 쓰미 둑을 무사히 넘어가는 것은 쉬운 일이 아니지. 잡히면 손님도 반죽음을 당하게 된다오.

예전에 오쿠마 때문에 도주에 실패한 오이란이 있었소. 기명이 뭐였더라. 아, 맞다, 가라하시. 당시 그 기루의 최상급 유녀로, 평상시에는 극진한 대접을 받았지. 하지만 오쿠마가 종일 옆에서 간살을 떨고 있었기 때문에 이상한 낌새도 빨리 눈치채지 않았겠소. 오이란이 잠시 방을 비운 틈에 편지를 훔쳐 읽었던 게지. 그래서 동반 도주 계획이 있다는 것을 알고 주인에게 일러바쳤지.

그렇게 되면 아무리 잘나가는 유녀라도 본보기 삼아 호되게 징벌을 내리는 것이 이곳의 관례요. 가라하시는 벌거벗겨진 채 팔다리를 벌린 자세로 사다리에 묶였다오. 그다음부터는 오쿠마 따위가 나설 상황이 아닌 게야. 어느 기루에서건 뒤로 우악스러운 사내 두셋은 고용해 둔다오. 유곽에서는 분쟁이 일어나기 쉬우니까 호위꾼으로 두는 거지. 그 사내들이 다가와 끝이 갈라진 청죽으로 엉덩이고 등이고 할 것 없이 있는 힘껏 내리쳤고, 귀를 막고 싶을 정도로 처절한 비명이 몇 번이나 들렸다오.

정신을 잃으면 머리부터 온몸에 물을 끼얹지. 그리 되면 다시 삼노끈이 조여져 피부에 파고드니, 보통 아픈 게 아니라고 하더구려. 지옥도를 그대로 보는 듯한 처참한 징벌이 끝나고 사다리에서 내려진 가라하시를 내가 간호했을 때는, 피부가 전부 찢긴 엉덩이고 등이 붉은 안료와 쪽빛 안료를 섞어 놓은 듯한 소름 끼치는 색으로 변해 있었지.

가라하시는 한동안 돈벌이도 하지 못하고 상처가 나을 때까지 골방에서 처참한 시간을 보냈고, 기루에서는 흠집이 있는 물건을 싼값에 팔아 치우듯 다른 기루로 옮겨 버렸다오. 옮겨 간 기루는 망해 가는 하급 기루였지. 가라하시는 원래 이 년만 참으면 계약이 끝나는 거였지만, 그쪽에서야 비싸게 샀으니 기간이 오 년으로 늘어났다고 들었소. 애정 도피에 실패하면 이렇게 호되게 당할 뿐만 아니라 엄청난 손해를 본다는 것을 다른 유녀들에게 알게 한 거지. 맞소. 아무리 그래도 애정 도피를 하려는 자는 끊이지 않았다오.

응? 난 어땠느냐? 난 단 한 번도 애정 도피 따위는 생각한 적도…… 아, 그게 아니라, 만약 친한 오이란이 애정 도피 하려는 것을 알게 되면 가차 없이 고자질을 하겠느냐? 그거야 당연하지 않겠소. 평상시에 아무리 그 오이란과 친했고 행하를 듬뿍 받았다고 해도, 여차할 때는 당연히 주인에게 충성심을 보이는 것이 우리네 방식이라오. 몰랐다면 어찌할 도리도 없지만.

그래도 오쿠마랑 비교하면 난 꽤 온화한 편인 데다 이곳 주인도 더없이 친절한 분이라서 그리 가혹한 징벌은 내리지 않을 게요. 그래도 가무로나 어린 신조들은 무서운 할멈이라고 생각하겠지. 어떤 일이든 어렸을 때의 예의범절이 중요한 법이라서 가무로 시절부터 유곽의 관습을 철저히 주입해 놓지 않으면 안 된다오. 하지만 난 오쿠마랑은 달라서 예쁜 아이건 못생긴 아이건 차별하지 않고 야단을 치지.

이곳에 가무로가 몇이냐? 그러니까, 주산 오이란에게 두 명, 자시키모치 오이란이라도 반드시 한 명은 데리고 있으니까 꽤 많다오. 낮에는 가무로들이 복도에서 정신없이 졸랑졸랑 돌아다니는데, 그게 여간 시끄러운 게 아니어서 계속 소리를 지르다 보니 목소리가 이렇게 갈라진 게 아니겠소. 그게 아니오. 낮 시간의 가무로들은 오이란 행렬을 수행할 때처럼 예쁜 옷을 입고 소란을 피우지는 않는다오. 까까머리에 낡아 해진 무명 줄무늬 옷을 입은 아이들이 우당탕 뛰어다니면 이 복도가 완전히 빈민촌 뒷골목처럼 된다니까.

가무로는 기루에서 키우는 아이도 있지만 대부분은 오이란이 키우는 아이들이라오. 오이란의 방에서 같이 자고, 옷도 용돈도 모두 오이란이 대 주는 대신 가무로는 오이란이 필요한 물건을 사 오는 등 잔심부름이나 잡일을 열심히 한다오. 가무로를 데리고 있는 거야 물론 비용이 들지만, 주산이나 자시키모치 오이란이라면 가무로 한둘은 데리고 있는 것이 자신의 능력을 보여 주는 것이기도 하지.

아직 똥인지 된장인지도 모르는 어린아이들을 가르쳐서 어엿한 오이란으로 키우는 것도 또한 언니 유녀의 실력으로 평가된다오.

그런 어린아이를 대체 어디서 데려오느냐? 그야 가난한 부모가 팔아넘기는 거지. 몸값이라야 두세 냥이니, 돈을 목적으로 한다기보다 입을 덜려는 거라오. 제대로 먹이지도 못할 바에야 그래도 매일 하얀 밥을 먹을 수 있고 기예도 배울 수 있는 이곳이 나으려니 하는 것이지. 게다가 잘되면 부자를 만나 유곽에서 나올 수 있는 희망도 없는 건 아니니까. 그래서 결국 자식의 행복을 빌며, 어쩔 수 없이 한창 귀여울 때 이곳으로 보내는 부모가 있는 게요.

빠르면 예닐곱에 팔려 오기도 하는데, 이가 들끓는 아이도 많아서 머리를 빡빡 밀어 까까머리를 만든다오. 그런 어린아이는 잔심부름 하나 제대로 시킬 수도 없고, 오히려 돌볼 사람이 필요하지만 일찍부터 유곽 물에 익숙해지면 이후에 좋은 오이란이 된다오. 최상급의 오이란은 대부분 까까머리 가무로 시절부터 유곽에 있던 이들이지. 어렸을 때부터 유곽 말투를 가르쳐 두기 때문에 그런 오이란은 유곽을 떠난 뒤에도 그 말투가 사라지지 않아 애를 먹는다고 합디다만, 난 유녀를 그만두고 나니 원래 말투로 돌아왔다오. 호호호. 이래 봬도 에도에서 나고 자란 에도 토박이 아니겠소.

응? 그 가쓰라기도 까까머리 가무로 시절부터 이곳에 있었느냐……. 아, 역시 그 이름이 나오는구려. 우리 가게에 오는 손님은 어떡하든 그 오이란 이야기를 하고 싶은 모양이야. 한때는 거의 매일 이러쿵저러쿵 물어봐 대서 내가 아주 지긋지긋했다오. 그 소동에 대해서라면 난 아무 말도 못 하오. 아는 게 없으니 이야기할 수도 없지 않겠소. 모르는 척하는 게 아니오. 모르는 걸 모른다고 하지 달리 어쩌겠소.

그렇다면 그 소동과는 다른 이야기라도 좋으니 알려 달라고? 그래, 듣고 싶은 게 뭐요? 뭐? 가쓰라기를 여자로 만든 이가 누구냐? 호호호, 별스러운 게 다 궁금하구려. 그야 뭐 이타미야의 영감님이…… 이런, 아니라니? 본인에게도 물어보셨다? 하하하, 정말 유별난 분일세. 진짜 첫 남자가 누구였는지 내가 그것까지 어찌 알겠소. 내 첫 남자도 누군지 잊어버린 판에. 후훗, 남자들만큼 여자는 오래 생각하지 않는다오.

여하튼 가쓰라기의 옛날이야기나 한번 들려 드리리다. 가쓰라기에 대해 예전부터 알고 있는 사람은 아마 이곳 주인과 나 정도일 게요. 가무로 시절의 이름은 하쓰네였는데, 이곳의 선대가 죽고 지금의 주인으로 바뀌고 나서 처음 온 아이였기 때문에 '그해 처음 듣는 새소리'라는 뜻의 하쓰네初音로 지었다고 들었던 기억이 나는구려.

당시는 나도 야리테가 된 지 얼마 안 된 때라 아무래도 기억에 많이 남지. 하쓰네는 요비다시 오이란은커녕, 자시키모치 오이란도 못 될 거라고 생각했던 것이 사실. 보는 눈이 없다고 해도 어쩔 수 없지만 거기에는 이유가 있었다오.

아까도 말했듯이 주산이나 자시키모치 오이란은 한창 어리광 부릴 나이에 들어와 까까머리 가무로 시절부터 이곳에서 지낸 경우가 대부분. 아무리 촌구석의 가난한 집에서 태어난 아이라 해도 어렸을 때부터 유곽의 물로 씻어 내면 촌티가 가시고, 어딘가 속세에서 벗어난 분위기가 감돌게 된다오. 물론 그중에는 사람의 마음을 홀리는 방법만 배워서 겉과 속이 다른, 세상 시건방진 계집이 되는 경우도 있소만. 여하튼 난 근본적으로 아이를 싫어해서, 더구나 그런 계집들을 보면 화가 치밀어서 기회만 있으면 질질 짜게 만들어 버린다오. 한편으로는 유달리 얼굴이 반반하고 피부도 하얗고 머릿결이 반질반질한 데다가, 성품도 곧고 애교가 있어서 야단칠 마음이 들지 않는 아이도 있지. 그런 아이가 나중에 훌륭한 오이란이 되는 법이오.

그야 당연히 가무로 모두가 오이란이 되지는 못하지. 주인이 어렸을 때부터 죽 지켜보다가 소질이 없다고 판단하면 헤야모치도 못 되오. 하지만 이 애다 싶은 아이에게는 명문가 아가씨에게도 이럴까 싶을 정도로 극진하게 대우를 해 주고, 어렸을 때부터 여러 가지 기예를 가르쳐서 요비다시 오이란으로 만들어 낸다오. 하지만 그 정도의 기량을 갖춘 아이는 좀처럼 보기 힘들지.

내가 가쓰라기…… 아니, 하쓰네를 처음 만났을 때 먼저 든 생각은, 너무 큰 애가 왔구나 하는 거였소. 확실히 피부도 하얗고 깨끗했으며, 이목구비가 뚜렷해서 보기에도 총명해 보이는 얼굴이었지만 애석하게도 가무로가 되기에는 너무 늦은 나이였지. 이삼 년 뒤에는 신조가 되어야 할 나이였으니, 보통이라면 오이란으로 키우는 것도 무리였을 정도였다오. 그런 아이를 왜 요비다시 오이란으로까지 키웠느냐? 그건 주인에게 직접 물어보시게.

여하튼 주인의 보는 눈은 정확했소. 하쓰네는, 아니 가쓰라기 님은 십 년에 한 번 나올까 말까 한 훌륭한 오이란이었다오. 하지만 그것도 그 소동으로 끝이었지. 주인도 지금은 자신의 눈이 틀렸다고 후회하고 있을지도 모르겠지만······.

여하튼 그런 사정이 있어서, 가쓰라기 님이 그렇게까지 출세할 거라고는 당시 아무도 짐작하지 못했다오. 그러니 당연히 동생으로 받아 주려는 오이란도 없어서 기루의 가무로로 행동거지 하나하나를 가르친 사람이, 무엇을 감추겠소, 바로 나였소. 방금 뭐라 했소? 내가 예절을 들먹일 처지냐? 호호호, 젊은 양반이 정말 말버릇 한 번 기가 막히는구려.

여하튼 그 아이는 나이도 있었고 기본적으로 예의가 있는 아이여서, 전혀 힘들지 않게 가르칠 수 있었소. 아직 어린 아이인데도 콧날이 오똑하고 눈빛이 낭랑한 게 여느 가난한 집 아이들과는 처음부터 달랐다오.

그냥 건방진 거하고는 또 달라서, 내가 하는 말은 뭐든지 고분고분 듣다가도 내가 무심코 어제와 다른 이야기라도 할라치면 말없이 가만히 바라보는 게 아니겠소. 그 모습이 묘하게 어른스럽고 나무라는 듯한 눈빛인지라 내가 오히려 쩔쩔맸다오. "그 표정은 어찌된 게냐, 불만이라도 있는 게냐!" 하고 나는 겁 많은 개가 짖어 대듯이 소리를 질렀지. 그러면 아이는 큭큭 웃음을 터뜨리는데, 호호홋, 이거야 원 누가 어른이고 누가 아이인지. 평상시에는 야무진 표정만 짓는 아이가 생긋 웃으면 그 모습이 또 어찌나 사랑스러운지

나도 모르게 따라 웃게 되었다오. 그렇소. 당신 말대로 어렸을 때부터 사람의 마음을 사로잡는 능력이 탁월했소. 그건 그 아이가 요시와라에 와서 익혔다기보다는 타고나기도 했고, 그전의 환경도 영향이 컸을 게요. 본인은 전혀 몰랐겠지만, 난 그 아이를 거의 야단치지 않았소. 아니, 야단을 칠 수 없었다는 게 맞을 게요.

정말로 좋은 오이란은 손님에게 아양을 떨지 않고도 자연스럽게 호감을 얻을 줄 아는 법이라오. 대부분은 철모를 때 유곽에 와서 풍족하고 귀하게 키워진 아이들이 그렇게 되지. 주변에서 친절하게 대해 주면 본인도 자연스럽게 주변 사람에게 친절해지기 때문이지. 그런 오이란이 옆에 있으면 손님뿐만 아니라 기루 사람들도 남녀를 불문하고 모두가 좋은 기분이 들게 된다오.

겉모습은 화장이나 옷으로 어떻게든 속일 수 있지만 호감을 얻는 것만은 역시 타고난 것과 자란 환경이 큰지라, 나중에 익히려고 해도 어렵다오. 하지만 그것이 오이란의 좋고 나쁨을 결정하는 중요한 핵심…… 엣? 잠자리 기술도 타고난 것이냐? 호호호. 그거야 타고난 도구도 중요하지만 교육에 달려 있기도 하니 딱히 뭐라고는.

기루에서 돌보는 가무로가 가끔 오이란이 데리고 있는 가무로를 대신해서 행렬에 나가기도 하고 술자리에 나가기도 하지만, 보통은 기루의 여러 가지 잡일을 시킨다오. 그중에는 팔푼이도 꼭 한둘은 섞여 있기 마련인데, 그런 아이는 무엇을 시켜도 제대로 하는 게 없지. 못할 거라는 건 애초에 알고 있으니 그냥 너그럽게 봐주면 될 터인데, 난 그게 잘 되지 않아서 호되게 야단을 치고 벌을 주곤 했소. 그런데 그럴 때면 하쓰네가 그 나무라는 듯한 눈길로 바라봐서 난 내 마음대로 할 수도 없었소.

어느 날 그 팔푼이에게 벌로 저녁밥을 못 먹게 했더니, 하쓰네가 자기 몫을 주먹밥으로 만들어서 몰래 가져가려다가 내게 들킨 적이 있었다오. 난 화가 나서 그렇게 먹기 싫으면 너도 먹지 말라고 을러 댔지. 그러면 잘못했다고 빌 줄 알았는데 웬걸. 그 아이는 다음 날 부터 진짜로 식사를 안 하는 거였소. 만 사흘을 물만 마시고는 밥은 한 입도 먹지 않았다오.

한창 클 나이의 아이가 밥을 안 먹는 것이 얼마나 힘든 일인지, 그야 해 보지 않아도 알 수 있지 않겠소.

하쓰네는 하얀 피부 위로 파란 힘줄이 보일 정도로 야위어서는 당장이라도 쓰러질 것 같았으면서도 눈빛만은 이상하게 초롱초롱 해서는 내가 얼굴을 보면 반드시 마주 보는 게요. 그 눈이 점점 크 게 보여서 난 무서워졌다오. 내가 생각해도 야무지지 못한 행동이 었지만, 나흘째에는 부탁이니 먹어 달라고 오히려 내가 고개를 숙 인 꼴이 되었다오. 무사는 못 먹어도 배부른 척 이쑤시개를 들고 다 닌다더니, 가쓰라기가 꼭 그런 모습이었지.

뭐? 무사 집안의 딸이었느냐……. 아니오, 난 절대 그런 말을 한 게 아니라오. 여하튼 그 아이는 보기와는 달리 고집이 세다고 할까. 한번 결정하면 누구도 꺾지 못하는 기질 역시 타고난 것이지. 그래 서 그런…… 아니, 아무것도 아니오. 난 아무것도 모르오. 아무리 가무로 시절에 예뻐했다고 해도 그런 소동을 일으킨 유녀 편을 들어 줬다는 소리가 들리는 날에는, 호호호, 목숨이 몇 개라도 모자랄 판이오.

센킨로 마이즈루야의 주인 쇼에몬

아, 이 족자 말씀이신가? 맞소, 중국식 서체요. 전서체라고 하는 모양인데, 글자라기보다 그림 같은 재미있는 서체지. 누가 썼느냐고? 후후훗, 이건 내가 쓴 거요. 쑥스럽지만 사실은 그 유명한 사와다 도코 선생님에게 배웠소. 문인이라고 해 봐야 겨우 끝자리에 이름이나 오를 수준이지만, 그래도 겐카이라는 아호도 받았다오. 그렇다고 자신이 쓴 글을 이렇게 족자로 만들어 객실에 걸어 놓다니 꽤나 과시하기 좋아하는 인간이구나 싶으시겠지. 어이쿠, 이렇게 훌륭한 필치라면 사람들에게 보여 주고 싶은 게 당연하다니. 하하핫, 고마운 말씀이군.

자, 그보다 이제 슬슬 용건을 말씀하시게. 솔직히 이런 야밤에 갑자기 집 안으로 들어오면 기분이 썩 좋지는 않네만. 이래 봬도 난 유도도 배웠고, 소리를 지르면 곧바로 청년들이 달려오니 허튼짓을 하려야 할 수도 없을 거요. 얼굴을 보니 남의 집 물건이나 훔치러 온 도적은 아닌 것 같고. 그렇다고 단골손님도 아니니 낙적을 의뢰하러 온 것도 아닐 테고. 후후훗, 그만 솔직히 얘기하시게. 당신, 가쓰라기 일을 묻고 싶은 게 아닌가.

남의 말도 석 달이라고 하듯이, 그 일로부터 석 달이 지난 지금은 확실히 당신처럼 호기심 많은 자도 줄어들었지만 한때는 정말로 엄청났었지. 하기야, 다마기쿠 오이란 이래 최고의 명기라는 평판을 듣던 가쓰라기가 그런 소동을 일으켰으니 내게 시시콜콜 캐묻고 싶은 것도 무리는 아니지.

하지만 다마기쿠 이래의 명기라는 말까지 나온 것은 가쓰라기가 사라진 이후지. 물론 가쓰라기가 당시 요시와라에서 최고를 다투던 오이란이었던 것은 틀림없소. 하지만 다마기쿠는 거상巨商 기분 다이진과 어깨를 나란히 하는 나라야 모자에몬의 연인으로, 나카노초에 있는 모든 히키테자야에서는 지금도 백중맞이 때면 다마기쿠 등롱을 매달아 추선공양을 할 만큼, 말하자면 백 년에 한 번 나올까 말까 한 명기라오. 가쓰라기가 과연 그 정도의 오이란이었는지는……

다만, 다마기쿠 오이란도 전성기에 세상을 떠났기 때문에 그 정도의 평판을 얻었겠지. 원래 갑자기 사람이 떠나면 그 아쉬움이 더 크게 느껴지고 실제보다 높이 평가되는 법 아니겠소. 뭐, 내가 가쓰라기를 잘 알기 때문에 오히려 낮춰 보는 부분도 있겠소만 솔직한 얘기로 처음에는 그렇게 뛰어난 오이란이 될 것 같지는 않았소. 놓친 물고기가 크게 여겨지는 그런 것이 아니라 주위에서 정말로 아까운 유녀를 잃었다고들 떠들어 대니, 내가 보는 눈이 없었나 하는 생각이 들 정도라오.

뭐, 아니라니? 보는 눈이 없기는커녕 진흙 속에서 진주를 찾아낸 탁월한 통찰력이라니…… 아, 야리테 오타쓰에게 무슨 얘기를 들은 게군. 아하하, 그 할망구가 뭘 아는 척하고 떠들어 댔는지 모르겠소만, 처음 보는 사람에게 그런 칭찬까지 들었으니 나도 이야기를 하지 않을 수가 없군.

참으로 묘하단 말이지. 남의 말도 석 달이라고 마침내 소문이 잠잠해질 즈음이 되니, 당사자나 가까운 사람이 오히려 이야기가 하고 싶어지는 모양이야. 여태까지 입을 다물고 있던 내가 스쳐 지나갈 사람에게 입을 열려고 하니, 사람 마음은 참 이상하지. 후후후, 나 따위는 사람으로 치고 싶지도 않다고 세상 사람들은 이야기할지도 모르겠네만.

'망팔'이라고 해서, 죄인처럼 입에 재갈을 물린 듯 살아야 하는 게 나 같은 이의 세상살이지. 망팔은 인의예지충신효제仁義禮智忠信孝悌, 즉 인간에게 중요한 이 여덟 가지 덕을 잊은 자라는 의미라네. 나는 어쩔 수 없이 가업을 이었지만, 결코 좋아서 이런 장사를 하고 있는 게 아니네. 젊었을 때는 아버지의 뒤를 잇는 것이 싫어서 가출한 적도 있을 정도였지.

*망팔 忘八: 팔덕(八德)을 잊어버렸다는 뜻으로 원래는 무뢰한을 가리키는 말이지만 기루의 주인을 이렇게 불렀다.

집을 나가 무엇을 했느냐? 아하하, 이것도 부끄러운 얘기네만 배우 문하생을 했다네. 후후, 내 입으로 말하기 그렇지만 얼굴로 따지면 눈매가 길고 콧대가 오뚝하고, 입술도 도톰하니 모양이 좋지 않은가. 훌륭한 배우가 될 얼굴이라고 속이 빤히 보이는 아부를 하는 자가 있어서…… 엣? 당신도 그렇게 생각했다니, 참으로 기분 좋군. 가만, 가만, 이렇게 보니 당신도 정말 호남이 아닌가. 자, 이쪽으로 좀 더 가까이 오시게. 후훗, 서로의 눈을 보며 천천히 얘기를 나누세.

배우는 얼굴이 잘생겼다고 되는 게 아니듯이 유녀도 역시 겉모습만 중요한 게 아니지. 오타쓰가 무슨 말을 했는지는 모르겠네만, 나는 이곳 마이즈루야의 오 대_代 주인으로, 말하자면 집안 대대가 유녀를 선별해 왔네. 그러고 보니 그 유녀도 오 대째 가쓰라기라는 기명을 받은 셈이군. 미우라야의 다카오라는 기명이나 마쓰바야의 세가라는 기명처럼 가쓰라기는 마이즈루야에서 유망하다고 확신하는 오이란에게 붙여 주는 기명이네. 가쓰라기라는 기명을 쓴 오이란은 아버지 대에도, 할아버지 대에도 없었지. 내가 오랜만에 그 기명을 되살렸더니 예상대로 손님이 몰려왔네. 아하하, 그것도 내 실력이라면 실력일 수 있겠지.

아, 맞네. 오타쓰가 말한 대로, 그 유녀가 마이즈루야에 왔을 때는 어중간한 나이여서 가무로를 거친 오이란으로 키우기에는 나이가 너무 많았지. 하지만 용모가 좋고, 무엇보다 품위가 있어서 잘하면 물건이 되겠다고 짐작했던 것은 사실이네.

뭐? 무사의 딸이었냐고? 설마, 오타쓰가 그런 말까지 했는가? 아, 그렇군. 당신이 지레짐작했다는 거군. 그건 좀 지나친 추측일세. 그렇다면 어떤 태생이었느냐? 흐음. 그건 가쓰라기를 우리 집에 데려온 거간꾼도 말하지 않았네. 계약을 하려면 원래는 부모의 도장이 필요한데, 친부모나 형제가 없을 때는 누군가가 도장을 찍고 대신 부모 역할을 하게 되지. 그 유녀의 친부모는 이미 세상을 떠났고 형제도 없다고 했네.

하지만 좋은 환경에서 자란 아이라는 것은 확실했지. 원래 마음을 쓴다는 것은 사람을 부리는 자와 사람의 부림을 받는 자가 크게 다른데, 이는 흔히 말해 환경이 좋았느냐 나빴느냐에 달려 있지. 가쓰라기가 손님뿐만 아니라 기루의 일꾼들에게도 평판이 좋았던 것은 사람을 부리는 자의 마음 씀씀이가 자연스럽게 몸에 배어 있었기 때문일 걸세. 세상 물정 모를 나이 때부터 주변에서 귀한 대접을 받은 자가 아니면 그렇게 되기는 쉽지 않은 법이지.

기루에도 급이 있어서 우리처럼 상급 기루와 강가 부근의 쓰러져가는 하급 기루는 등루하는 손님도, 데리고 있는 유녀도 완전히 다르다네. 상급 기루에서 요비다시 오이란이 될 정도의 유녀는 영광스러운 무대에서 주역을 맡은 배우와 마찬가지로 단지 외모가 예쁘고 성적 매력이 있는 것만으로는 안 되는 일이지. 그야 평범한 남자들이라면 여자는 여하튼 얼굴이 예쁘고 성적 매력이 있고 무엇보다 착한 것이 제일이라고 생각하겠지만, 최고의 오이란을 살 정도의 손님이면 무엇에든 눈이 높은 분들이어서. 하하하, 단지 예쁘고 성적 매력이 있는 것만으로는 시시하다고 하지. 뭔가 좀 더 재미있는 부분이 없으면 금방 질려하기 때문에 단골로 붙잡기가 쉽지 않네. 요시와라의 명기는 무엇보다도 강단이 있어야 해서, 여자면서도 어딘가 오기가 있는 듯한 유녀가 좋은 유녀라고 아버지도 자주 말씀하셨지.

남자란 원래가 허세를 부리고 싶어 하는 성질이 있지만, 요비다시 오이란을 살 정도의 손님이라면 딱히 으스대려고 하지 않아도 돈의 위력에 넙죽 엎드리는 무리들이 주위에 늘 넘쳐 나지. 주변에서 추어올리며 알랑거리는 모습에도 익숙해. 한편 요시와라의 명기에게 없어서는 안 되는 오기란 무엇이냐. 그것은 한마디로 자존심이지.

허세와 자존심은 조금 다른 성질의 것이라 상대가 자신 앞에 납작 엎드리는 것을 보고 싶어 하는 허세와, 누구에게도 엎드리고 싶지 않다는 자존심이 정면으로 부딪치네. 손님은 그 줄다리기를 즐기는 거네. 돈의 위력으로 밀어붙이든 상냥하게 비위를 맞춰 주든, 후후후, 자존심만은 귀한 명문가 아가씨에게도 지지 않는 여자를 자신의 힘으로 굴복시켜서 제 것으로 만드는 기쁨이 각별한 게지.

아버지가 직접 키워 낸 요비다시 오이란 중에 미치노쿠라는 이가 있었는데, 그 유녀가 오이란의…… 엣? 그 오이란의 이야기를 들은 적이 있다고? 아, 맞네. 꽤 기가 센 오이란이었는데, 손님들에게는 결코 평판이 나쁘지 않았지. 근본은 귀염이 있는 아이였으니까. 하하하, 원래 겉과 속이 전부 강하면 남자들은 다가가려고 하지 않는다네.

미치노쿠의 낙적이 결정되었기 때문에 다음을 이을 누군가를 내세워야 했는데, 사실은 달리 결정된 유녀가 있었네. 그 유녀는 일곱의 나이부터 우리 기루에 있어서 기예도 충분히 배웠고, 미치노쿠 옆에서 후리소데신조도 한 데다가 외모도 더할 나위 없었지. 딱히 어디가 부족했던 건 아니었지만, 조금 어리기도 했고 미치노쿠의 후임자로는 뭔가 조금 아쉬웠지. 무난하지만 너무 얌전하다는 느낌이 들었어.

나는 당시 아버지의 뒤를 이은 지 아직 얼마 되지 않았던 때라 스스로의 지나친 생각일 수도 있었겠지만, 주위 사람들이 뭔가 아버지와 비교하면서 이번 주인은 미적지근하다고 수군대는 것 같았다네. 그래서 오이란까지 그렇게 보이는 것이 싫었지. 그리고 미치노쿠에게 지지 않는 오이란을 내가 직접 키워 내야 비로소 아버지를 뛰어넘을 수 있다는 생각을 했지.

한편, 아무리 용모가 좋아도 이곳에 늦게 들어온 가쓰라기는 제대로 된 오이란이 될 수 없을 것 같았네. 후후후, 이렇게 말하면 진짜로 자아도취에 빠진 자 같아 쑥스럽지만, 배우가 될 뻔했던 내 자신을 떠올렸는지도 몰라.

맞네. 오타쓰가 말한 대로, 가쓰라기가 우리 집에 온 것은 아버지가 돌아가신 직후였고, 가무로 이름을 하쓰네로 지은 것도 내가 기루의 주인이 되고 처음으로 이름을 지은 유녀이기 때문이었네. 뭐, 거기에도 어떤 인연을 느꼈던 것이겠지.

처음 대면했을 때는 말라깽이에 큰 눈망울만 뒤룩거리는 것처럼 보였지. 검은자위가 많고 남자아이 같은 강인한 눈매였기 때문에 고집이 세서 주변 사람들 애 좀 먹이겠구나 생각했네. 하지만 걱정이 무색할 정도로 야리테와 오이란의 지시도 잘 따랐고, 청소나 잡일도 싫어하는 기색 없이 해냈네. 아, 그게 생각나는군. 그 아이가 이곳에 처음 왔을 때는 줄무늬가 있는 무명 솜옷을 입고 있었는데, 그게 참 묘하게 어울리지가 않았어. 이곳에 오는 아이들은 고운 나들이옷을 입고 오는데, 아무래도 처음 입어 본 듯한 티가 나는 법이거늘 반대로 옷이 초라해서 어울리지 않는 경우는 드무네.

가무로에게는 글쓰기와 예법을 기초부터 가르치는데, 가쓰라기는 나이가 있는 만큼 예법도 글쓰기도 되어 있는 데다가, 정말로 영리한 아이라는 걸 이내 알겠더군. 그래서 아버지가 미치노쿠를 키웠을 때, 다른 유녀 한 명과 서로 경쟁을 시켰다는 이야기를 떠올렸다네.

요비다시 오이란으로 키우는 아이는 힛코미 가무로라고 해서 오이란의 시중이나 잡일을 시키지 않고 집 안에서 귀하게 키우며 오로지 기예만 가르치는데, 그게 아까 얘기했던 얌전하고 뭔가 조금 아쉬운 유녀였지. 그래서 처음에 가쓰라기를 그 아이와 같이 가르쳤네. 공부도 서로 경쟁시키는 편이 빨리 배울 수 있다고 생각했던 거지.

오이란이 되기 위해서는 가장 중요한 공부가 뭐라고 생각하나? 사람에 따라 다소 다르겠지만, 나라면 먼저 서예를 들겠네. 아름다운 필체의 연문은 손님을 달려오게 하지만 서툰 필적은 오히려 호감마저 사라지지. 그래서 먼저 서예를 가르치고, 다음으로 멋진 글귀 한둘 정도는 읊을 수 있도록 시가와 하이카이를 가르치지.

글씨는 그 사람의 성격을 보여 준다고들 하는데, 가쓰라기가 쓴 글씨는 예측대로 여자로서는 획을 올려치는 치침이 너무 강해서 한 자 한 자가 뛰어오를 듯 보였네. 하지만 기본에는 조금의 오차도 없어서 계속해서 보면 정말 유쾌하게 사람 눈을 끄는, 말하자면 기교가 있는 달필이었지.

글씨와 젓가락은 정확하게 오른손을 사용했지만 원래는 분명 왼손잡이였을 거네. 샤미센을 가르쳤더니 현의 정확한 위치를 실로 정교하게 잡아내더군. 그런 반면 오른손으로 켜는 발목* 소리가 의외로 약해서 그 아이답지 않다고 생각을 했지. 그러다가 거문고를 켜는 모습을 보고 왼손잡이라는 걸 확실하게 안 거지.

그런 기예들이 실전에서 그리 도움이 되는 것은 아니지만, 그래도 다도와 꽃꽂이는 빼놓을 수 없다네. 그리고 며칠씩 머무는 손님은 시간 때우기로 바둑이나 장기를 함께할 상대를 원하니까, 이것도 기초 정도는 내가 가르쳐 주었다네.

승부욕과 오기는 비슷하면서도 조금 다른데 미치노쿠는 승부욕이 강한 편이었고, 가쓰라기는 오기가 강했지. 그래서 장기는 물론이고 바둑도 제법 잘했어. 질 것 같으면 입술을 깨물고 분하다는 듯 내 얼굴을 뚫어지게 바라보았지. 눈물이 글썽하면서도 결코 울음을

---

*발목 撥木: 비파 등의 현악기를 탈 때 쓰는 기구. 주로 나무로 만들며 상아나 물소 뿔로도 만든다.

터뜨리지는 않았네. 가쓰라기는 가무로 시절부터 사람들 앞에서 절대 우는 모습을 보이지 않았지.

힘든 일, 슬픈 일이야 수도 없이 많지 않았겠나. 그래서인지 가쓰라기는 가끔씩 불쑥 사라질 때가 있었네. 기루에는 골방이나 창고 등 아이들이 숨을 장소가 널려 있었지. 기루 일꾼들이 나눠서 구석구석을 찾아다녔지만, 연기처럼 사라져서는 좀처럼 찾을 수가 없었다네. 그렇게 집 안을 뒤지다가 결국 밖으로 찾아 나서려고 할 즈음이면 다시 불쑥 모습을 나타냈지. 이번 소동이 일어났을 때도, "다시 어디선가 불쑥 나타나는 것은 아닐까."라고, 하하하, 아무것도 모르는 일꾼 하나가 태평스럽게 얘기하더군.

오이란 방에는 매일 향을 피운다네. 대부분은 고체 향을 쓰는데, 원래의 천연 향도 대략은 알아 두는 편이 좋으니까 향도香道에 대해서도 가르쳤네. 향도에서는 향을 감상하는 것을 '문향聞香'이라고 하는데, 문향에는 '조향組香'이라고 하는 놀이가 있지. 일단 몇 가지의 향을 맡아 비교한 후, 향을 피우는 순서를 바꿔 가며 냄새를 맡은 다음 향을 알아맞히는 경쟁을 하는 것이네. 조향을 할 때에는 나도 자주 참가했었는데, 아, 그러고 보니 그 유녀의 가무로 시절 이름은 하쓰네였는데, 침향나무 중에도 하쓰네라고 하는 나무가 있었지.

향목은 가라, 라코쿠, 마나반, 마나카, 사소라, 수모타라의 여섯 종류가 있고, 그 향목들을 말 꼬리털이나 모기 다리에 비유할 정도로 가늘게 잘라 운모로 된 작은 접시에 올린 후, 재를 채운 향로에 피워 함께 돌려 가며 냄새를 맡는다네. 각각의 달콤한 느낌이나 신

느낌 등의 차이는 구분할 수 있어도, 한꺼번에 여러 종류의 향을 맡고 그 향을 기억하는 것은 어렵지. 처음에 느낌이 온 대로 재빨리 종이에 써서 제출하면 되는데, 다시 맡아 보거나 하면 머릿속에서 순서가 뒤엉켜 버리지. 후후후, 결국은 여섯 개의 갈림길처럼 헤매면 헤맬수록 알 수 없게 된다네.

그 유녀는 뒤끝이 없다고 해야 할까, 배짱이 있다고 해야 할까. 향을 다시 맡는 일 없이 대답을 술술 적어서는 그대로 제출하는 거였네. 그 답이 다 맞았느냐? 아하하, 무슨 귀신도 아니고 그럴 수는 없지. 하지만 다시 향을 맡아 가며 헤매고 헤맨 나와, 재빨리 답을 결정한 그 유녀와 정답에 그다지 차이가 없어서 울화가 치밀기는 했었지. 오답이 많아도 그 유녀는 전혀 기죽지 않는 데다 매번 너무 자신만만한 표정으로 대답을 써내니까, 내 코가 둔한 것은 아닐까 하고 한심해질 정도였다네.

그래…… 생각해 보면 그때도 그런 표정으로 당당하게 거짓말을 했었지……. 이런, 놀랐나? 아하하, 그렇다네. 그 유녀는 둘도 없는 거짓말쟁이였어. 항상 거짓말을 한 것은 아니지만, 어떻게 그다지도 태연하게 거짓말을 할 수 있는지 기가 막힌 적이 몇 번 있었지. 조금 미적지근한 주인이라는 말을 듣는 내가 치미는 화를 참지 못하고 주먹을 휘두를 뻔한 적이 있었을 정도였네. 상품에 상처를 내면 안 된다고 스스로를 달래 가며 간신히 참았지만 말이네. 그건 이런 일이었네.

우리는 중요한 손님이 올 때 연회 자리에 장식할 값진 도구나 그

릇을 창고에 넣어 두는데, 그날은 우연히 전날에 산 멋진 징더전*
도자기를 곧바로 창고에 넣지 않고, 거기, 그 장식대에 올려놓았네.
무척이나 마음에 들어 거금을 지불하고 산 물건이라서 지금도 눈에
선한데, 높이는 한 자 다섯 치 정도였고, 몸통이 불룩한 모양인데
가장 폭이 넓은 곳은 예닐곱 치 되는 제법 큰 도자기였지. 백자에
군청색 잿물로 그림을 그려 넣은 청화자기로, 바닥과 목에 당초무
늬를 입히고 중간은 여백의 미를 살린 세련되고 귀한 도자기였네.

그날은 마침 아버지의 삼주기三周忌 죽은 지 만 2년이 되는 날여서 아침부터
절에 갔고, 다녀와 보니 그 소중한 도자기가 어디에도 보이지 않는
게 아닌가. 나는 놀라서 주변에 물어봤지만 아무도 모르겠다는 게
야. 처음에는 내가 창고에 보관해 놓고 깜빡한 것은 아닌지, 어디
다른 객실에 둔 것은 아닌지 하며 집 안을 전부 찾아봤지만 보이지
않았네. 물론 가쓰라기에게도 물었지. 여하튼 집 안 청소는 보통 그
유녀가 했었으니까.

가쓰라기는 아침에 청소를 할 때는 항아리가 있는 것을 알았지만
내가 물어볼 때까지 없어진 것도 전혀 모르고 있었다고 했네. 그런
데 내가 없는 동안 누군가 낯선 남자가 찾아왔고, 차를 내러 부엌에
간 동안 돌아가 버렸다는 것이 아닌가. 인상이나 체격을 묻자, 중키
에 중간 체격으로 줄무늬 무명 겉옷을 입고, 이마를 밀고, 거무스름
한 피부에, 움푹 팬 눈이 커서 무서운 인상의 남자였다며, 마치 그
사람이 눈앞에 있는 것처럼 술술 대답했네.

*징더전 景德鎭: 중국 장시성(江西省) 북동부에 있는 도시로, 중국 최대의 도자기 생산지다.

반토는 물론이고 기루에 오래 있던 사람들도 함께 절에 데리고 갔었으니, 기루에 있던 이들은 평상시보다 긴장을 풀고 있었을 터라 감쪽같이 도둑이 들었다고 해도 충분히 그럴 만한 상황이었지. 나는 부아가 치밀어서 누가 또 수상한 남자를 본 자가 없는지 물었지만 모두 벌벌 떨면서 고개를 가로로 저을 뿐이었네. 평상시와 조금 달랐던 것은 이 층의 가부로가 아래로 내려와서 시끄럽게 소란을 피웠다는 정도였다고 할 뿐, 누구에게 물어도 진척이 없었지.

그날 밤은 역시 잠을 잘 잘 수가 없어서 한밤중에 몇 번인가 깨었다네. 뒷간에 갔다 돌아왔을 때, 다다미 위에서 무언가가 발바닥을 꼭 찔러 따끔했지. 머리맡 등불을 가까이 대고 자세히 보니, 그곳에 피가 조금 스며 있었네. 오늘은 정말 억세게도 운이 없구나 하는 생각에 더욱 화가 치밀어서 잠이 오지 않았지. 어둠 속에서 이불을 뒤집어쓰고 가만히 있는데, 멀리서 뭔가 기묘한 소리가 들려 기분이 섬뜩했던 것을 기억하네.

근처의 초소와 정문 초소에도 가쓰라기가 보았다는 남자의 인상을 일러두었지만 다음 날이 돼도 도둑에 대한 실마리를 전혀 얻지 못했고, 나는 이미 완전히 포기한 상태였다네. 다음 날도 역시 잠을 설치고 아침 일찍 툇마루에 나가자 뜰 뒤로 햇살이 비쳤고, 그곳의 땅이 이상하게 반짝이는 게야. 무심코 마당으로 내려와 그곳에 쪼그리고 앉아 자세히 들여다보니, 반짝이는 물체의 정체가 무엇인지 확실하게 알겠더군. 그것은 산산조각으로 부숴서 깨알만 하게 만든 도자기 파편, 즉 징더전 도자기의 영락한 말로였다네.

이렇게 되면 이제 의심스러운 이는 당연히 가쓰라기가 아니겠는가. 나는 마당에 선 채 당사자를 불러 빗자루와 쓰레받기를 가지고 오라고 최대한 침착한 목소리로 말했네. 그 유녀는 순순히 다가와서는 아무렇지 않은 표정으로, 시키는 대로 산산조각 난 파편을 쓸어 담더군. 나는 그 유녀의 얼굴을 가만히 바라보며 "이건 뭐냐?" 하고, 이번에는 어쩔 수 없이 노한 목소리로 물었네. 그러자 그 유녀는 말똥말똥한 눈으로 나를 올려보며, "무엇일까요? 전 잘 모르겠사와요." 하며 유창한 유곽 말투로 대답하고는 생긋 웃더군. 나는 순간 내가 말도 안 되는 의심을 했나 생각했을 정도였지. 정말이지 얄밉도록 태연한 얼굴 그 자체여서, 지금 생각해도 오장이 뒤집어질 듯하다네.

그 유녀는 가무로 중에서는 나이가 많은 편이라 어린 가무로들을 잘 돌봐 주고 있었던 모양이야. 생각해 보면 그날은 나와 반토가 없었으니 평상시에는 이 층에 있는 가무로들이 아래로 내려와 함께 소란을 피웠겠지. 그러는 동안 누군가가 항아리를 쓰러뜨려 깬 게야. 가쓰라기는 그걸 몰래 수습한 거고. 깨진 항아리를 몰래 자신의 비밀 장소로 가져간 다음 아무에게도 들키지 않게 처리했겠지.

아이들이 혼나는 것이 무서워서 거짓말을 하는 거야 조금도 이상하지 않네. 하지만 내가 놀란 건, 그 유녀가 눈길도 피하지 않고 당당하게 거짓말을 했던 거였네. 그뿐이 아니지. 그 유녀가 한밤중에 혼자서 항아리를 산산조각으로 부수고 있는 모습을 떠올리면 등골이 오싹했네. 도저히 아이의 짓이라고는 할 수 없는 무서운 집념 같은 것이 느껴졌지. 나는 결국 그 유녀를 야단치지 않았네……. 아니, 야단치지 못했다는 편이 맞겠군.

그런 거짓말쟁이라는 걸 알면서 왜 내가 그 유녀를 요비다시 오이란으로 키웠냐고 묻는 겐가? 아하하, 자네는 엉뚱한 곳에서 이해력이 부족한 사람일세. 잘 듣게나. 예부터 네모난 달걀과 유녀의 진심은 없다고 하지 않나. 오이란은 남자를 요령껏 속이는 것이 일이라네. 나는 그 유녀가 희대의 거짓말쟁이라는 것을 알았기 때문에 비로소 요비다시로 키운 것일세. 그렇게 거짓말을 잘한다면 분명 유곽에서 최고로 꼽히는 오이란이 될 거라고 짐작한 게지.

뭐라? 내가 그 유녀에게 반한 게 아니냐……. 물론 좋아했다네. 좋아하지 않으면 어쩔 겐가. 장사꾼은 자신의 상품을 좋아해야 비로소 좋은 장사를 할 수 있는 법이네. 하지만 상품에 손을 대는 것은 당연히 금물이지. 자신이 데리고 있는 유녀에게 손을 대는 주인도 있다고 들었지만, 적어도 나는 그런 뻔뻔한 짓은 하지 않네.

나는 이 집에서 태어나 갓난아기 때부터 분과 연지 냄새를 맡으며 자랐네. 이성에 눈뜰 나이에는 이미 질릴 대로 질려서, 유녀를 봐도 별다른 감흥이 없었지. 결혼을 하라고 해도 마음이 동하지 않았다네. 아하하, 내가 이렇게까지 솔직하게 얘기를 했으니, 그렇게 멀찍이 있지 말고 좀 더 옆으로 가까이 오게. 등불이 어두침침하니 가까이서 눈을 보고 얘기하세.

유녀를 봐도 감흥이 없는 대신에, 후후후, 자네처럼 좋은 남자를 보면 뭔가 허리께가 묵직해지는 기분이 드니 말이네. 이런, 어찌 그

러나. 아하하, 잠깐 손 좀 잡은 정도로 그렇게 당황하다니. 하하하,
그렇게 도망갈 필요는 없지 않나.

마이즈루야의 도코마와시 사다시치

이크, 손님. 이쪽으로 오십쇼. 헤헤헤, 조급한 마음이야 알지만, 그렇게 허둥대면 안 됩니다요. 그쪽은 돌아가는 길입니다. 예에? 이곳을 한 바퀴 돌아보고 싶으시다고……. 예이, 그러면 얼마든지 자유롭게 구경하시라고 하고 싶지만 비슷비슷한 방이 줄줄이 있어서 헷갈리기 쉽습니다요. 방을 잘못 찾았다가는 다른 손님의…… 이거 참, 이렇게 과분한 행하를 주시다니 송구합니다요. 헤헤헤, 그러면 감사히 받고 안내를 해 드립죠.

예이, 말씀하신 대로 이곳의 객실은 아직 소란스럽지만 아무 걱정 안 하셔도 됩니다요. 한 식경만 지나 "파장." 하고 외치면 여기고 저기고 완전히 조용해집죠. 시끄러우면 산만해서…… 헤헤, 그게 안 된다고 하는 분도 계시는데, 손님도 아마 그러신 분인가 봅니다. 하지만 한 식경이나 돌아보시는 것은 안 됩니다요. 손님을 이렇게 밖으로 모시고 나온 동안에 방 안에서는 이불을 펴고, 오이란은 화장을 고치러 들어갔다가 손님이 돌아왔을 때 모습을 나타내는 것이 이곳 순서입니다요. 우리가 너무 지정거리다 오이란을 오래 기다리게 하면 나중에 소인이 혼이 납죠.

예, 말씀대로 소인은 오이란이 있어야 밥을 벌어먹으니, 뭐든 신경을 쓰죠. 오이란의 기분을 언짢게 했다가는 도코마와시 일을 할 수 없습니다요. 예? 이 일을 한 지 몇 년이 됐느냐굽쇼…… 그러니까 이래저래 십 년…… 아니, 십오 년은 됐지 싶습니다요. 헤헤헤, 세월이 긴 만큼 얼굴도 길다고 악담을 하는 놈도 있을 정도죠. 말상의 사다시치라고 하면 마이즈루야의 도코마와시 중 가장 고참으로 통합니다요.

제 자랑 같아 송구합니다만, 단골손님이나 오이란이 부르면 히이힝 하고 힘차게 달려가기 때문에 모두에게 총애를 받고 있습죠. 손님께서도 아무쪼록 앞으로 어여삐 봐 주십쇼.

이런, 이거 감사하게도 또 행하를 주시다니. 나리께서는, 헤헤, 이렇게 말씀드리기 뭐합니다만 젊으신데도 화통하십니다요. 뭐, 에도 토박이는 화통한 게 제일…… 예에? 그것을 주는 대신 여기서 뭔가 재미있는 이야기를 들려 달라니……. 아이고, 손님. 여유 부릴 때가 아닙니다. 가장 중요한 오이란이 도망가 버리면 어쩌시렵니까. 옛? 오이란을 만나는 것도 중요하지만, 소인 얘기를 꼭 듣고 싶으시다니…….

아, 무슨 말씀인지 알겠습니다요. 그게 말이죠, 나리만 그러신 건 아닙니다요. 헤헤헤, 가끔 그런 분이 계십니다요. 이런 곳에 익숙하지 않아서 막상 중요한 단계가 되면 부끄럽다고 하시는 분이. 특히 이곳은 부근의 하급 기루와는 달라서, 시간과 돈을 들여 가며 복잡한 절차를 따르다 보니 더 부끄러워지는 모양…… 예에? 아니라니……. 그러면 뭡니까요. 이 마당에 와서 유녀가 마음에 들지 않으시면…… 아니, 그것도 아니시라고요. 아, 그렇다면 일단 소인도 안심입니다. 그 우라사토 님은 용모도 빼어나시고, 무엇보다 마음이 고우신 분이라서 나리도 분명 좋은 유녀를 만났다고 생각하실 겁니다요.

예, 분명 유곽에는 세상 물정에 어두운 손님을 붙잡아서 등골을 빼먹는 유녀가 있다는 이야기도 있지만, 적어도 저희 기루에 그런 유녀는 없으니 안심하셔도 됩니다요.

하지만 나리 같은 분은 헤헤헤, 각오를 하셔야 합죠. 오이란도 속은 여자인지라 젊고 잘생긴 남자를 보면 놓아주지 않습니다요. '차이고 돌아간 행운아'라는 말이 있을 정도입죠. 인기 있는 분은 또 그 나름의 고생이 따르는 법이 아니겠습니까요. 한번 단골이 되고 나면 조금만 뜸해도 "서방님, 이리 뜸하게 오시다니 밉사와요." 하며 팔이고 허벅지고 가리지 않고 마구 꼬집어 대는데, 옆에서 보기에도 아파 보이지만 그래도 꾹 참아 내시죠. 꼬집힌 흔적이 자주색 멍이 되면, 그 스케로쿠*처럼 여자에게 인기가 있다는 증거라고 해

*스케로쿠 助六: 고전 가부키 중 하나인 『스케로쿠』의 주인공. 『스케로쿠』는 화려한 요시와라를 배경으로 한 미남 협객 스케로쿠와 그의 연인인 유녀 아게마키의 사랑 이야기다.

서 그들 내에서는 자랑거리가 된다고 합니다요.

예에? 필치도 아름다운 연문도 보내 주지 않느냐굽쇼? 하하하, 어찌 아셨습니까요? 그렇습니다요. 편지를 봉한 자리에 '무사 귀가를 기원합니다.'라고 적힌 편지가 사흘이 지나기 전에, 아니 때로는 하루에도 몇 통씩 날아갑죠. 나리는 아직 홀몸이신 모양입니다만, 혼인한 분들에게는 심장이 철렁할 일입니다요. 소인에게 봉투 겉면을 대신 써 달라고 부탁하기도 하는데, 겉봉 글씨가 남자의 필적이라도 봉투를 열면 누가 봐도 여자가 썼다는 것을 알 수 있는 연애편지가 나오기 때문에 자칫 본마나님 눈에라도 걸리면 일대사가 아닐 수 없습죠. 그래서 편지가 오지 않게 하려면 싫어도 이곳에 올 수밖에 없는 것이지요. '내일부터 벚꽃이 피옵니다. 꽃이 지기 전에 부디 와 주시어요.' 등의 문구로 시작해서, '봄이 싹틈과 동시에 약간의 고생의 씨앗도 싹틀 조짐이 있사옵니다만, 자세한 사정은 만나 뵈옵고.' 등 뭔가 사연이 있는 것처럼 글을 맺으면, 헤헤헤, 도저히 신경이 쓰여 참을 수가 없게 됩죠.

소인이 이곳에서 처음 일할 때 무엇보다 놀랐던 것은 오이란이 틈만 있으면 붓을 드는 것이었습죠. 요시와라에는 오이란의 편지를 전달해 주는 후미야文屋라는 곳이 있을 정도입니다요. 저희는 낮에 이 층을 한 바퀴 돌며 아직 먹물이 채 마르지 않아 번들번들한 편지를 모아서는 후미야에게 전달합죠. 헤헤, 젊었을 때는 그 편지들을 몰래 훔쳐보기도 했었습죠. 요즘 왜 얼굴을 보이지 않으셨는가, 약속한 날에 왜 오지 않으셨는가, 그날 아침에는 언짢은 듯 가 버리셨는데 뭐가 마음에 들지 않으셨는가 등등 갖가지 원통함이 꼬리를 무는, 미련이 가득 담긴 편지뿐. 헤헤헤, 나리께도 조만간 편지가 잔뜩 날아들어 그 편지들로 병풍을 만들 수도 있을 겁니다요.

아, 그렇습니다요. 말씀대로, 오이란은 편지로 금품을 요구하기도 합죠……. 예, 맞습니다요. 연중행사에 선금을 내고 미리 예약을 해 달라든가, 새 옷을 사 달라든가……. 하지만 나리는 아직 단골도 아니시니 그런 걱정까지 하실 필요는 없습죠.

예에? 아니, 오이란이란 남자를 속이는 게 일이라굽쇼? 유녀의 진심과 네모난 달걀은 없는 법이듯, 금품을 요구하며 껍데기를 벗길 생각일 거라뇨……. 손님, 말씀이 심하십니다요. 오이란이 욕심쟁이여서 돈을 억지로 빼앗으려 한다니, 너무 가혹한 말씀이십니다요. 그런 말까지 들으니 소인도 참을 수가 없군요. 아니, 이건 절대 장삿속으로 하는 말이 아닙니다요. 진실을 말하는 것이니 일단 한 번 들어 주십쇼.

소인은 이 일로 오랫동안 밥 벌어먹고 살았지만, 그렇게 탐욕스러운 유녀는 단 한 번도 본 적이 없습니다요. 오이란이 금품을 요구하는 것은 대체로 부득이한 사정이 있을 때입죠.

나리, 알고 계십니까요? 오이란이 기루에서 받는 것은 아침저녁 식사와 등불의 기름뿐. 방 안의 세간은 물론이고 다다미 교체, 장지문이나 맹장지 수선, 양초 값과 화로 값에 이르기까지 전부 자신의 수입으로 조달하고 있습죠. 종이, 담배는 물론 머릿기름과 연지, 분은 아낄 수도 없는 것이고, 매일 같은 옷을 입을 수도 없으며, 머리

빗 장식품도 전부 값비싼 대모갑 세공뿐입죠. 야리테 할멈과 소인 뿐 아니라 히키테자야와 나룻배 일꾼들에게도 행하를 안 줄 수 없습죠. 가무로가 있으면 애를 키우는 것과 똑같아서, 어엿한 유녀로 만들어 독립시키기까지 드는 비용은 엄청납니다요. 거기에 또 경조사에 드는 비용도 무시할 수 없습죠. 오이란은 아무리 벌어도 모두 일 년 내내 쪼들립죠. 거기다 몸이 아프거나 부모에게 일이 생기면 빚이 순식간에 불어나서…… 어이구, 송구합니다요. 소인이 그만 흥분해 버려서.

이거 참, 완전히 흥을 깨 버리는 소리나 하고 무례하기 그지없었습니다요. 여하튼 그런 사정이 있으니 오이란을 그리 나쁘게 생각지 말아 주십사 하는 겁니다요. 나리가 홀몸이시라면 이곳에 오실 때는 연인을 한 명 만든다 생각하시면 됩니다요. 무리를 하면 안 되지만, 그래도 쩨쩨하게 구시면 유곽의 유흥은 재미없습죠.

예에? 너무 오이란 편을 드는 게 아니냐굽쇼? 그야 한솥밥을 먹다 보면 저절로 정이야 들지만, 도코마와시는 오이란과 손님 사이를 중개하는 역할이라서 딱히 어느 편을 들어야 이득이라는 것도 없습니다요.

예엣, 무슨? 무서운 이야기를 들으셨다니요. 기쿄야의 안주인에게…… 대체 무슨 이야기를……? 아, 아마도 이세야의 도련님 이야기를 들으신 게로군요. 그 여주인이야 워낙에 말이 많기는 하지만, 그런 이야기까지 뭐하러……. 아니, 잠깐만요. 나리를 이곳에 모셔 온 히키테자야는 분명 기쿄야가 아니었는데. 그런데 왜…… 아, 그렇군요. 예전에 지인께서 기쿄야에 다녀가셨을 때 그 이야기가 나왔다는 거군요.

그렇다면 오이란이 그렇게 했던 사정을 소인이 제대로 알려 드리겠습니다요. 이세야의 도련님을 처음부터 중개한 사람이 소인인지라 자초지종을 옆에서 전부 보았습죠. 소인이 경위를 낱낱이 설명해서 오이란의 결백을 증명해 보이겠습니다요.

신사에 널린 개똥만큼이나 에도에는 이세야 간판을 건 상점이 수두룩합니다만 그 이세야는 니혼바시에 있는 포목점 중에 다섯 손가락 안에 드는 큰 점포로, 그 이세야의 장남인 에이자부로 님이 처음 우리 집에 오신 지가 그럭저럭 삼 년이 돼 가는군요. 소설 속 삽화에 나오는 듯한 길고 시원한 눈매의 미남자에, 검푸른 안료로 눈썹을 진하게 그린 멋쟁이 도련님이셨습죠. 남자치고는 피부가 하얀 편이셨는데, 유녀를 보자 얼굴이 발그레해지는 걸 보고 한눈에 반했다는 걸 소인은 바로 알았습죠.

그 유녀는 당시 최고의…… 아, 맞습니다요. 나리께서 어떻게…… 그것도 기쿄야의 여주인이? 그게 아니라 지레짐작으로 하신 말씀이시라굽쇼. 예, 마이즈루야 하면 일단 그 이름이 나오는 게 당연한 일이기는 합죠. 여하튼 그 소동으로 가쓰라기 님의 이름이 더욱 유명해졌으니.

가쓰라기 님은 당시 손님을 받기 시작한 지 겨우 이 년째였습니다만, 일찍이 최고의 영예를 누리고 있었습죠. 나이는 이세야의 도련님이 한두 살 위였던 걸로 기억합니다만, 헤헤헤, 아무리 봐도 야무진 누이와 어리광쟁이 남동생 같은 분위기였습죠.

아침이 되어 히키테자야의 일꾼이 손님을 모시러 가면 잠자리에 있던 오이란이 "아직 못 보내 드려요."라거나, "다음에는 언제 오셔요?" 또는 "이제 안 오시는 건 아니겠지요." 하며 소매를 붙잡고 매달리면 대부분의 손님은 적당히 대꾸해 주고 서둘러 이곳을 나서는 것이 일반적인 모양새입죠. 그런데 가쓰라기 님과 이세야의 도련님은, 하하하, 전혀 달랐습죠.

오이란의 방 한가운데에는 사자 머리 모양의 반짝반짝 빛나는 놋쇠 화로가 놓여 있는데 도련님이 말 그대로 화로에 달라붙어서는 부젓가락으로 숯을 헤적거리던 모습에 눈에 선합니다요. 오이란은 그저 응석받이를 달래듯 귀가를 재촉하곤 하는 상황이었습죠.

오이란들은 원래 가끔씩 일부러 사랑싸움을 걸기도 하는데, 도련님이 진심으로 화를 내시는 바람에 오이란이 웃으며 달래기도 하고, 여하튼 꼬맹이를 상대하는 듯한 모습이었습죠.

당시 가쓰라기 님에게는 좋은 단골이 많이 계셨는데, 도련님은 그냥 단골로는 만족하지 못하셨습니다요. 어떻게 해서든 자신이 최고의 '좋은 사람'이 되고 싶다는 말을, 언젠가 소인에게 솔직하게 말씀하셨죠. 눈을 보니 정말 진지해서, 소인도 어떻게든 그렇게 해 드리고 싶은 마음은 굴뚝같았지만 도저히 안 될 거라는 느낌이 들었습죠.

당시 최고의 단골은 히라 님이라 불리시는 분으로, 구라마에에 사시는 큰 부자였습니다. 원래 존함은 다노쿠라야 헤이주로 님인데, 후다사시* 중에 으뜸가는 부자였으니 도련님도 분명 그 이름을 들어 본 적이 있었을 겁니다요. 단지 돈이 많은 것만이 아니었습죠. 여하튼 후다사시는 무사 집안을 상대로 하는 장사인 만큼, 올곧은 근성에 검술 실력도 뛰어나고 서화와 가곡에 대한 소양과 풍류도 상급 무사 못지않습죠. 게다가 거무스름한 피부에 다부진 체격이신 지라 평상복에 상어 껍질 칼집과 긴 허리칼을 차고 유곽에 혼자 오셨을 때의 모습은 스케로쿠에 지지 않는 멋진 모습이었습니다요. 오이란도 그분만은 진심으로 좋아했던 것이 아닐까 하고 소인은 생각했습죠.

'시마이'를 한다는 것은, 아시는 바와 같이 오이란을 하루 통째로 사는 것입니다만 십오야+五夜 연중행사 때에는 '소지마이'라고 해서 최고 오이란의 단골손님이 기루를 통째로 사 버리기도 합니다요. 거기에 얼마나 많은 비용이 들지는 대충 짐작이 가실 겁니다요. 단, 소지마이를 하게 되면 유곽 내에 두 사람의 염문이 퍼져서 당분간은 다른 손님이 찾아올 수 없게 됩죠.

자기 한 몸 사 주는 손님도 없는 오이란도 많은데, 가쓰라기 님에게는 소지마이를 하겠다고 하는 단골이 몇 분이나 계셨다고 하면 그 인기를 가늠할 수 있으실 겁니다. 여하튼 몇 분이 있다고는 해도 결국 히라 님으로 결정될 것이라고 생각했는데, 이세야의 도련님이 끝까지 포기를 하지 않으셨습죠. 그래서 두 분이 경쟁하는 모양새가 되었던 것입니다요.

*후다사시 札差: 에도시대에 무사들의 녹봉미를 대신 수령하고 돈으로 바꿔 주던 직업. 구라마에(藏前)는 쌀 저장소가 있던 지명이다.

나리, 여기 이 난간을 통해 아래를 한번 내려다보십쇼. 마당이 꽤 넓지 않습니까요. 가운데에 연못이 보입니다만, 십오야에는 저 연못을 두 배로 넓혀 배를 띄웁죠. 연못 주위는 참억새와 싸리를 빼곡하게 심어서 정말 장관을 이루는데, 이를 만드는 비용이 어마어마합죠.

배를 타는 손님과 오이란을 당나라 현종 황제와 양귀비에 견줄 생각으로, 당일 밤은 기루의 유녀와 청년들이 당나라 복장을 하기로 했습죠. 그래서 이초마치_ㅜ町에 있는 극단에서 의상을 빌려 오고, 거문고와 호궁 등의 악사는 겐교*나 고토의 관직에 있는 자들에게 행차를 부탁하는 등, 그야말로 어마어마한 비용이 드는 행사였습니다요. 물론 이러한 취향에 관한 계산서는 모두 손님에게 돌아갑죠. 사실은 두 분이 경쟁을 하며 물러서지 않을 것을 내다본 기루의 주인이 이때다 싶어 준비한 것입니다요.

제대로 승부를 하면 이세야의 도련님이 이길 승산이 없다는 것은 불을 보듯 뻔했습죠. 여하튼 한쪽은 자신의 돈을 어디에 쓰든 눈치 볼 필요가 없는 한 집안의 주인이고, 다른 한쪽은 스스로 돈 한 푼 벌어 본 적 없는 데다 아직 상속도 받지 못한 신분이었으니까요. 가쓰라기 님이 "절대 무리하지 마셔요." 하며 도련님을 몇 번이나 말리던 것을 소인은 이 귀로 똑똑하게 들었습니다요. 하지만 말을 들을 도련님이 아니었습니다. 오이란이 결국 "더 이상 말리지 않겠어

*겐교 檢校: 과거 맹인에게 주었던 최고의 관직명. 닌묘 일왕의 아들 사네야스 왕자가 일찍이 실명해 절로 들어갔는데, 그때 맹인들을 모아 비파와 관현, 시가들을 가르쳤다. 사네야스가 죽자 그 맹인들에게 관직을 주었던 것이 이 관직의 시작이었다.

요. 마음대로 해 보셔요." 하고 말하자, 도련님은 갑자기 기세가 등등해지셨죠.

사실 소인은 그때까지, 헤헤헤, 이런 말씀 드리기 송구합니다만 속으로는 부모덕에 세상 힘든 거 없이 살아가는 나약하고 덜떨어진 남자라고만 생각해서 도련님 편을 들어 줄 마음은 들지 않았습죠. 하지만 상황이 여기까지 오고 보니 갑자기 뭔가 측은한 느낌이 들었습니다요.

도련님이 아무리 애써 봐야, 상대가 히라 님인 이상 어차피 아이와 어른의 싸움이었습죠. 일단 제대로 된 승부가 될 리 만무했습니다요. 그렇게 몸이 달아서 기를 쓰는 도련님의 모습이 점점 애처롭게 보여서, 십오야 하룻밤만이라도 어떻게든 이기게 해 드리고 싶은…… 가쓰라기 님도 아마 비슷한 마음이셨으리라 소인은 생각합니다요.

결국 오이란이 중간에서 무슨 이야기를 했는지, 아니면 본인이 그리 판단하신 건지는 모르지만 히라 님이 도중에 깨끗하게 손을 들었습죠.

도련님은 기뻐서 어쩔 줄 몰라 했고, 그날 밤 다행하게도 오이란과 함께 당나라 의상을 입고 배에 올랐습니다. 연못 주변에는 기루의 모든 사람들, 그야말로 요리사부터 재봉사까지 전부 얼굴을 내밀고 우렁찬 갈채를 보냈습죠. 뱃머리에 피운 화톳불이 세차게 타올라 도련님의 얼굴이 새빨갛게 빛나는 것처럼 보였던 모습이 생각납니다요.

한바탕 노래와 연주가 이어졌고, 도련님은 여흥이 일단락되자 배 위에서 종이돈을 화악 뿌렸습니다요. 모두가 앞다퉈 연못에 뛰어들어 그 주변에 물보라가 일었습죠. 나중에 그 종이를 계산대로 가져가면 한 장에 금 한 푼으로 바꿔 주니, 당연히 눈빛이 변해 뛰어들 수밖에 없습죠. 소인은 멀리서 그 모습을 바라보며, 저런 식으로 돈을 쓸 수 있는 것도 역시 자신이 피땀 흘려 번 돈이 아니기 때문이겠지 하는 생각을 멍하니 하고 있었습니다.

예? 소인은 물에 뛰어들지 않았느냐굽쇼? 헤헤헤, 소인은 배에 오르기 전 도련님에게 당나라 복장을 해 드리며 미리 넉 장이나 확실하게 받아 두었습죠. 넉 장이면 계산대에서 금화 한 냥으로 바꿔 줍니다요. 가이시* 한 묶음은 마흔다섯 장, 결국 한 묶음이면 열두 냥의 금화로 바꾼다는 계산인데, 도련님이 그날 하룻밤에 쓴 가이시는 한 묶음 정도가 아니었습죠.

십오야를 지내고 십삼야를 지내지 않으면 재수가 없다고 해서, 구월 십삼일 밤에도 행사를 해야만 합죠. 그것까지 포함해서 이세야에 계산서가 도착한 것이 시월 그믐날.

도련님은 가엽게도, 아니 뭐 당연한 결과입니다만, 정해진 수순을 밟듯 의절을 당했습니다요. 나리도 부모님께 의절하겠다는 협박을 받은 적이 한 번 정도는 있으시겠지만, 정말로 그렇게 되면 봉행소奉行所 에도시대에 무인이 직무를 행하던 관청에서 그 이름을 문중 명부에서 빼고 의절자 명부에 기재하여 일가친척 및 일대에 돌리기 때문에 아무도

---

*가이시 懷紙 : 품에 넣고 다니는 작은 종이로, 손수건이나 휴지 대용 등 다양한 용도로 사용했다.

상대해 주지 않게 됩지요. 그래서 에도에 있으면 밥도 얻어먹을 수 없게 되니 외진 곳으로 도망가는 것도 거의 정해진 수순입죠.

이세야의 도련님은 다시 배에 올랐지만 이번에는 화려한 당나라 복장이 아닌, 짐을 앞뒤로 나눠 메고 삿갓을 깊게 눌러쓴 나그네 복장이었습죠. 배도 자그마한 연못이 아닌, 넓은 바다에 띄워졌습니다요. 일단 바다로 나가서 스사키 부근에서 에도가와 강을 거슬러 올라간 후, 세키야도부터 도네가와 강을 따라 내려가 도착한 곳은 시모우사의 맨 구석에 있는 조시 항구였습죠.

그곳은 정어리 잡이와 간장 제조에 일손이 필요해서, 떠돌이라도 비교적 쉽게 받아 준다고 합니다. 젓가락보다 무거운 것은 들어 본 적이 없는 도련님에게는 갯바람을 맞으며 어망을 끌어당기는 거나, 메주 띄우는 방에서 땀범벅이 되어 통을 짊어지는 거나, 사도로 유배를 가는 거나 고생스럽기는 매한가지였습죠.

도련님이 부모께 평생 의절을 당했다는 이야기를 들었을 때, 저는 크게 당황했습니다요. 하지만 오이란은 조금도 당황하지 않았고 소란을 피우지도 않고…… 이리 말하면 냉혹하고 무자비한 것처럼 들리겠지만 결코 그런 것이 아닙니다요. 오이란은 그때 단지 조용히 한마디 했죠. "에이자부로 님은 분명 독자이시지요."

아무리 의절을 했다고 해도, 독자인 이상 그곳에서 일 이 년 참다 보면 분명 부모님이 면죄의 뜻으로 배를 보낼 것이라고 간파하고 있었던 것입죠. 그 오이란은 어쩌면, 헤헤, 도련님에게 조금은 좋은 약이 될 거라고 생각했는지도 모릅니다요. 그렇다고 도련님을 버리는 박정한 짓은 하지 않았습죠. 한 달에 한 번은 반드시 위로의 편지를 보냈고, 계절이 바뀔 때마다 옷을 지어 그곳으로 보냈습죠. 예상대로 도련님은 일 년 만에 무사히 모습을 드러내셨고, 기루 사람들 모두 안심할 따름이었습니다.

기쿄야의 여주인이 오랜만에 도련님을 이곳으로 모시고 왔을 때는 순간 누군지 알아보지 못했습죠. 햇볕에 그을려 얼굴이 야무지게 보였던 것도 있었을 게고, 목 주변이 조금 두꺼워진 듯한 느낌도 들었습니다요. 그렇다고 그리 크게 달라진 것은 아니었습죠. 잘생긴 얼굴은 변함없었고, 소인이 걱정했던 만큼 야위지도 않았습죠.

듣자 하니, 조시에서는 커다란 간장 공장에 기식하면서 겨울에 잠깐 양조장 일을 거들기는 했지만 대체로 갯바위 낚시 등을 즐겼다고 하시더군요. 여하튼 물고기는 싱싱해서 맛있고, 인정이 후한 곳이라 에도로 돌아오기 싫었다는 말씀까지 하셔서 정말 깜짝 놀랐습죠. 도련님은 그쪽 물이 완전히 맞으셨던 모양입니다.

그날은 최고급 사케인 소하나를 기루 사람들에게 돌렸고, 밤 열두 시까지 마시고 노래하며 시끌벅적했습죠. 하지만 도련님은 특별히 떠들지도 않았지만 그렇다고 지루해하는 모습도 없이, 소란스러운 사람들을 제쳐 두고 오이란과 술잔을 권커니 잣거니 하고 계셨습니다. 건방진 소리일 수도 있겠지만 겨우 일 년 동안에 몰라볼 정도로 어른이 되신 듯했습죠.

과거에는 야무진 누이와 어리광쟁이 남동생으로밖에 보이지 않았던 두 사람도 꽤나 어울려 보였습죠. 옆에서 볼 때는 이전보다 사이가 좋아진 듯했기에, 이러다 어쩌면 낙적까지 이어질지도 모르겠다는 생각도 했습지요. 하지만 가쓰라기 님에게는 히라 님을 필두로 그 외에도 많은 단골이 있었고, 도련님은 아직 상속을 받지 못한 처지라 곧바로 낙적을 할 수는 없었던 모양입니다요. 이러저러는 동안 설마 그런 소동이 일어날 줄이야……. 예? 아닙니다요. 소인은 그 소동에 대해 아무것도 모릅니다요. 옆에 있었으면서 전혀 눈치를 못 챘다니 그럴 리가 없다굽쇼? 아닙니다요. 사람은 정말이지 속을 알 수 없는 법입니다요.

가쓰라기 님이 이세야의 도련님과 맺어졌다면 분명 행복하지 않았을까, 소인은 지금도 문득 그런 생각을 합니다요. 오이란 입장에서는 조금 믿음직하지 못한 남자일지도 모르지만, 결코 나쁜 조합은 아니었습죠. 도련님 앞에서는 오이란도 자신을 억누르지 않고 하고 싶은 말도 확실하게 해 가며 편안하게 행동하는 것처럼 보였습죠. 여하튼 도련님은 좋은 환경에서 자라 상냥했고, 조금 믿음직하지 못한 부분이 오히려 귀엽게 느껴져 오이란의 마음을 편안하게 했을 겁니다요.

야무진 여자는 결국 그런 사람과 함께하는 편이 오히려 불필요한 마음고생을 하지 않을지도 모릅지요.

예, 맞습니다요. 말씀하신 대로, 이런 일을 하다 보면 아무래도 남녀 사이에 대해 여러 가지 생각을 하게 됩죠. 그야말로 '바둑 초단이 훈수는 구 단'이라고, 이 손님은 오이란의 누구와 궁합이 맞을 거라거나, 지금은 아무개와 사이가 좋아 보이지만 머지않아 깨질 거라거나, 저런 손님과는 빨리 끝내는 편이 신상에 좋을 거라거나, 반대로 저 손님 놓친 건 정말 아깝다거나. 아하하, 소인은 매일 뒤에서 제멋대로 씨불이고 있습니다요.

오이란은 늘 곁에 있는 신조와 야리테에게 솔직한 마음을 털어놓기도 하지만, 손님과의 사이가 어떻게 될지 맞히는 것은 의외로 소인이 한 수 웁죠. 남자라서 오히려 제대로 보는 부분도 있을 거라 생각합니다요.

그러니까 나리, 나리께서는 우라사토 오이란이 분명 마음에 드실 겝니다요. 그리고 오이란도 나리를 좋아할 게 분명하다고 소인은 보고 있습니다요. 자, 이제 그만 방으로 돌아가시지요. 안 그러면 오이란이 엄청 화를 낼 겁니다요.

다이코모치 사쿠라가와 아젠

어이쿠, 손님. 혼자십니까? 같이 오신 분은 측간에라도? 엣, 처음부터 혼자셨다니. 호오. 거참 별일도 다 있군요. 저를 지명하셨다고 하셔서 당연히 누군가 아는 분과 함께 오시리라 생각했죠. 아, 여하튼 처음 인사 올리겠습니다.

대단한 실력은 아니지만, 어디든 금세 달려갈 수 있으니 부디 어여삐 봐 주시길 간청합니다. 저는 달님처럼 동그란 얼굴에 선을 그은 듯한 눈매가 선해 보이는 인상인지라 축하 자리에는 안성맞춤이라고들 하십니다. 사쿠라가와 젠코 집안의 아젠을 앞으로도 자주 불러 주십시오.

그런데 나리는 젊으신 분이 혼자 요시와라에 오셔서 저 같은 자를 찾으시는 걸 보면 무척이나 풍류에 통달하신 분인가 봅니다. 필시 유곽에 익숙하신 분으로…… 그렇지 않으시다고요? 다이코모치를 부른 것은 처음이니 서툴러도 이해해 달라니. 손님 그렇다고 고개를 숙이실 필요까지…… 어이쿠, 이런. 제게 잔을 주시고 술까지 따라 주시다니. 아닙니다요. 이런 배려는 필요 없습니다요. 예이, 배려는 제 몫입죠.

그런데 이렇게 남자끼리 마주 앉아 있으려니 좀 거북하군요. 그래도 뭐 잠시만 참으면 되겠죠. 이제 곧 어여쁜 오이란이 달려와서…… 네? 무슨 말씀이십니까. 오이란은 오지 않는다니. 오늘 밤이 히키테자야로 부른 건 저뿐이라니……. 이거, 참 깜짝 놀랐습니다요.

혼자 오셔서, 게다가 정작 오이란은 만나지 않고 다이코모치만 부르다니 이건 풍류를 너무 통달하신 건 아니신지, 뭐라고 해야 할지……. (에이, 이상한 양반이군. 행하는 제대로 주겠지.) 아닙니다, 제 혼잣말입니다. 헤헤헤, 저는 늘 보젠이라는 자와 짝을 이뤄 술자리 시중을 들다 보니 버릇이 들어서 무심코 남과 이야기하듯 혼잣말이 나와 버립니다.

아, 이러실 거면 그 보젠이라는 자도 함께 불러올깝쇼? 그자에게 샤미센을 켜게 하고 제가 노래하고 춤을 추면 자리가 더 신나고 흥겨워질…… 네? 아, 그렇습니다. 저희는 북과 장구는 물론이고 피리와 샤미센도 얼추 합니다. 긴 속요와 짧은 속요에 잇추부시*, 가토부시, 기다유부시 한 소절 정도는 읊을 수 있습죠. 재미 삼아 한

---

*잇추부시 一中節: 조루리(淨瑠璃) 극의 하나. 가토부시(河東節), 기다유부시(義太夫節) 역시 조루리의 하나로, 모두 중요무형문화재다. 조루리는 일본 전통 예능으로, 반주에 맞춰 이야기를 낭송하는 것을 말한다.

번 읊어 볼깝쇼……? 아이고, 기예에 능란하다니요, 하하하, 손님이 칭찬을 하시면 곤란합니다. 칭찬하는 것은 제 몫인데 제가 할 일을 빼앗으시면 안 됩니다요……. 어이쿠, 또 손님께서 술을 주시니. 아이고, 이거 황송해서…… (이거 참, 대체 어찌 해야 할지 종잡을 수가 없군.) 아닙니다, 제가 또 혼잣말을. (아, 혼잣말도 조심해야겠군.)

자, 모처럼 불러 주셨으니 뭔가 기예를 보여 드려야겠죠. 우선 뭐가 좋을까요? 지금 가서 악기를 가져와 흥을 돋운다 해도…… 혼자서는…… 아, 저기에 있는 방 칸막이를 이용해서 연극을 하는 것도…… 그것도 혼자서는…… 앗, 그거야! 손님, 혹시 가부키 배우 중에 누구 좋아하는 분 없으십니까?

"남보라 색 머리띠에 상투를 틀고, 거기, 상투 끝 사이로 들여다보라. 아와카스가 우키에처럼 보이리라." 어떻습니까? 이건 아시는 바와 같이 나리타야의 스케로쿠를 흉내 낸 것입니다. 다음은 고우라이야의 사쓰마 겐고베에로, "그래, 도깨비다. 그 도깨비는 너희 둘이 만든 도깨비다." 헤헤헤, 제 흉내가 비슷했습니까……? 아, 연극을 잘 보지 않아서 비슷한지 어떤지 모르시겠다굽쇼. 흠, 그러면……. (대체 뭐야, 이 손님은. 여기는 뭐 하러 온 거지? 흠, 이렇게 되면 열심히 아부나 하는 수밖에 없지.)

와, 젊은 나리가 대단하시군요. 연극을 볼 시간도 없이 일에 매진하고 계신 나리께, 장사에는 인간관계도 중요하니 요시와라에라도 가서 노는 법을 배우라고 부모님이 말씀하셨다는 말이군요. 그러니까 이곳에 왔는데 오이란과도 놀지 않고 저를 부르셨다니. 정말이지 고개가 절로 숙여집니다. 부모의 등골을 빼먹고 재산을 탕진하는 방탕한 자식들에게 손님의 손톱 때를 달여 먹이고 싶은 심정입니다.

나리 댁은 규율이 엄격한가 봅니다. 장사를 하는 사람이니 아무리 돈이 많아도 차림새는 화려하지 않아야 한다는 가훈 같은 거라든가. 가업은 환전상……? 틀렸다고요. 손님이 넘쳐 나는 포목점? 또 틀렸군요. 싸전? 약재상? 목재상? 이러다가는 에도에 있는 직업이란 직업은 모조리 나오겠습니다요. 부디 나리께서 직접 말씀해 주십시오. 엣, 싫다니요. 가르쳐 주지 않겠다니, 무슨.

엣? 아, 손님 얘기를 묻기보다 먼저 제 얘기를 하는 것이 제 일이라굽쇼. 이런, 제가 한 수 빼앗겼군요. 지당하신 말씀입니다. 재미있는 이야기를 들려 드리는 것도 기예의 하나입죠. 그러면 부디 즐겁게 들어 주시기 바랍니다. 옛날 어느 곳에…… 예? 만담 같은 건 듣고 싶지 않으시다니. 그보다 제 얘기를 하라니……. 이런 일을 하다 보면 때로는 못된 손님이 괴롭히는 경우도 있지 않느냐……. (바로 당신 얘기잖아.) ……아무것도 아닙니다. 혼잣말입니다.

예, 뭐 가끔 술에 취해서 우리를 괴롭히는 손님도 있기는 있지만, 그걸로 손님의 쌓인 울분이 풀리신다면 저도 술자리에 나온 보람이 있는 거죠. 손님이 종이돈을 휘익 뿌리고는 개처럼 입으로 물어서 가져가라고 하시면, 코끝이 까지도록 다다미 위를 기어 다니며 주워 모읍니다. 헤헤헤, 종이 한 장이면 금화 일 푼으로 바꿔 주는데 수치심 따위 따질 처지가 아닙죠.

아, 네. 그야 분하고 화가 날 때가 없다고 하면 거짓말입니다만, 그것을 참지 못하면 이 일은 할 수 없습죠. 술주정이야 누구나 하는 법입니다. 아침이 되고 정문 입구에서 배웅을 해 드릴 때, "어제는 미안했네." 하고 한마디만 해 주시면 오히려 송구한 마음이 들 정도입니다. 어이쿠, 또 술을 따라 주시고. 아까부터 도련님은 조금도 마시지 않고 제게만 주시는 것 같아 부끄럽습니다.

흠, 반대로 좋아하는 손님이 있냐고요? 그야 많습니다요. 손님도 이렇게 술을 주시고, 헤헤헤, 이렇게 좋은 손님은 별로 없습니다요. 저는 손님이 무척 좋아질 것 같은데…… 아니, 이런 빈말 말고 정말로 좋아하는 손님이 있느냐……. (또 이상한 걸 알고 싶어 하는군.) ……아, 예. 이 일을 오랫동안 하다 보면 솔직하게 불편한 손님도 있지만, 진심으로 존경하게 되는 손님도 있습죠. 그중에서도 히라 님이라는 호탕한 손님이…… 아, 예. 맞습니다. 잘 아시네요. 다노쿠라야의 헤이주로 님이라고 하면 구라마에에 있는 후다사시 중에서도 일이 위를 다투는 분인 만큼, 세간에 이름이 널리 알려진 분이시죠. 저는 그분에게 완전히 반했습니다. 남자가 남자에게 반했다니 우스운 이야기지만, 어차피 제 입장에서는 구름 위에 있는 사람이니까요.

제가 이 일을 시작한 지 얼마 되지 않았을 때, 조금 전에 말씀드렸던 개 흉내를 처음 시키신 분이 히라 님이었습죠. 아닙니다, 결코 빈정거리거나 비꼬는 것이 아닙니다. 일단 그 자세한 내막을 천천히 들어 보십시오.

히라 님은 키도 크고 풍채가 좋으셔서 멀리서도 쉽게 눈에 띄는 후광 같은 것이 있는 분입니다. 피부색은 조금 검은 편인데 가부키 배우 마쓰모토 고시로처럼 콧대가 높고, 이치카와 단주로처럼 날카로운 눈매의, 이초마치의 배우들 못지않은 멋진 용모이십니다. 머리카락은 새까맣고 숱이 너무 많아서 투박하고 촌스러운 모양이 되지 않도록 살쩍을 깎기도 할 정도로, 호호호, 머리숱이 적어 고민인 사람에게는 부러운 이야기입죠.

머리카락뿐만 아니라 모든 게 넘치는 분으로, 유곽 사람들은 모두 '히라 님'이라고 편하게 부릅니다만 그 재산이 이십만 냥이니 삼십만 냥이니 하는데, 일 년에 열 냥 안팎으로 살아가는 우리에게는 전혀 감이 잡히지 않는 엄청난 부자이십니다.

아시는 바와 같이 막부에서는 일 년에 봄, 여름, 가을 세 번으로 나눠서 무사들에게 녹봉미를 지급하는데, 후다사시는 그 쌀을 대신 팔아서 돈으로 바꿔 주는 직업이고 무가의 대부분은 이후에 나올 녹봉미까지 미리 저당 잡혀 돈을 빌리고 있습죠. 결국 무가를 상대로 돈놀이를 하는 분이시니, 요시와라에 오실 때도 일반 사람들과는 차림새가 다릅죠. 평상복에 일 척 칠 촌이나 되는 긴 허리칼을 찬 복장으로, 하하하, 보라색 머리띠만 매면 가부키의 스케로쿠 그 자체라고 할까요. 하지만 히라 님은 스케로쿠처럼 거친 분은 아닙니다. 인내심과 참을성이라는 두 단어가 없으면 후다사시 일은 할 수 없다는 말을 제가 처음 뵀을 때 일러 주셨습니다.

히라 님은 가끔씩 녹봉미를 위탁한 무사들을 데리고 이곳에 오셨습죠. 흥, 알고 보면 빚만 잔뜩 진 자들이지만, 그래도 그자들이 원하면 일 년에 한 번은 유곽에서 접대를 해야 합니다. 우리끼리 얘기지만, 관직도 없고 가난한 하급 무사일수록 상인들을 보면 함부로 거들먹거리고 생트집을 잡으며 괜히 칼집을 만지작거리는 치들이 많습지요. 뭐, 후다사시의 창고에 들러붙어 있는 지저분한 바구미라고나 할까요.

제가 처음 불려 나간 자리가 그런 치들이 있는 자리였습죠. 이제 갓 다이코모치가 되었을 때였던지라 사람들 앞에서 개 흉내를 내야 하는 것이 비참해 죽을 지경이었습죠…… . 예? 다이코모치가 되기 전에는 무엇을 했느냐…… . 후후후, 말하기도 부끄럽습니다만, 과거에는 이곳에 손님으로 왔던 사람입니다. 유곽을 너무 좋아한 나머지 결국 이곳에 눌러앉은 자는 저뿐만이 아닙니다. 의외로 많이 있습죠. 하지만 같은 유곽이라도 손님일 때와 일꾼일 때는 천지차이, 극락과 지옥만큼 다른 곳이 되는 겁니다요.

제가 구석자리에서 머뭇거리며 주저하고 있자, 히라 님이 보시고는 "어이, 거기. 앞으로 더 나와." 하고 말씀하셨지요. 그래도 또 망설이고 있자 목덜미를 잡고 방 한가운데로 끌고 나오셨습니다. 다른 다이코모치와 일꾼들이 이미 종이돈을 다 주워 버린 후라 히라 님은 다시 종이돈을 뿌렸고, 모두가 보고 있는 가운데 저 혼자 다다미 위를 기어 다니는 꼴이 되었습죠. 주위에서 휘익휘익 하고 소리를 질러 대고, 정말이지 그때의 수치스러움이란. 그때는 히라 님이 굉장히 원망스러웠습니다.

다음 날 아침 히라 님은 저 혼자만 불러서는 간곡하게 타이르셨습니다. "다이코모치가 된 이상 떳떳하게 하게나. 사람은 어떤 일을 하든 그 나름의 인내가 필요하다네." 그렇게 말씀하시고는 손가락으로 당신의 이마를 가리키셨습니다. 그곳에는 이미 희미해졌지만 상흔이 또렷하게 남아 있었습죠. 히라 님이 가업을 잇게 된 지 얼마 되지 않았을 때 빚이 꽤 쌓여 있던 하급 무사가 다시 무리한 융통을 요구했고, 거절하자마자 칼집 끝으로 얼굴을 내리쳤던 상처라고 하시더군요. 그 자리에서는 화가 치밀어 당장 칼이라도 뽑고 싶었지만, 지금은 참기를 잘했다고 생각하신다고 하셨죠. 그렇게 말씀하시고는 빙긋 웃으셨습죠.

저는 그때 이미 히라 님이 자신의 고생에 비춰 저를 봐 주신 것에 가슴이 뜨거워졌습니다. 그래서 다시 다이코모치로 살아갈 각오가 생겼던 것입니다. 그 이후, 히라 님은 계속 저를 총애해 주셨고, 히라 님이 요시와라에 오시면 저는 만사 제쳐 두고 달려갈 따름이었습죠.

나리, 좋은 얘기를 들었다고 말씀하셨습니까? 그렇다면 저도 이야기한 보람이 있습니다요. 이런, 또 술을 주시네. 이거 참, 거듭 송구스러워서…… . 예? 아, 예. 말씀하신 대로 물론 히라 님과 가쓰라기 오이란의 관계도 제가 옆에서 보아 잘 알고 있습니다만, 손님은 무엇이든 다 아십니다그려. (아하, 아무래도 그 이야기를 들으러 온 모양이군.) 한때는 요시와라 전체가 그 화제로 시끄러웠습니다만 뭐가 어떻게 된 건지 실상은 아무도 자세히 모릅니다요. 예. 제가 알고 있는 것도 히라 님과의 관계뿐입죠.

그 소동이 일어나기 얼마 전까지 히라 님과 가쓰라기 오이란은 오초마치에서 모르는 자 하나 없는, 모두가 부러워하는 사이였습죠. 하지만 연애가 처음 시작됐을 때를 아는 자는, 외람되지만 그리 많지 않습니다요. 그러면 제가 보았던 것 그대로 들려 드립지요.

원래 히라 님은 그다지 호색가는 아니신 듯했는데, 이건 무슨 근 거가 있다기보다 옆에 있으면서 직감으로 그렇게 느낀 것입죠. 곳 곳의 기루에서 반드시 그곳의 최고 오이란과 염문을 뿌리고 다니셨 지만, 특별히 누구만을 총애하거나 깊은 관계는 아니셨죠. 오이란 쪽에서도 독점하는 것은 옳지 않다고 생각했는지, 여하튼 히라 님 만은 여러 오이란을 만나도 용인해 주는 분위기였습니다. 히라 님 이 오늘 밤은 자신들의 기루로 등루하신다는 것을 알게 되면 아침 부터 안절부절못하고 들떠 있었다고 합니다.

한편 가쓰라기 님은 유녀로 독립한 지 얼마 지나지 않아 당당하 게 최고의 자리에 앉으셨고, 마침내 히라 님이 새해 첫 손님으로 마 이즈루야에 등루하게 되었습죠. 무엇보다 히라 님을 첫 손님으로 맞으면 운이 따른다는 말이 있을 정도여서, 잘만 되면 가쓰라기 오 이란은 마이즈루야에서뿐만 아니라 요시와라 최고의 매상을 올리 는 유녀가 될 수도 있는 상황이었습니다. 제가 히라 님을 모시고 마 이즈루야의 포렴을 젖혔을 때는, 기루에 있는 사람들의 들뜬 마음 이 손에 잡힐 듯 전해졌습니다.

히라 님과 가쓰라기 님은 첫 만남이기 때문에 일단 대면식부터

하기로 했습죠. 오이란의 방에는 늘 그렇듯이 고급 촛대 두 개가 놓여 있었고, 배달해 온 음식이 화려하게 차려져 있었습니다. 여자 게이샤가 샤미센을 켰고, 저는 보젠과 함께 사자탈을 쓰고 사자춤을 췄습니다. 춤판이 한바탕 끝나자 곧바로 장지문이 열렸고, 마침내 오이란이 모습을 드러냈습니다. 순간 방 안이 쥐 죽은 듯 조용해져서, 일꾼들의 가벼운 기침 소리마저 크게 들릴 정도였습죠.

검은 공단에 금사 은사로 파도 무늬와 보물선을 수놓은 기모노에 호라이지마 섬에서 생산된 비단 허리끈을 맨, 실로 정월 분위기가 물씬 풍기는 의상이었던 것을 확실히 기억하고 있습죠. 그런데 멋진 의상에 비해 그 옷을 입고 있는 오이란은 조금도 흥이 나지 않는 표정 같았지만, 그때는 그리 신경 쓸 정도는 아니었습니다.

히라 님은 무척 기분이 좋아 보였고, 가쓰라기 님이 채 자리에 앉기도 전에 "오이란, 정말 훌륭한 의상이구나." 하고 말을 건네셨죠. 이는 이례적이긴 해도 히라 님이라면 허용되는 행동이었고, 가쓰라기 님이 아무런 대답도 하지 않았던 것은 첫 만남이니 당연하다고 할 수도 있는 일입죠. 하지만 히라 님을 상대로 그렇게까지 딱딱하게 격식을 차리지 않아도 될 텐데, 살짝 웃어 준다고 누가 뭐라 할 것도 아닌데 하고 그 자리에 있던 모두가 생각했습죠.

자리에 앉고 나서도 가쓰라기 님은 화가 난 사람처럼 무뚝뚝한 표정으로 히라 님이 무슨 말을 걸어도 전혀 입을 열지 않았습니다. 다른 손님을 상대로 하는 첫 만남이라면 그렇게 하는 것이 당연하지만 오이란이 된 지 얼마 되지도 않은 유녀가 요시와라에서 명성이 자자한 히라 님을 상대로 그러면 안 되는데 하며 사람들은 전전 긍긍하고 있었습죠.

절차대로 건배가 시작될 즈음에는 결국 히라 님의 안색이 바뀌었고, 오이란이 자리를 뜨자 그대로 일어나 버리셨습니다. 우리는 그 뒤를 따라 철수했고, 그 이후 기루에서는 난리가 났다고 하더군요. 자칫 오이란에게 중징계가 내려질 뻔한 상황이었는데, 히라 님이 내일 밤 다시 한 번 오겠다고 말씀하셔서 무사히 지나갔다고 합니다.

도대체 이게 무슨 일일까 하고 저뿐만 아니라 그곳에 있던 모든 이가 그렇게 생각했습죠. 가쓰라기 님도 바보가 아닌 이상 거드름을 피울 상대인지 아닌지 알 터인데. 달거리 때문에 기분이 언짢았던 것도 아니고, 지금도 여전히 그때의 의문은 풀리지 않습니다요.

예? 손님께서는 히라 님이 오이란에게 특별한 취급을 요구하는 것이 이상하게 생각되신다고요? 첫 만남이었으니 가쓰라기 님의 행동도 이치에 맞는 거 아니냐……. 분명 지당하신 말씀입니다만, 구라마에 최고의 후다사시 정도 되면…… 엣, 뭐라굽쇼? 오히려 그게 나빴다는 것은 무슨 뜻인지?

흠, 가쓰라기 님은 상대가 후다사시여서 싫었다니…… 저는 무슨 말이지 전혀…… 예엣? 가쓰라기 님은 아마도 무가의 여식일 것이고, 그래서 후다사시가 적이나 마찬가지라니……. 호오. 손님은 굉장히 눈이 날카로우시군요……. (뭘 저리 아는 척을 하면서 떠드는 건지. 이러니 정말 이상한 손님이라고 할 수밖에.) ……아, 예. 다음 날은 어떻게 되었는가 하면, 역시 같은 상황이 반복되었습죠. 가쓰라기 님은 불을 붙인 담배를 건넬 때에도 고개를 외면하고 있어서, 아무래도 히라 님을 거절할 생각이 틀림없어 보였습죠. 설마 히라 님을 거절할 오이란이 나타날 거라고는 생각도 못했던 만큼, 기루 사람들도 저도 모두 놀라고 기가 막혀 했습니다요. 다 얼이 빠져서는 가쓰라기 님을 나무라는 사람조차 없었을 정도였습죠. 그럼에도 히라 님은 일꾼들에게 행하를 챙겨 주시고 재빨리 철수하셨습니다.

두 번째 만남이 실패로 끝나면 세 번째 만남은 하지 않는 법이지만 히라 님은 꿋꿋하게 사흘 연속 등루하셨죠. 상황이 이렇게 되자 기루 사람들은 히라 님의 기색을 살피기보다 오이란의 비위를 맞추는 게 급선무가 되어 버렸습니다. 어떡하든 어르고 달래서 잠자리까지 이르게 하지 않으면 안 되었습죠. 그래서 오로지 우리만이 히라 님의 시중을 들고 시간이 흐르기를 기다리는 상황이었습니다요.

그날 밤은 기루 사람 모두에게 최고급 술인 소하나를 하사하셨고, 오이란도 더 이상 뒤로 물러설 수가 없었습죠. 결국 방에 다섯 장의 이불이 깔렸고, 우리가 걱정하면서 슬슬 돌아가려고 생각한 순간 히라 님이 느닷없이 "돌아가겠다. 나서거라." 하셔서 모두 어안이 벙벙해졌습니다.

히라 님은 지금까지의 복수를 하셨던 건지, 저를 보고 씩 웃으셨죠. 그대로 복도를 성큼성큼 걸어 계단을 뛰어내리시더니 계산대에서 허리칼을 받아 들고, 곧바로 포렴 밖으로 나가셨습니다. 저는 서둘러 그 뒤를 따랐습니다만, 기루 사람들은 어찌할 바를 모른 채 팔짱을 끼고 바라볼 뿐이었습니다. 가쓰라기 오이란은 이제 앞으로 아무리 애를 써도 미래는 없겠구나. 하지만 자업자득이니 그도 어쩔 수 없다고 생각했습죠.

그런데 히라 님의 방식은 달랐습니다. 다음 날도 마이즈루야에 등루한다는 사실을 알고 우리는 물론 히키테자야에서도 깜짝 놀랐고, 기루에서는 더욱 당황했죠.

그날 밤에는 제아무리 가쓰라기 님이라도 역시 기가 죽었는지 시종일관 눈을 내리깔았고, 기분 탓인지 왜소해 보이기까지 했습니다요. 한편 히라 님은 사람들과 유쾌하게 이야기를 나누셨고, 오이란에게도 사근사근하게 말을 건네셔서 역시 그릇이 남다르게 보였습죠. 이것으로 오이란도 결국 백기를 들겠구나 생각했지만 히라 님은 또다시 미련 없이 자리에서 일어나셨고, 이번에는 오이란이 퇴짜를 맞은 꼴이 되었습죠.

다시 다음 날 밤. 닷새 밤이나 연달아서 같은 방에 같은 얼굴이 모이자, 모두 허물없는 사이가 돼서 남 같지 않은 기분이 들었습니다. 기루 사람들은 아무래도 오이란 편을 들게 되고 우리는 손님 편을 들지만, 그날은 서로가 그런 행동을 하지 않았습니다요. 중매쟁이와 친족이 하나가 되어 남녀의 맞선을 지켜보는 듯한 상황이었습죠. 히라 님이 뭔가 농담을 하셔서 오이란이 입가를 가리는 것만으로도 방 안 사람들이 안도의 한숨을 내쉬며 서로 의미심장한 눈짓을 나누었습니다요. 하하하, 당사자들보다 옆 사람들이 더 긴장한 자리는 처음이자 마지막이었다며 한동안 사람들 이야깃거리가 되기도 했죠.

밤 열두 시를 알리는 딱따기 소리가 울리고, 히라 님이 이제 그만 가겠다는 듯 자리에서 일어난 순간, 마침내 가쓰라기 님이 소매를 잡아끌었습니다. "서방님, 나빠요. 오늘 밤에는 절대 보내 드리지 않겠사와요." 하는 목소리가 확실하게 들렸고, 사람들은 환호했습죠.

결국은 가쓰라기 님이 져서 무릎을 꿇은 것이지만 히라 님이 그렇게까지 정색을 하고 도전한 것은 남자의 오기 같은 게 아니었겠습니까. 첫 만남과 둘째 만남에서 업신여김을 당하자, 이대로 말없이 물러설 성싶은가 하는 마음이셨을 겁니다. 히라 님 정도 되시는 분이 너무 어른답지 못했다고 할 수도 있지만 그 방식이 얄밉도록 훌륭하지 않습니까? 그래서 히라 님은 역시 대단한 사람이라는 평판이 돌았습죠.

한편 가쓰라기에 대해서도 아직 어린 오이란이 그렇게까지 당돌한 행동을 해서 히라 님을 긴장시켰다는 건 건방진 게 아니라 훌륭한 것이라며, 그 역시 대단하다는 평판이 돌았죠. 어떤 오이란인지 한번 보겠다는 손님들로 인기는 더욱 높아졌고, 마이즈루야는 대성황을 이루었습니다.

첫날과 둘째 날에 오이란이 차갑게 대한 것도 이런 상황을 예측해서 마이즈루야가 의도한 것이 아니냐는 말까지 떠돌았습죠. 히라 님이 그 의도에 그대로 놀아난 것인지, 아니면 혹시 한통속이 되어 가쓰라기의 인기를 높이는 데 한몫한 것은 아닌지 하는 옹졸한 시각으로 보는 자들도 있었던 모양입니다요.

어찌 되었건 둘 다 좋은 승부였다는 평이어서 둘 다 면목이 섰고, 이후 히라 님은 한 달에 몇 번씩이나 마이즈루야에 등루하셨죠. 저도 이곳에서 많은 오이란과 손님을 보았지만, 단골이 된 이후의 두 사람은 말 그대로 보기에도 부러운 좋은 사이가 되었으니, 첫날의 그것은 대체 뭐였을까 하고, 하하하, 모두 고개를 갸웃했습죠.

아, 예. 손님 말씀대로 두 사람은 통하는 게 있었던 모양입니다. 예? 서로 지기 싫어하는 부분이 닮았다……. 아, 비슷한 사람끼리 서로 통하는 게 있다는 말씀이시군요……. 확실히 그렇게 볼 수 있겠습니다. 아니, 그런데 손님은 두 사람을 모르시지 않습니까. 그런데도 그렇게 정확하게 짚어 내시다니 정말 예리하십니다. 그런데 말입죠, 저는 히라 님에게 직접 들은 이야기가 있습니다. 두 분이 마침내 합방을 한 날 새벽에 히키테자야 일행과 마중을 갔을 때였습죠. 히라 님은 제 귀에 대고, 헤헤헤, "의외로 좋았다."고 속삭이셨죠. 전 배시시 웃음이 나와 버렸습니다요. 그러니까 그게, 서로 마음이 맞는 것도 있었겠지만 분명 그쪽 궁합도. 헤헤, 그게 아니면 달리 설명할 방도가.

가쓰라기 님은 외모뿐만이 아니라, 에헤헤, 분명 중요한 그곳도 좋았던 겁니다. 에이, 그곳이 무얼 말하는 것이냐. 손님, 뭘 모르는 척 의뭉을 떨고 그러십니까요. 계속 그러시면 화냅니다요. 헤헤헤, 농담입니다. 제 마음에 쏙 듭니다요. 나리는 어딘가 묘한 구석이 있는 게 하얀 신마神馬 같습니다요. 헤헤, 꼬리까지 하얀. 뭐 순수

하시다는 말씀입니다요. 이렇게 된 이상 뭐든 물어보십시오. 제가 알고 있는 건 모조리 말씀해 드리겠습니다.

단골이 된 후에도 두 사람 사이가 그리 순조로웠던 것은 아닙니다. 그야 여러 가지 일들이 있었습죠. 예? 십오야 행사에 이세야의 도련님과 쟁탈전을 벌였던 이야기······. 호오, 정말 놀랐습니다요. 그런 속내까지 알고 계시다니. 하지만 그 일은 두 사람 관계가 완전히 안정된 이후의 이야기고, 거기에 이르기까지의 경위가 실로 고난의 연속이었습죠.

한쪽은 양귀비가 이랬을까 싶을 정도의 절세미인이자 요시와라에서 전성기를 누리고 있는 오이란. 한쪽은 구라마에 최고의 후다사시로, 배우 뺨치는 멋진 남자. 게다가 홀몸이기까지 하니······ 아, 그렇습니다요. 깜박 잊고 말을 안 했군요. 히라 님은 일찍 마님을 여의고, 후처도 맞지 않으셨습니다. 뭐, 그것만으로도 오이란 입장에서는 놔주고 싶지 않은 조건이죠. 마쓰바야의 세가와 님, 오기야의 가센 님, 조지야에는 지금의 가라코토 님 이전에 조잔이라는 명기가 있었는데 그 조잔 님 등 각 기루를 대표하는 그 쟁쟁한 오이란들이 히라 님을 원했고, 히라 님은 모두의 단골이 되어 주셨죠. 다른 손님이 그런 짓을 했다가는 모두에게 뭇매를 맞았겠지만, 히라 님만은 신기하게도 그것이 허용되었습니다. 오히려 오이란 사이에서는 히라 님을 독점해서는 안 된다는 암묵의 약속이 있었던 것은 아닐지 의심스러울 정도였습죠. 그야말로 당세의 히카루 겐지「겐지

모노가타리에 나오는 주인공를 둘러싼 소용돌이 속에 신참인 가쓰라기 님이 끼어들었으니 다른 오이란들이 당연히 가만둘 리가 없었습죠.

조잔 님의 가무로가 일찌감치 과자와 함께 경고가 담긴 편지를 들고 왔었지요. 이는 원래 선점한 오이란이 다른 오이란에게 손대지 말라고 못을 박는 의미입니다만, 상대가 바로 히라 님이다 보니 조잔 님의 뜻은 가쓰라기 님을 동료로 끼워 준다는 의미였을 겁니다. 가쓰라기 님도 역시 형식적인 사과 편지와 술안주를 함께 보냈다고 합니다. 여기까지는 뭐 별일이 없었습죠. 그런데 곧바로 또 정월 초이렛날과 이월 초이렛날의 연중행사에 히라 님이 연속해서 마이즈루야로 등루하셨기 때문에 결국 예고된 재앙이 일어난 셈입죠.

여자들의 싸움은 히카루 겐지 시대의 옛날이나 지금이나 변함이 없습니다. 괴롭힘은 일단 오이란 행렬 때 시작됐습니다. 커다란 들개가 길을 막기도 하고, 빗물 통 위에 쌓아 두었던 들통이 갑자기 우르르 무너져 내리는 등 위험한 일이 몇 번이나 있었다고 합니다. 다른 신출내기 오이란이라면 허둥대다 창피한 꼴을 당했겠지만, 가쓰라기 님은 행렬 수업을 확실하게 해 두었는지 역시 달랐습죠. 앞에서 무슨 일이 벌어져도 당황하지 않고 조용하고 의연하게 팔자걸음을 걸으며 행렬을 멈추지 않았습니다. 뭐, 원래가 당찬 여성이기도 했지요.

그리고 어느 날 마이즈루야의 가쓰라기 님 앞으로 누군가가 쓰루야의 쌀 만두를 잔뜩 보내왔습니다. 본인은 누가 보냈는지 알 수 없다며 손을 대지 않았지만 야리테와 반토신조가 버리기 아깝다며 기루 사람들과 나눠 먹었는데, 곧바로 복통을 일으켰다고 합니다요. 생명에는 별 지장이 없었다고 해도, 그런 식의 해코지가 이어지니 가쓰라기 님도 참기 힘드셨겠죠. 마음 약한 오이란이었다면 벌써 앓아누웠을 겁니다요.

일이 이렇게 되자 마이즈루야에서도 가만히 있을 수는 없었겠죠. 복수는 못하더라도 합심해서 가쓰라기 님을 지키려고 생각했습니다. 그래서 누군가가 몰래 히라 님에게 고자질을 한 모양입니다. 가쓰라기 님이 현명했던 것은, 본인은 단 한 마디도 불평이나 험담을 하지 않았던 것이었습죠. 여자가 그런 근성을 갖고 있는 건 대단한 일이라고, 히라 님도 나중에 제게 말씀하셨답니다.

아까도 말씀드렸듯이 히라 님은 근본적으로 호색한이 아니셨습니다. 여자란 원래가 속이 좁아서 심술을 부리기도 하는 법이지만 히라 님은 여자들의 그런 점을 무척 싫어하셔서, 자연스럽게 다른 기루에서는 멀어지고 마이즈루야에만 다니셨습니다. 하하하, 그러니까 결국 두 사람의 관계를 돈독하게 만든 것은 다른 오이란이었다고 해도 과언이 아닙지요.

그리고 봄이 되면, 이 사실은 의외로 모르는 분들이 많은데, 모든 요시와라의 기루가 일제히 하루를 쉬고 오이란들을 유곽 밖으로 데려가 하루 온종일 느긋하게 꽃놀이를 하게 합니다. 신조와 가무로까지 포함해 요시와라에 있는 모든 여자들이 총출동해서 꽃놀이를 하니 그 화사함과 요염함은 말할 필요도 없습죠. 이 여인들의 축제에 저희도 흥을 돋우기 위해 참가하고, 몇 명의 손님을 초대하기도 합니다요.

손님들은 평상시에는 어두침침한 등불이나 기껏해야 촛불의 불빛으로만 오이란의 모습을 보게 됩죠. 설사 낮 시간이라고 해도 실내에서 보는 것과 햇살 아래에서 보는 모습이 다른 것은 당연지사. 그래서 초대를 받는 손님은 가족 같다고 할 정도의 단골뿐이랍니다. 물론 연회석 자리는 장막을 둘러서 외부인들이 엿보지 못하도록 하고 기루의 청년들이 철통 수비를 합죠. 히라 님은 매년 이 꽃놀이에 참석하셨는데, 늘 한곳에 있지 않고 각각의 자리에 행하를 뿌릴 만큼 뿌리신 후 일찍 자리를 비켜 주십니다.

꽃놀이 장소는 매년 바뀌는데, 그해는 하시바에서 건너편으로 건너가 데라시마 섬 한쪽에 장막을 쳤습죠. 히라 님은 아마도 오마야 해안에서 스미다가와 강을 거슬러 오르셨을 겁니다. 늘 그렇듯 도착하자마자 재빨리 장막 안을 한 바퀴 도시고는 마이즈루야의 자리에 잠시 멈추셨죠.

어두컴컴한 기루 안에서는 너 나 할 것 없이 아름답게 보이는 오이란도 밝은 햇살 아래서 보면 나름의 단점이 쉬이 드러납니다요. 병든 것처럼 얼굴이 창백하거나 눈 밑에 검은 그늘이 있는 이도 있고, 뾰루지나 점이 눈에 띄는 오이란도 있습죠. 그 가운데 아직 월등하게 젊었던 가쓰라기 님은 피부의 윤기가 전혀 달랐습죠. 민낯에 가까운 옅은 화장이 오히려 피부를 돋보이게 했고, 더구나 그날의 의상이 아주 탁월했습니다.

꽃놀이 의상은 모두가 온 정성을 기울이는데, 화려한 색상은 모처럼의 벚꽃을 오히려 쓸모없게 만들기도 합죠. 가쓰라기 님은 새하얀 지지미 원단에 은박으로 벚꽃 그림을 곱게 박은 옷을 입으셨는데, 정말이지 제가 본 옷 중 최고였습죠. 히라 님은 그 모습에 눈을 빼앗긴 듯 자리에 앉아서는 움직이려 하지도 않으셨습니다. 하하하, 결국 승부가 난 것이었습죠.

아, 맞습니다요. 가쓰라기 님은 단지 아름답기만 한 게 아니라, 정말로 총명하고 똑 부러지는 성격이셔서 히라 님도 그 부분을 좋게 보셨죠. 예? 그런데 왜 두 사람이 맺어지지 않았느냐…… 그건…….

생각하면 이상하기도 합니다. 그래서 사실 가쓰라기 님과 히라 님이 정말로 서로 잘 맞았던 건지 의심스럽기도 합니다요. 첫 만남부터 삐걱거린 데다 단골이 된 후에도 오이란은 다른 손님을 상대할 때는 그렇지 않은데 히라 님에게는 묘하게 싸움을 거는 느낌이었습죠. 그런데 그게 흔히 말하는 사랑싸움과는 조금 달랐습니다.

사랑싸움이라는 건 "서방님은 또 어디서 바람을 피우셨나요? 조심하시어요." 하며 꼬집는다거나, "서방님은 저를 정말로 사랑하시지 않나요?" 하며 우는 척하는 등 일부러 여염집 아가씨 같은 질투를 부리는 것입죠. 하지만 가쓰라기 님이 히라 님에게 그런 식으로 사랑싸움을 거는 일은 일단 없었습니다. 대신에 자주 옥신각신했던 이유가, 하하하, 다시 생각해도 우스운데 바둑 승부였죠.

물론 히라 님이 몇 수 봐주시지만, 그래도 오이란이 이기지 못하는 것은 당연한 결과. 그런데도, 하하하, 가쓰라기 님은 이상하게 진심으로 분해하셨죠. 히라 님은 매번 싱글싱글 웃으시며 여유 있게 담뱃대에 불을 붙이셨습니다. 오이란은 그런 모습에 다시 화를 내고 말싸움이 시작되는 겁니다요. 그런 때는 뭐랄까 아이 같기도 해서 귀엽게 보이기도 했죠.

예? 아, 가쓰라기 님이 히라 님에게 마음을 열어서 아이처럼 응석을 부린 것이 아니겠느냐는 말씀이시군요. 그럴 수도 있겠군요. 역시 날카로운 지적이십니다요. 확실히 히라 님 정도면 여자가 아무리 작정하고 달려들어도 눈 하나 깜짝하지 않고 간단하게 제압할 수 있습죠. 그러니까 가쓰라기 님은 그것을 간파하고 마음껏 달려들었을 거라는 말씀이신데.

바깥세상이라면 그렇게 볼 수 있겠지만 유곽에서는……. 이 부분이 조금 복잡합니다만, 유곽에서는 무엇 하나 진심이면 앞뒤가 맞지 않습니다요. 유곽의 연애는 서로의 거짓말로 굳게 성립되는 것입죠. 나리도 생각해 보면 그렇지 않습니까. 오이란은 아내라고 해도 하룻밤 아내이고, 설령 아무리 진심으로 좋아한다고 해도 남자는 손님 중 한 명일 뿐이라는 사실에는 변함이 없습죠. 바둑에 졌다고 화를 내는 것은 꽤나 여성스럽고 귀엽지만, 정말 진심으로 거리낌 없이 화를 낸 것이라면 남자 쪽에서는 참을 수 없는 일입니다요.

조금 전에 나리가 잠깐 말씀하셨던 그 이세야의 도련님 사건만 봐도, 히라 님이 정말 가여웠습니다요. 이세야의 도련님은 정말 기도 안 찹니다. 분수도 모르고 십오야 행사를 자신이 맡겠다고 끝까지 우기셨죠. 설마 오이란이 그런 자를 상대하겠나 했는데, 히라 님은 어느새 애송이와 경쟁하는 꼴이 되어 버려서. 그건 정말이지 오이란이 어떻게 된 거라고밖에 생각할 수 없습니다요.

나리, 아십니까? 그때까지 히라 님이 오이란에게 얼마나 공을 들이셨는지. 금실 은실로 화려하게 수놓은 기모노에, 대모갑으로 만든 고급 장식 빗은 말할 것도 없고 단골의 증표로 선물한 이불만 세 채에, 금은 가루로 무늬를 넣은 서랍장에, 네덜란드산 유리 거울에, 고려 찻잔에, 명필가의 족자 등등 제가 아는 것만도 셀 수 없을 정도였습죠. 그렇게까지 선물을 했는데도 십오야 행사를 다른 이가 맡는다면, 히라 님이 최고의 단골이라는 증거가 없는 것이 됩니다요. 그래서 히라 님도 그것만은 결코 양보할 수 없었죠. 그런데 오이란 본인이 거기에 찬물을 끼얹은 겁니다.

"서방님은 뻔히 질 상대에게 이겨서 그리 기쁘십니까? 바둑에도 그러시더니 정말로 점잖지 못한 행동을 하십니다." 하고 꾸지람을 들었을 때의 히라 님 표정은 지금도 잊을 수가 없습니다요.

오이란이 몇 명의 남자를 상대하든 자신만은 다르다는 그 증거를 보고 싶은 마음, 그 마음이 유곽의 연애를 성립시키는 것입죠. 그런데 여자가 그 마음을 점잖지 못하다고 한다면, 남자의 체면은 말이 아니죠.

그때부터 두 사람은 어긋나기 시작했습니다. 아니, 그게 아닙니다. 이미 어긋나기 시작했던 때라 히라 님도 도저히 양보하고 싶지 않았던 것이죠…….

어이쿠, 또 술을 주십니까. 안 됩니다요. 나리는 아까부터 전혀

170

드시지 않고 저만 이렇게 술을 마시면 벌 받습니다요. 아하하, 이거 조금 취기가 오르는군요……. 예에? 그렇다면 두 사람이 어긋나게 된 원인이 뭐냐……. 그 깊은 속내를 아는 사람은, 요시와라가 제아무리 넓다 해도 에헴, 저뿐이라고 생각합니다요. 자, 알려 드릴 테니 잘 들으십쇼.

어느 아침, 저는 평상시와 마찬가지로 히라 님을 배웅해 드리기 위해 정문으로 갔습죠. 그때 히라 님은 제 귓가에 몰래 이렇게 말씀하셨습니다. "이봐, 아젠, 어젯밤 난 이상한 꿈을 꾸었다네. 이 나이에 애가 생긴 꿈이었지." 하고 말입니다.

아까 말씀드렸듯이, 히라 님은 홀몸이셨죠. 알고 보면 참 가여운 분이십니다. 첫아이를 사산했고, 함께 마나님도 잃으셨답니다. 남아돌 정도로 돈이 있어서 무엇 하나 불편함 없이 살아가시는 것처럼 보이지만, 뚜껑을 열어 보지 않으면 사람은 참 알 수 없는 법입니다요. 여하튼 일찍 세상을 떠난 아내와 자식에 대한 의리 때문이신지 후처도 맞지 않으시고, 나이 차이가 많이 나는 막냇동생을 양자로 삼아 대를 잇게 하려고 하셨답니다. 그래서 아이가 생기는 꿈을 꾸었다는 말씀을 결코 가벼운 농담으로 흘려버릴 수 없었던 겁니다. 본심이 슬쩍 드러난 느낌이 들었던 것입죠. 지금부터도 늦지 않다, 내 아이를 만들어서 그 아이에게 뒤를 잇게 하고 싶다는 본심이 말입죠.

후후후, 자랑은 아니지만 히라 님은 상대가 저인지라 무심코 본심이 새어 나왔을 겁니다요. 왜냐하면 전 이래 봬도 옛날에는 도련님이라고 불렸던 사람이죠. 방탕한 생활 탓에 결국 동생에게 상속권을 넘겨주고 집을 나왔지만. 예전에 한 번 그런 신상 이야기를 히라 님에게 했던 적이 있었죠. 이제 와서 마음을 바꿔 동생을 폐적하면 얼마나 큰 소동이 일지, 저라면 알아줄 것이라 생각하셨을 겁니다.

다음 술자리에서 만났을 때 어느 정도 취기가 오르시자 "나와 저 아이의 자식이라면 아주 총명한 아들이나 예쁘게 생긴 딸이겠지." 하고 말씀하셨죠. 그러니까 히라 님의 마음을 흔든 사람은 다름 아닌 가쓰라기 님이셨던 겁니다. 가쓰라기 님이 아닌 다른 유녀였다면 은나라 주왕을 홀린 달기와 마찬가지로 꼬리 아홉 달린 금 여시가 다노쿠라야의 재산을 노리고 히라 님을 꼬드겼다고 할 겁니다.

사실, 가쓰라기 님이 이불맡에서 히라 님을 꼬드겼다는 게 전혀 있을 수 없는 이야기도 아니지요. 하지만 히라 님의 성품으로 볼 때 여자에게 휘둘려 길을 잘못 들었다고는 생각할 수 없었습니다. 오이란 쪽에서 혹시 낙적을 부탁했다면, 그 자리에서 인연을 끊어 버릴 분이셨습니다. 많은 오이란과 염문을 뿌리면서도 어딘가 차가운 면이 있으셨는데, 진심으로 좋아하셨던 거라면 그런 모습일 수는 없었을 겁니다.

히라 님의 마음이 변한 것은 가쓰라기 님이 꼬드겼기 때문이 아닙니다. 어떻게 해서든 자신의 씨앗을 이 세상에 남기고 싶은 마음이 들었기 때문인 걸로 압니다. 좋은 여자에게 자신의 씨앗을 심어 훌륭한 자식을 낳게 하고 싶다는 마음이죠. 헤헤헤, 나리는 아직 모르시겠지만 남자도 점점 나이가 들어 저세상이 가까워지면 어쩔 수 없이 그런 마음이 듭니다요. 하지만 유곽 여자를 상대로 그런 마음을 품으면 주변이 금세 시끄러워지죠. 히라 님은 가쓰라기 님의 낙적은 해 줄 수 있으셨지만 아내로 맞이하는 것은 어차피 무리한 이야기였습니다.

아, 맞습니다요. 시골의 큰 부자나 큰 상점의 지배인이면 낙적해서 아내로 맞이하기도 합죠. 하지만 에도에서 손꼽히는 후다사시에게는 천지가 뒤집어져도 불가능한 이야기입죠. 히라 님도 그 점은 충분히 알고 계셨으니, 아마 이야기가 잘못 전해진 게 아닐까 하고 저는 생각합니다.

그러니까 연회 자리에서 술에 취하셨던가 해서 가쓰라기 님에게 내 아이를 낳아 달라고 말씀하신 건 아닐까 추측했습니다. 오이란이 어떻게 생각했는지와는 별도로 그 자리에서 이야기를 함께 들은 신조나 가무로 입을 통해 소문이 났고, 결국 그 소문이 유곽으로 퍼져 간 것이라고 생각합니다요. 그게 말입죠, 저도 소문을 듣고 깜짝 놀랐습니다. 보통은 으레 듣기 좋은 말이려니 하고 넘어가겠지만, 무엇보다 소문의 주인공이 히라 님이다 보니 재미있고 유쾌해서 꼬리에 꼬리를 물고 소문이 퍼져 나가지 않았을까 하는 겁니다. 그리고 유곽에는 많은 손님들이 있으니, 소문이 돌고 돌아 다노쿠라야 일가에게까지 이르게 된 것입지요.

그다음은 대략 짐작이 가실 겁니다. 다노쿠라야에서는 당연히 꼬리 아홉 달린 여우가 주인님에게 들러붙어 집안을 말아먹으려고 하는 게 틀림없다고 했습죠. 그중에서도 상속자인 양자는 거품을 물고 친척 일가에게 탄원을 했습니다. 히라 님에게는 그 양자 외에도 또 한 명의 남동생과 여동생이 계셨는데, 두 분 모두 훌륭한 집안으로 출가를 했습죠. 그 외에도 분점을 낸 사람들 등 이래저래 합치면 일가의 수는 상당했고, 그들이 모두 찾아와 소란을 피우면 아무리 히라 님이라도 곤란해질 수밖에 없었을 겁니다.

그래서 일단 주위 사람이 이해할 만한 방법을 써서 화살을 돌리려고 하셨다고 알고 있습죠. 히라 님은 제게 "이번에 여동생 시댁을 통해 후처를 맞기로 했다네." 하고 말씀하셨지만, 솔직히 저는 놀라지 않았습니다. 곧바로 이어서, "형식적인 아내라네. 이걸로 이제 거리낌 없이 가쓰라기를 낙적해 줄 수 있을 것이네." 하고 말씀하셨으니까요.

후처를 맞으면 첩을 두어도 누가 뭐라 할 사람이 없습니다. 제가 보기에 그 이상 좋은 방도는 없을 것 같았습죠. 그러니까 히라 님은 변심할 생각이 털끝만큼도 없었던 겁니다. 가쓰라기 님의 배에 아이가 생기면 상속은 못 해 주더라도 분가시켜서 풍족하게 살게 하려는 계획이셨던 것이 틀림없습죠. 형식적으로만 아내가 될 그분이야 가엾지만 남자는 거기까지 배려하지 못하는 법 아니겠습니까.

그런데 먼 장래까지 도모하는 남자의 그 깊은 마음을 여자는 전혀 읽지 못하는 모양입니다. 히라 님이 후처를 맞이하자마자 가쓰라기 님과의 사이가 어긋나기 시작했습죠. 히라 님은 제게 했던 말씀을 분명히 가쓰라기 님에게도 했을 겁니다. "형식적인 아내라네.

이제 거리낌 없이 낙적을 해 줄 수 있네." 하고 말입죠. 총명한 오이란이었던 만큼, 그런 말을 들었다면 이해할 것이라고 생각했는데 의외로 그렇지 않았습죠.

가쓰라기 님을 이세야의 도련님에게 빼앗긴 십오야 밤의 히라 님은 정말로 처량하셨죠. 다른 오이란들도 이미 시마이가 정해져서 유곽에 들어오시지도 못하셨습니다. 어쩔 수 없이 야나기바시의 선박 집에서 저 따위와 술잔을 나누셨죠. 하하하, 말 그대로 히카루 겐지와 고레미쓰가 유배지에서 달구경을 하는 풍경이었습니다요.

그런데 겐지와는 달리 히라 님은 그 이후 어찌 되었는가 하면, 신기하게도 운이 다한 것처럼 오이란들에게 인기가 없어졌습니다. 오이란뿐 아니라 측근의 신조와 야리테, 히키테자야와 여자 게이샤 사이에서도 인기가 있었다는 것을 그 인기가 사라진 뒤에야 실감할 수 있었습죠. 이전에는 히라 님이 나타나면 유곽 전체가 들뜬 분위기에 휩싸였었는데, 어느새 다른 손님과 조금도 다르지 않게 되었습니다. 미남 배우가 결혼을 하면 갑자기 인기가 없어진다는 이야기는 자주 들었지만, 여염집 여인네라면 몰라도 유곽의 여인들에게도 그런 일이 일어난다는 것이 조금 신기했습죠. 처음에는 그냥 기분 탓이려니 하면서 쓰루지라고 하는 여자 게이샤에게 물었더니, 역시 제 느낌은 틀리지 않았습니다. 쓰루지는 히라 님이 이전만큼 인기가 없을 거라고 하더군요. 그래서 그 이유를 물었더니, 조금 지저분해졌기 때문일 거라고 했습니다.

홀몸의 남자는 지저분하거나 아주 깔끔하거나 둘 중 하나라고 합니다요. 버선이건 훈도시건 한번 몸에 걸친 것은 반드시 버렸던 히라 님이, 듣고 보니 확실히 후처를 맞은 후부터는 이전만큼 멋진 느낌이 들지 않는 것도 같았습죠. 지저분해졌다는 말은 조금 지나치지만, 같은 차림새라도 무언가가 다르긴 했습니다요. 그런 미묘한 차이를 여자들은 재빨리 간파한 모양입죠.

하지만 그런 사소한 문제로 좋아했던 남자가 갑자기 싫어질 수 있는지, 저는 다시 물어보았습죠. 그러자 쓰루지는 "외모뿐만이 아니지. 히라 님은 마음이 지저분해졌기 때문이야." 따위의 심한 말을 지껄였습니다.

다노쿠라야 일가를 구슬리기 위해 후처를 맞이했던 것이 가쓰라기 님 눈에는 깨끗하지 못한 방법으로 보여 도저히 당당한 느낌이 들지 않았답니다. 진심으로 좋아했던 상대였던 만큼, 실망해서 마음이 식었을 거라나. 전 기가 막혀서, 그렇다면 히라 님이 어떻게 했어야 했냐고 따져 물었습죠. 친척들에게 완전히 따돌림을 당하고 다노쿠라야의 재산을 전부 버리고라도 오이란과 맺어지는 게 좋았겠느냐, 그랬다면 여자가 만족했겠느냐고 말입죠. 아하하, 세상에 그런 바보짓이 어디 있습니까? 옛날 연극에나 나올 법한 남자들뿐이라면, 이 세상은 돌아가지를 않습니다.

여하튼 사건의 진위를 떠나서 낙적 이야기는 유야무야 사라졌고, 히라 님도 이전처럼은 요시와라에 자주 오시지 않으셔서 저는 쓸쓸해하고 있습니다요.

하지만 가쓰라기 님이 히라 님을 차갑게 대한 데에는 분명 다른 이유가 있었을 겁니다. 필시 질 나쁜 정부라도 들러붙었던 게 아니겠습니까? 그 소동도 실제로 뭐가 어떻게 된 것인지 전혀 알 수 없습니다. 여하튼 마이즈루야의 일꾼들은 입이 무거우니, 아니 그보다는 진실을 알고 있는 자가 별로 없는지도 모르지요. 지금도 의문투성이입니다.

그래도 오이란이 히라 님의 깨끗함에 반했다는 말은 조금은 이해할 것도 같습니다. 깨끗한 남자라는 건, 자신은 언제 죽어도 좋다는 각오를 하고 있습죠. 동생에게 재산을 물려줄 요량으로 홀몸을 유지했던 히라 님에게 그러한 깨끗함이 보였을 겁니다. 하지만 버선이나 훈도시를 미련 없이 버렸던 것처럼 다노쿠라야의 큰 재산을 버릴 수는 없었겠죠. 그야, 나리도 당연히 그러하지 않겠습니까요.

예? 뭐라고요? 그렇다면 집을 버리고 다이코모치가 된 제가 더 깨끗하다니. 이거 참, 또 칭찬을 해 주시는군요. 아하하, 이러시면 곤란합니다요, 나리. 칭찬은 제 일입니다요.

다이코쿠야의 게이샤 쓰루지

어머, 뭐예요? 당신 권번見番 기생 주선이나 화대 계산, 그 밖의 감독을 하는 사무소에 서 온 분이 아니었어요? 권번에 젊은 남자가 들어왔다는 이야기를 어젯밤에 들어서, 난 당연히 그런 줄 알았죠. 차림새도 얼굴도 반반 해서 반갑게 집 안으로 들였잖아요. 이상하기는 했죠. 술자리가 있 기에는 너무 이른 시간이니까. 그런데 당신 대체 누구? 기요 씨, 이 사람 알아? 모른다고? 그러면 더 수상하네.

이봐, 당신. 대낮부터 여자만 있는 집에 들어와서 뭐 하려는 거 지? 허튼짓했다가는 사방에 들리도록 크게 소리를 질러 버릴 거야. 근처에는 무시무시한 보초꾼들도 살고 있으니 갈빗대 몇 개 부러질 각오는 해야 할걸.

누구? 아젠……? 아, 그 찐빵에 바늘로 구멍을 뽕뽕 뚫어 놓은 것처럼 생긴 다이코모치 말씀이시군요. 그자에게 무슨 소리를 듣고 이곳에? 네? 여러 가지 이야기를 들려 달라니. 무슨 이야기를……? 네, 뭐, 좋습니다. 그렇다면 거기 우뚝 서 있지 말고 들어오시죠. 기요 씨, 차 좀 내줘. 내 것도 같이. 아, 오랜만에 소리를 질렀더니 목이 다 마르네.

호호호, 목소리가 원래 컸던 건 아니랍니다. 소란스러운 술자리에서 노래하다 보니 목소리가 점점 커져 버린 거죠. 아, 노래만 하는 건 아니고 샤미센도 켜고 춤도 추고. 이래 봬도 게이샤인걸요. 우리는 유녀들과 달리 몸은 절대 팔지 않습니다. 파는 것은 기예뿐이죠.

후후, 제 입으로 얘기하기 그렇지만 보세요. 하얗고 갸름한 얼굴에 눈매는 또렷하고 입매도 요염하죠. 호호호, 유녀들보다 매력적인 여자라며 가끔씩 저를 탐내는 손님들이 있어서 난처하답니다. 되도록 소박한 차림으로 술자리에 들어도 화려한 얼굴이 주목을 받다 보니 괜히 오이란들에게 미움만 사는걸요. 얼굴이 예뻐서 도움될 게 없어요. 그런 점에서는 기요 씨가 부러워요……. 어머, 기요 씨, 화났어? 뭘 화를 내고그래. 못생겼다고 한 것도 아니고 머저리라고 한 것도 아닌데.

호호호, 당신이 그리 걱정할 일은 아니에요. 사실 우리는 사이가 좋답니다. 안 그러면 함께 살고 있을 리가 없잖아요. 어느 술자리든 함께 가고, 집에 돌아와도 함께니까요. 사이가 나빴다면 훨씬 전에 서로 물고 뜯고 했겠죠.

네, 맞아요. 여자 게이샤는 반드시 두 사람이 함께 술자리에 드는 것이 이곳의 규칙이거든요. 뭐, 혼자 가면 이상한 짓을 할지도 모르니까 서로 감시하게 하려는 속셈이라고도 하지만, 애도 아니고 하려고만 들면 할 수 있죠. 이상한 짓이 뭐냐고요? 호호호, 뻔한 거 아니겠어요.

예전에는 여자 게이샤가 없었다고 해요. 춤이나 노래 실력이 뛰어난 오이란이 술자리에서 자신의 실력을 펼쳤다고 하는데, 언젠가부터 그들을 대신해서 우리가 연회 자리의 흥을 돋우게 되었죠. 우리는 모두 나카노초에 있는 유일한 권번 다이코쿠야를 통해 히키테자야나 기루에 나갑니다. 예? 권번에 적을 둔 게이샤가 얼마나 되느냐……. 아마 다이코모치까지 합치면 백 명은 넘을지도 모르겠군요. 그런데 두 사람이 합쳐서 화대는 겨우 금화 일 푼. 은화로는 열다섯 돈인데 권번에서 네 돈이나 공제해 버리니 짜증이 나죠. 어머, 이런. 처음 보는 분께 이런 속내를 떠들다니.

요즘은 요시와라가 아닌 사창가에서도 게이샤라고 자칭하는 여자들이 있는 모양이에요. 후카가와 강 부근에는 하오리를 입고 게이샤니 뭐니 거드름을 피우는 이들이 있는 모양인데, 진짜 여자 게이샤가 있는 곳은 이곳뿐입니다. 여하튼 이곳은 여염집 여인보다 몸가짐이 단정하지 않으면 게이샤로 일할 수 없죠. 기예는 팔아도 몸은 팔지 말라고 권번에서 엄격하게 주의를 듣고 있거든요. 후카가와 부근은 분명 둘 다 팔고 있을 것입니다. 하지만 요시와라에서 그랬다가는 오이란의 경쟁자가 되고 말죠.

그래서 권번은 자잘한 것들까지 하나하나 잔소리를 해요. 남자 게이샤인 다이코모치는 문밖의 에몬자카 길을 졸졸 따라가 행하를 조르기도 하지만, 우리 여자 게이샤는 문밖으로는 한 발자국도 나가서는 안 되죠. 머리 장식도 장식 빗은 하나, 비녀 종류는 전부 해서 세 개까지로 정해져 있고, 옷도 명주옷을 입되 되도록 수수한 색으로 맞추라는 등등.

우연이라도 방에 손님과 단둘이 있게 되는 일은 절대 피해야 하죠. 곧바로 방을 뛰쳐나오지 않았다가는 권번에 고해져 게이샤 간판을 내려야 한답니다. 그래도 어디든 빠져나갈 방법은 있게 마련이죠. 후후후, 교초나 스미초 뒤쪽에는 게이샤와 손님이 밀회하는 숙소가 얼마든지 있답니다.

뭐, 그런 거야 어찌 되든 상관없지만 손님, 무슨 이야기가 듣고 싶어서 오셨죠? ……아, 그야 말씀하신 대로 연회 자리에 나가다 보면 여러 손님들과 이야기도 하고, 친한 오이란에게 비밀 이야기도 듣기는 합니다만.

네? 가쓰라기 님? 아, 손님은 아직도 그 이야기가 듣고 싶으신 게군요. 한때는 그 소동이 화제가 되었지만 이제는 관심 두는 이도 별로 없는데 손님은 참 집요하시네요. 아, 그야 요시와라 최고의 오이란이 감쪽같이 사라졌으니 당시에는 모두 혼비백산해서 소란도 그런 소란이 없었죠. 후후후, 기쿄야 주인은 거의 반미치광이가 돼서는 그 수다쟁이가 한때 말을 못 할 정도였으니까. 하지만 그것도 무리는 아니었죠. 그곳을 통해 낙적이 결정되었었던 모양이에요.

더구나 마지막으로 만난 손님까지 함께 사라져 버렸죠. 그 손님의 대금까지 떼였으니 정말로 얻어맞은 데를 또 얻어맞은 꼴이었죠.

가쓰라기 님과 그 손님이 동반 도주한 것 아니냐? 아하하, 절대 그럴 리는 없습니다. 무엇보다 일단 처음 온 손님이었고, 더구나 무사였거든요. 어떤 무사? 모르죠, 거기까지야. 우리는 그 자리에 부름을 받지 않았거든요. 맞아요. 기교야에서 분명 뭔가를 착각해서 시골 무사를 마이즈루야로 보낸 겁니다. 그래서 그 시골 무사는 이게 무슨 상황인가 싶어 재빨리 돌아가 버린 거죠. 그게 오이란이 사라진 것과 우연히 때가 겹쳤던 것뿐입니다.

그러니까 우리가 시골 무사라고 무시하는 자들은 유곽에 익숙하지 않은 게 그림으로 그린 듯 뻔해서요. 연회석에서 눈을 희번덕거리는 모습이 얼마나 우스운지요. 네? 무시하는 거냐고요? 그야 그렇죠. 이래 봬도 에도에서 태어난 몸이랍니다. 무시하지 않을 수가 있겠어요?

그런 자들은 한마디로 말해 세상 보는 눈이 좁아서 세상에 무사만큼 대단한 것은 없다고 착각하고 있지요. 하지만 에도에서 누가 시골 무사 가마가 지나간다고 고개 한번 숙이겠어요? 무사라도 급이 있다는 것을 누구나 알고 있는데요.

세상을 모르는 자들은 대부분 겁이 많고, 그런 주제에 뻔뻔하죠. 혼자서는 기개가 없어서 이곳에 오지도 못하는 자들이 술자리에 떼거리로 몰려 들어오면 더 이상 체면이고 뭐고 없습니다. 술에 취해서 "에도의 유녀들은 거드름만 피우고 발칙하구나. 빨리 허리띠를 풀고 누워라." 따위의 소리를 아무렇지 않게 하는 자도 있으니 유녀들이 싫어하는 것은 당연하죠. 동네 계집을 붙잡아 여물 위에 쓰러뜨리는 것과는 다르다는 것을 그들은 전혀 모른답니다.

후후후, 제가 들은 얘기로는 어느 날 유녀가 도망가 버리자 뒤를 쫓아 복도로 나온 무사에게 기루 일꾼이 "무사님, 유녀가 방금 저쪽으로." 하며 완전히 반대 방향을 가리켰다고 해요. 그리고 그다음에도 일부러 앞으로 지나가며 거짓으로 가르쳐 주었죠. 완전히 애들 숨바꼭질하듯이 그 무사는 결국 밤이 새도록 이 층 복도를 우당탕 뛰어다녔다더군요. 여하튼 그자들의 참을성과 끈덕짐에 에도 토박이는 도저히 상대가 되지 않죠.

그중에는 진심으로 오이란에게 빠져 한 달에 며칠은 반드시 꼬박꼬박 찾아오는 무사가 있기도 하지만, 그자들은 교대를 하기 때문에 일 년이 지나면 고향으로 돌아가야 합니다. 그런 시기가 되면 기루에서는 엄청 긴장한다고 해요. 지나치게 순수한 마음으로 유녀들에게 빠지는 남자가 외곬으로 생각하다 보면 무슨 짓을 할지 몰라 무서운 거죠.

우리는 이렇게 웃으면서 얘기하지만, 여러 남자들과 직접 살을 맞대는 유녀들의 입장이 되어 보면 참으로 힘든 일이죠. 이곳에서 사는 우리들은 모두 그 덕택에 밥을 먹고 사는 것이니, 유녀들에게는 늘 진심으로 대하지 않으면 죄를 짓는 기분이 든답니다.

예? 그렇게 나쁜 손님만은 아니지 않으냐, 유녀들이 좋아하는 손님도 있을 것이다……. 아, 그 찐빵에게 히라 님 이야기를 들으셨군요. 그분은 돈에 인색하지 않아서 인기가 있었죠. 유곽에서는 뭐니 해도 역시 돈에 호탕한 남자가 최고니까요. 넷? 더구나 꽤나 남자다웠지 않느냐……. 그렇지요. 확실히 배우처럼 생긴 얼굴이었지만 옆에서 보면 뭔가 지나쳐서 숨이 막히는 느낌이랄까. 저는 좀 더 서늘한 인상이 좋습니다. 후후후, 손님 같은 얼굴이 제 취향이죠.

히라 님과 가쓰라기 님의 사이 말인가요. 글쎄요, 진실은 어땠을지. 유녀의 마음은 우리가 알 수 없는 부분도 있으니…….

아, 그야 찐빵은 히라 님을 나쁘게 이야기하지 않겠죠. 흥, 딸랑이니까요. 남창도 아니면서 철썩 달라붙어서는 꼴불견이죠. 그 자식, 그 얼굴 꼬락서니로 어쩌면 비역질을 할지도 모르죠. 아하하, 생각만으로도 속이 다 울렁거리네요. 예? 찐빵이 히라 님도 여자를 좋아하지 않는다고 했다고요……. 아, 그야 그럴지도 모르죠. 여자 싫어하는 자가 여자에게 호감을 얻는 일은 별로 없으니까요.

솔직히 말해서 전 싫었습니다. 행하를 그렇게 많이 받아 놓고 이런 말 하는 것도 좀 그렇지만. 하지만 그런 식의 자신감과 자만심을 코끝에 매달고 있는 사람은. 물론 시골 무사와는 다르지만……. 하지만 역시 어딘가 촌스러운 구석이 있습니다. 주위에서는 굽실거리는 편이 이득이니까 그러는 것이고, 본인은 평생 깨닫지 못하겠지만 옆에서 보면 불쾌하죠. 최고급 기루의 최고 오이란들이 전부 순종했다고는 하지만 사실은 어땠을까요. 후후후, 여자는 여하튼 돈의 위력에는 약한 법이어서요.

그 점에서 보면 가쓰라기 님은 훌륭했죠. 네. 저는 여기 기요 씨와 함께 히라 님과 가쓰라기 님의 첫 자리부터 나갔고, 단골이 될 때까지의 자초지종을 옆에서 지켜봤었죠. 첫 자리에서 오이란은 확실하게 절차를 지켰고 히라 님에게 한발도 양보하지 않았어요. 그런데 히라 님은 오기를 부리며 자신 쪽에서 오이란을 거절해 보였죠. 어찌 그리 점잖지 못한 행동을 하시는지 정말 질려 버렸답니다. 아무리 훌륭한 남자라도 한 꺼풀 벗겨 보면 애라고 하더니 정말 그대로였죠. 가쓰라기 님은 그런 것을 진심으로 싫어하셔서 종종 말다툼을 하셨어요. 그게 언제였더라…… 가쓰라기 님이 히라 님에게 "서방님은 쓸쓸하신 분이군요."라는 말로 한 수 이겼던 기억이 납니다. 정곡을 찔렸는지 히라 님은 대답을 못 하고 가만히 계셨죠.

그런 분은 정말로 쓸쓸하시겠죠……. 네, 맞습니다. 찐빵이 말한 대로 처자식을 일찍 여의셨다고 들었습니다. 그리고 이것도 언뜻 들은 얘기인데, 어머니도 일찍 여의셨다고 하더군요. 가족과 인연이 없는 분이시죠. 거기다가 또 구라마에 제일의 후다사시로 재산이 이십만 냥이니 삼십만 냥이니 하는, 우리는 짐작도 가지 않는 큰 부자가 아닙니까. 그러면 집안사람이든 바깥사람이든 자신에게 다가오는 자는 모두 돈이 목적은 아닌지 의심하지 않을 수가 없죠. 그거 참 쓸쓸한 일이죠. 돈 욕심이야 누구에게나 있겠지만, 호호호, 지나치게 많은 것도 오히려 불행한지 모르겠군요.

가쓰라기 오이란은 유일하게 자신을 거스르는 사람이었죠. 그래서 더욱 히라 님이 빠져 버린 거겠죠. 가쓰라기 님이 첫 자리에서 매정하게 대했던 것도 어쩌면 거기까지 계산에 넣었던 것인지도 모릅니다. 아니, 손님. 솔직히 말해 그 정도로 지혜롭지 않으면 요시와라에서 최고의 오이란이 될 수 없습니다. 자신이 나서서 아양을 떨어 낙적을 부탁하면 호락호락 받아 줄 손님이 있는 줄 아십니까. 넋 놓고 있다가는 다른 남자에게 빼앗길지도 모른다고 생각해야 비로소 어떡해서든 자신의 것으로 만들고 싶어 하죠. 어리석지만 그게 사람 마음인 겁니다. 예? 결국 히라 님이 가쓰라기 님을 낙적해 주지 않은 이유가 뭐냐……. 거기까지야 제가 어찌 알겠습니까.

네에? 히라 님이 후처를 맞으면서 사이가 어긋났고, 오이란의 마음이 식었을 거라고 제가 말했다고요? 그 찐빵 자식, 그런 것까지 다 말했나요? 정말 꼴 보기 싫은 놈이야. 여하튼 그거야 여자들끼리 흔히 하는 험담입니다.

본인에게 직접 들은 이야기가 아니니 어디부터 어디까지가 진실인지는 모릅니다. 하지만 한때는 엄청났다고 해요. 누가 보냈는지 알 수 없는 악성 편지가 계속해서 날아들었던 모양이에요. 다노쿠라야 집안의 재산을 가로채려는 간악한 계집은 천벌을 받을 것이라는 협박이 가득한 편지를 받는 입장이 돼 보세요. 오이란도 어쩔 수 없이 우울해 보였다고 들었던 기억이 납니다. 설사 낙적해서 다노쿠라야 집안에 들어간다고 해도, 누가 독이라도 탈지 알 수 없죠. 오이란은 그렇게 생각했던 것 아닐까요.

가쓰라기 님은 히라 님이 단골이 되었을 때에도 갖가지 괴롭힘을 당했으니, 다른 사람의 질투를 사는 것이 얼마나 무서운 일인지 잘 알고 있었을 겁니다. 그래도 그나마 유곽 안에서라면 자신을 지켜

줄 사람들이 있지만 혼자 그곳으로 가서 히라 님 외에는 의지할 사람이 없게 된다면, 저라도 무서워서 사양할 겁니다. 이십만 냥이니 삼십만 냥이니 하는 큰 재산이라도 목숨과 바꿀 수는 없지 않겠어요? 위험이 뻔히 보이는 곳에 무리해서 들어갈 수는 없는 일이죠.

아아, 히라 님과 십오야 행사를 두고 다퉜던 이세야의 도련님도 분명 좋은 손님이었지만, 그래서 히라 님을 외면했던 것은 결코 아닙니다. 그분은 아직 상속을 받지 못한 신분이어서 낙적까지는 도저히 생각할 수 없었죠. 그런 상황이어서 가쓰라기 님은 두 분과는 상관없이 새로운 단골손님이 낙적을 해 주기로 결정되었고, 마침내 유곽을 떠나기 직전에 연기처럼 사라진 거죠. 전 뭐가 어떻게 된 건지는 전혀 모릅니다.

알고 계신지 모르겠지만, 유곽을 몰래 빠져나가는 것은 엄청난 일입니다. 특히 그 정도로 유명한 오이란이라면 눈에 띄기 때문에 혼자 빠져나가는 건 불가능하죠. 정말 연기처럼 사라졌다고 할 수밖에……. 예, 뭐라고요? 정부가 있어서 그자가 도와준 것 아니냐…… 글쎄요, 곧바로 떠오르는 상대가 없는데……. 저기, 기요 씨. 그 오이란에게 정부가 있었다는 거 알고 있어? 아, 모른다고. 이런 걸 당신한테 묻는 내가 바보지.

물론 가쓰라기 님에게 정부가 없었다고는 할 수 없습니다. 오이란에게 정부는 기본이어서 유녀의 유일한 즐거움이라고 할 정도니까요. 매일 좋아하지도 않는 남자에게 안기다 보면 몸도 마음도 무뎌집니다. 정부는 그걸 치료해 주는 명약이라고 하죠. 뭐, 명약인지

독약인지는 모르겠지만, 후후후, 묘약인 것만은 확실한 모양입니다. 그러니까 기루에서도 장사에 지장이 없는 한 눈감아 주는 거죠. 그중에는 질 나쁜 자가 있어서 돈만 엄청나게 뜯어 간다는 이야기도 들리지만, 의외로 손님과의 사이를 방해한다는 이야기는 들리지 않습니다. 그렇게 했다가는 소중한 돈줄이 끊어지지 않겠어요.

후후후, 하지만 '나랑 그 손님 중에 누가 더 좋냐'고 묻기도 한다니 재미있지요. 오이란이 손님을 상대로 사랑싸움을 걸듯이, 다 큰 남자가 질투심을 보입니다. 오이란 입장에서는 그런 부분에 빠질 수밖에 없을 것이고, 정부 쪽에서도 나름의 농간을 부리는 것이죠.

아, 그러고 보니, 제가 알고 있는 선박 집 뱃사공 중에 도미고로라는 자가 있었습니다. 우리는 '도미 공'이라고 불렀는데, 여하튼 그 남자가 자신이 예전에 요시와라에서 유명한 오이란의 정부였다고 자랑을 했었습니다. 그 오이란 이름을 말하지 않아서 사실인지 어떤지는 알 수 없었지만. 그자는 아무리 봐도 정부가 될 만한 체격이 아니었죠. 뱃사람치고는 몸집도 왜소했고, 딱히 남자다운 부분도 없었죠. 장점이라고 해야 치열이 고르다는 정도? 하지만 그 남자의 이야기를 듣고 나니 묘하게 믿음이 가더군요.

도미 공이 오이란을 찾아가는 시간은 반드시 새벽이었다고 합니다. 말할 필요도 없겠지만, 손님이 돌아간 뒤죠. 오이란은 빨리 몸을 쉬고 싶다고 생각하면서도 흥분이 가라앉지 않아 곧바로 잠들지 못할 때가 있습니다. 그럴 때 가면 환영을 받아 온기가 남아 있는 이불 속으로 기어들어 간다고 합니다. 하지만 오늘은 안 되겠다고 하면 재빨리 퇴장해야 하죠. 후후후, 무슨 일이든 너무 끈덕지게 굴면 안 된다고 합니다.

이불 속에서는 일단 오이란이 도중에 잠이 들어 버릴 정도로 부드럽게 한다고 해요. 어찌어찌 해 달라고 하면 해 달라는 대로 다 해 준다고도 하던데. 오이란은 어떤 일을 시키는지, 거기까지는 저도 묻지 못했습니다만. 후후후, 달거리로 일을 쉴 때 가면 오히려 좋아했다고 합니다.

애써 갔는데도 쫓겨나는 경우가 많지만, 도미 공은 포기하지 않고 비 오는 날에도 바람이 부는 날에도 부지런히 다녔다고 합니다. 날씨가 심하게 궂은 날에는 손님이 오지 않아서 오이란도 허전해하기 때문에 무엇이든 해 주고 용돈도 잔뜩 받는다고 하더군요.

정부라고 하면 얼굴이 반반한 남자가 나타나서 어리석은 오이란에게 돈을 마구잡이로 뜯어낸다고 생각하겠지만, 현실은 어째서인지 도미 공처럼 성실하기 그지없는 남자가 오히려 정부가 된답니다. 후후후, 손님은 남자 입장에서 어떻게 생각하세요?

나는 여자라서 오이란의 마음을 조금은 알 것 같습니다. 남자에게 몸을 팔며 살아가는 괴로움까지는 헤아릴 수 없지만, 그 꺼림칙한 기분은 짐작이 가죠. 후후후, 저 같은 사람도 젊었을 때는 정부가 있었답니다. 외모는 그럭저럭 괜찮았는데, 지금 생각해 보면 정말 한심하기 그지없는 남자였습니다. 어느 최고급 기루의 미세반이었는데, 오이란이 행렬을 할 때 오이란에게 어깨를 빌려주며 걷는 모습은 정말로 믿음직스러워 보였지요. 하지만 알고 보니 그 사람은 무지막지하게 게으른 협잡꾼이었고, 저는 거의 있지도 않은 쌈짓돈을 수시로 빼앗겼답니다.

하지만 말이죠, 그건 지금이니까 할 수 있는 말이고, 당시에는 그렇게 생각하지 않았습니다. 저는 그 사기꾼 자식에게 용돈을 줄 때마다 기분이 좋았죠. 연회석에서는 여하튼 누구 할 것 없이 눈치를 보고 아부를 해 가며 돈을 받는 신분이 아닙니까. 그러니 비참한 기분이 들 때가 있죠. 그런 내가 반대로 용돈을 줄 때의 기분이란, 아마 오이란과 그리 다르지 않을 겁니다.

사기꾼 자식은 우리 집에 눌러앉더니, 마침내는 우리 집에서 당당하게 기루에 다니기 시작했습니다. 당연히 소문이 돌았고, 그곳의 기루에는 출입할 수 없게 되자 제 일에도 지장이 생기게 되었죠. 하지만 인연은 그리 간단하게 끊을 수 없답니다. 그 자식이 나쁜 놈이라는 걸 알아도, 어찌 됐든 약이니까 끊으면 힘들어지죠. 솔직히 말해 역시 쓸쓸했던 것이죠. 남자의 손길이 전혀 없으면 이불이 서늘해지고, 허전하다고 할까 불안하다고 할까. 그래서 옥신각신하다 헤어진 끝에 다시 더 나을 것도 없는 비슷한 놈을 끌어들이게 되는 꼴이 되죠. 여자는 참 약한 존재구나 하고 절실하게 느꼈었죠.

하지만 뭐 그것도 젊었을 때의 이야기죠. 오랜 경험이 중요하다고 하면 우습지만, 여자도 나이가 들면 체념이 빨라진다고 할까. 내가 남자 따위에게 그리 쉽게 휘둘릴 것 같은가 하는 마음이 듭니다. 후후후, 솔직히 알짱거리는 남자도 줄어들죠. 그리고 어느 날을 경계로 남자를 완전히 끊어 버렸습니다.

호호호, 그야 지금도 멋진 남자를 보면 친절하게 대해 주고 싶은 마음도 들죠. 그러니까 얼굴 한 번 본 적 없는 손님에게 이런 이야기까지 하고 있는 거 아니겠어요. 하지만 성가신 일은 이제 지긋지긋하다는 것도 의외로 솔직한 심정입니다.

여하튼 그렇게 남자는 끊었지만, 혼자 사는 것은 아무래도 쓸쓸해서 이렇게 동료와 함께 살기로 한 겁니다. 나와는 달리 남자를 끊지 못하는 여자 게이샤도 많습니다. 지금은 없어도 조만간 남자가 생길 것 같은 게이샤와 함께 살면 상대를 끌어들이거나 해서 이쪽이 불편해지지 않겠어요? 그래서 여기 기요 씨하고 함께. 호호호, 기요 씨라면 일단 괜찮겠다 싶어서.

어머? 기요 씨, 왜 그래? 혹시 화났어? 화날 게 뭐 있다고그래. 당신이 못생겨서 남자에게 인기가 없다고 한 것도 아니잖아. 그렇게 말한 거나 똑같다고? 그건 너무 나쁘게만 생각한 거야. 난 지금은 당신을 완전히 의지하고 있잖아. 그러니까 그렇게 화내지 마. 그런데 말이지, 잠깐 자리 좀 비켜 주지 않을래? 그러니까, 이렇게 멋진 남자를 그냥 돌아가게 할 수는 없잖아. 잠깐만 둘이 있게 해 줘.

야기바나시 선박 집 쓰루세의 뱃사공 도미고로

손님, 여기서부터는 이제 큰 강으로 나가니까 좀 더 편하게 앉으쇼. 예, 그렇게 책상다리를 하고 난간에 한쪽 팔꿈치를 대고 거기에 기대듯이 계시면 나도 노를 젓기 편하다오. 보시는 대로 이 나룻배는 조키부네猪牙舟라고 하는데, 폭이 좁게 만들어진 배라서 자칫하면 뒤집어지오.

어이구, 아니오. 내가 좀 겁을 준 것일 뿐, 그런 걱정은 하실 필요 없소. 내가 어머니 배 속에서 나온 이후 야기바나시와 산야를 왕복한 횟수가 과장 없이 만 번은 넘소. 행여 손님을 물에 빠진 생쥐 꼴로 만들 일은 없으니 걱정은 붙들어 매시고.

이제 작대기를 노로 바꿔 쥐면 배가 조금 흔들릴 거요. 이런, 괜찮으니 앉아 계쇼. 어설피 일어서면 더 흔들린다오. 금방 익숙해지니까 편하게 계쇼.

어떻소? 익숙해지니까 아무렇지도 않으시지? 거기 있는 담배나 한 모금 피우시구려. 한쪽 팔꿈치를 기대고 뻐끔뻐끔 피우는 모습도 나름 운치가 있다오. 어이쿠, 벌써 성공의 소나무가 보이네. 아, 예. 저기 강 수면으로 가지를 뻗고 있는 소나무 말이오. 헤헤헤, 갈 때는 저 소나무를 보며 성공적인 밀회가 되기를 기원한다오. 그리고 맞은편 물가에 검게 보이는 것이 무사히 밀회를 마치고 돌아가는 길에 지나는 '기쁨의 숲'이라는 말씀.

자, 여기서부터는 달리겠소. 산야보리山谷堀 수로는 순식간에…… 예? 무슨 말씀이신지? 그렇게 서두르지 말고 더 천천히 가라니……. 왜 그러쇼? 에도 사람답지 않구려. 천천히 가실 거면 육로로 터벅터벅 걸어가시지 그러셨소. 조키부네에 탔다면 "어이, 사공. 서둘러 주게. 유녀가 목을 빼고 나를 기다리고 있다네." 따위의 이야기를 하셔야지. 아니면 뭐요, 설마 뱃멀미를 하시는 건…… 예에? 모처럼 만났으니 배 위에서 느긋하게 이야기를 하고 싶다니…….

아, 이런, 안 그래도 처음 보는 손님이 지명했다고 해서 이상하다 싶더니만, 다이코쿠야의 쓰루지 언니에게 내 이야기를 들으셨구려. 예? 내가 요시와라에서 소문난 미남이라고 했다니…… 어이쿠, 농담도 쉬어 가며 하쇼. 이 시커먼 주름투성이 얼굴의 어디가 미남이라는 거요……. 겉보기에는 왜소한 체격이지만, 이렇게 배 위에서는 누구에게도 지지 않는 야기바나시의 사내라니. 함부로 놀리시면 물속에 풍덩 빠트려 버릴 거요.

뭐요? "그래도 쓸 만한 사람이다, 치열이 고르고 마음씨가 좋다." 고 쓰루지 언니가 말했다니……. 흠, 그 언니도 무슨 생각으로 속이 뻔히 보이는 아부를……. 아니, 뭐라고 하셨소? 내가 유명한 오이 란의 정부였다는 말까지 했단 말이오? 그 언니 참 안 되겠네. 이거 참 당황스럽구려.

언니 말이 거짓이냐? 헤헤헤, 그야 전부 거짓이라고는 할 수 없 지만……. 예? 시치미 떼지 말고 이야기하라니. 흠, 이곳은 확실히 누가 엿들을 염려도 없기는 하오만, 그리 재미있는 이야기도 아니 어서 실망하실 게요.

본시 세상은 정부라고 하면 가부키 배우 단주로나 미쓰고로같이 생긴 미남만 생각하기 때문에 이렇게 추레한 놈이 정부라고 나서면 아무도 믿어 주지 않는다오. 하지만 천만의 말씀이지. 이 세상에는 연극보다 재미있는 일이 얼마든지 있는 법이라오.

이제 노를 천천히 젓겠소. 헤헤헤, 천천히 젓는 것을 좋아하는 것 은 오이란도 마찬가지. 조급하게 젓다 보면 시끄럽기만 할 뿐 나아 가지를 않는다오. 보쇼, 이처럼 파도와 호흡을 딱 맞춰서 저으면, 어떤 여자도 좋아하는 법. 여기 보이쇼, 매일 배 위에서 이렇게 단 련한 허리가, 후후후, 중요한 순간에 한몫을 한다는 말씀.

물론 통속소설에 나올 법한 잘생긴 얼굴로 오이란의 등골을 빼먹 는 놈들이 없는 것은 아니라오. 나도 얼굴은 몇 알고 있소만, 기루 의 최고 오이란 정도가 되면 그런 나쁜 놈들이 들러붙는 경우는 신기하게도 없다오. 대부분 기루의 두 번째나 세 번째 정도 되는 오이란이 그런 놈들에게 당하는 거요. 가끔은 외모가 출중하지 않은 오이란이 특히 잘생긴 남자에게 빠져 가진 것을 전부 갖다 바치기도 하지만, 그건 필경 오이란 본인이 자랑하고 싶어서라오.

겉모습에 홀딱 반했다고 말하는 자는 남자건 여자건 근성이 어린애 같은 사람인데, 오이란은 어린애라기보다 허세를 부리다 자신도 모르게 얼굴 반반한 놈을 곁에 두게 되는 거라오. 결국은 동료들의 부러움을 사고 싶은 속내가 어딘가 있는 게 아니겠소. 모두가 최고라고 인정하는 오이란은 그런 허세를 부릴 필요가 없지 않소.

하지만 최고의 오이란이라도 오랜 시간 동안 일하면서 정부가 한 명도 없었다는 이야기는 지금까지 들어 본 적이 없소. 한 남자와 오래 만나지는 않더라도 이 남자 저 남자 끌어들이는 것이 유녀들의 속성.

이런 이야기를 들으면 실망하시겠지만, 헤헤헤, 일단 손님을 상대로 할 때는 만족하는 일이 없다고 합디다. 그야 일일이 진심으로 했다가는 몸이 남아나질 않겠지. 유녀 입장에서 고마운 것은 무엇보다 깔끔한 손님으로, 호색한에 끈덕진 놈은 참을 수가 없다고 하더군. 그런 놈이 오면 눈을 감고 숫자를 세는 수밖에 없다고 하오.

어떤 일이든 직업으로 하는 것과 좋아서 하는 것은 전혀 다른 법. 그건 남자고 여자고 마찬가지라오. 유녀가 자신의 화대를 내 가며 남자를 만나면 같은 행위를 해도 마음가짐이 다르답디다. 여자는 특히 그 마음이라는 게 중요하다고 하더이다. 어쩔 수 없이 하는 따분한 일도 좋아하는 상대라면 극락의 구름 위에 떠 있는 것처럼 마음이 들뜬다고도 하더군. 아하하, 하지만 꼭 그런 것만은 아닌 모양이오.

남자라면 누구나 자신이 키를 잡고 노를 저으려고 하지만 여자는 그것만으로는 좀처럼 만족이 되지 않는다고 제 정녀가 말합디다. 여자에게 키를 맡기고 해 달라는 대로 노를 저어 줄 도량이 있는 남자는 흔하지 않다고. 헤헤헤, 뭐, 정부가 그래서 정부 아니겠소.

예엣? 오쇼쿠お職 매출을 가장 많이 올리는 유녀의 정부는 과연 말하는 것이 다르다니……. 아하하, 손님. 그렇게 띄우지 마쇼. 하지만 뭐, 내가 한때 자주 통했던 사람은 분명히 최고를 자랑하는 오이란이었소. 기명 말이오? 헤헤, 맞혀 보쇼. 깜짝 놀랄 거요.

여하튼 첫 상대는 말이오, 내게도 꿈같은 이야기라오. 그게 누구였더라, 어느 큰 점포의 도련님에게서 편지를 전해 달라는 부탁을 받고 낮에 잠깐 기루에 들렀을 때였소. 그 오이란이 지금 마침 한가하니 무료함도 달랠 겸 들어오라고 했던 것이 시작이었다오. 그게, 오쇼쿠 정도 되면 명문가의 아가씨 방이 이럴까 싶을 정도로 훌륭한 방을 갖고 있어서 나는 주뼛주뼛했소만. 나를 본 오이란이 "귀여운 사공님이시네." 하는데 정신이 멍해지더이다. 헤헤, 사공치고는 몸이 작으니 그렇게 말할 수밖에 없었겠지만.

오이란은 그 자리에서 답장을 써서 그쪽에게 전해 달라고 했소. 가는 김에 이것도, 하며 몇 통의 편지를 건네주고는 용돈을 듬뿍 주지 않겠소. 요시와라에는 편지 배달을 업으로 하는 자도 있지만, 우리처럼 우연히 얼굴을 내밀었다가 뜻밖의 부수입을 얻게 되는 일은 흔히 있는 일. 그래서 오이란이 싫어하지 않는 것을 구실 삼아 그 이후에도 용돈을 벌러 가끔 얼굴을 내밀었던 거요. 여하튼 편지 심부름이다 보니 매일이라도 얼굴을 내밀 수 있는 상황이었지.

어느 날, 방 안을 들여다보니 오이란이 배를 쥐고 괴로워하고 있는 것이 아니겠소. 평상시에는 가무로나 신조나 누군가가 옆에 있는데, 그날만큼은 아무도 없었다오. 오이란은 산병疝病을 앓는 이가 많아서, 이이도 급통이 왔구나 싶어 "괜찮습니까?" 하고 말을 걸었더니 손짓으로 이쪽을 부릅디다. 그래서 주저주저 다가가 등을 쓰다듬어 주었소. 그러자 오이란은 내 다른 한 손을 잡더니 자신의 품속에 넣더이다. 그때는 조금 놀랐지만, 나는 하는 대로 가만히 두었소. 심장이 벌렁거렸지만 품속에 넣은 손을 한동안 움직이지 않고 있었지. 그러자 오이란이 이쪽 얼굴을 올려다보며 살며시 웃더이다. "남자 손은 따뜻해서 산병에 잘 듣습니다." 하길래, 이쪽은 기분이 좋았지만 나중에 생각해 보니 그때 조롱하고 있었던 거요.

이삼 일 후에 방에 갔더니 또 혼자입디다. 이번에는 두 장을 겹쳐 깐 이불 위로 고통스러운 얼굴이 보였소. "오이란, 무슨 일입니까?" 하고 물으며 옆으로 가자, 덮고 있던 이불을 자꾸 손으로 걷어 내리고 하는 게 아니겠소. 그래서 내가 이불을 젖혀 주었더니, 빨간 비단 속치마 사이로 새하얀 장딴지가 튀어나왔소.

잠꼬대를 하듯 "쥐가 났어, 쥐가." 해서 아, 이게 여자에게 자주 생긴다는 쥐라는 거구나 생각했다오. 그래서 "오이란, 괜찮으시겠습니까?" 하고 미리 양해를 구한 후 장딴지를 살살 주물러 줬소. 참 쌀떡처럼 희고 보드라웠지만 차가워서 안쓰러운 마음이 들더군. 오이란은 겨울에도 버선을 신지 않는 법이라 분명 냉증으로 산병이 나고 다리에 쥐가 나고 하는 게지 하는 생각에 동정심이 들었는데, 하하하, 그것도 나를 놀리는 것이었으니 참 한심한 이야기 아니오.

한동안 다리를 주무르자 말끔한 얼굴로 이쪽을 보며 손으로 입을 가립디다. 큭큭 웃길래 조금 화가 나서 "오이란, 이제 괜찮으시군요." 하자, "아직 아니에요."라고 지껄이는 거요. 그러더니 갑자기 무릎 사이에 내 손을 끼우더니 다리를 확 벌리는 것이 아니겠소. 그곳이 정면으로 눈에 들어와서는, 한심하게도 순간 정신이 아득해져서 그다음은 어떻게 됐는지 전혀 기억이 나지 않소. 하지만 정신이 들고 보니, 아름다운 배에 올라타 꿈을 꾸듯 노를 젓고 있었다는 이야기.

그야 말할 것도 없이 좋았소. 헤헤헤, 지금 생각해도 침이 줄줄 흐를 것 같소만. 최고를 자랑하는 오이란은 역시 잠자리 기술도 좋습디다. 하지만 이쪽은 손님이 아니니까 애교 같은 건 없었소. 끝나면 '얼른 돌아가'라는 식으로 쫓겨나도 불만이 있을 수 없었지. 또한 다음 날에 기색을 살피러 갔더니 무슨 꼬맹이 취급을 하더군. 뭐, 어떻게 봐도 나는 정부라고 할 수 있는 입장은 아니었소.

하지만 아름다운 배에 탄 것이 그때 한 번뿐은 아니었소. 오이란의 기분이 내킬 때, 그러니까 한 달에 한두 번 정도 태워 줬소. 날짜는 대체로 정해져 있었던 것 같더이다. 여심이란 아무래도 조수와 같아서 달이 차고 이지러짐에 따라 변하는 모양이오. 그 오이란은 한 달에 한두 번, 도저히 혼자 있을 수 없는 날이 있었던 것 같소. 다른 날에 가면 새침한 얼굴로 편지 배달을 시키거나, 어깨나 다리를 주무르게 할 뿐이었지.

그런 식으로 나를 놀렸소. 일부러 다리를 주무르게 하고는 앞가슴을 풀어헤쳐 보인다든지 하는 거요. 이쪽이 조금이라도 어떤 기색이 보이면 발로 차 버리고는 "사람을 부르겠어요." 하며 무서운 목소리로 지껄였소. 아무래도 그 오이란은 남자를 가지고 노는 것이 재미있었던 모양이오. 어쩌면 손님 중에도 그런 식으로 당하는 자가 있었는지 모르지. 매몰차게 대하거나 거칠게 대하는 것을 즐거워하는 손님도 의외로 있는 모양이더이다.

나도 그런 식으로 당하는 걸 즐기는 사람이었느냐? 하하하, 뭐 좋을 대로 생각하쇼. 어떻든 금화 삼 푼을 내지 않고 좋은 여자를 안을 수 있었던 것은 사실이니. 이런 아슬아슬한 곡예를 아무나 할 수 있는지 없는지 억울하면 해 보라고 하고 싶소.

이런, 뒤에 오던 배가 어느새 앞질러 가지 않았소. 어린 사공이 나를 돌아보며 비웃고 있군. 손님, 이제 이야기는 되지 않았소? 나도 배를 빨리 달려야겠소. 저렇게 날뛰는 풋내기에게 비웃음을 당했다가는 나 도미고로뿐만 아니라, 우리 선박 집 쓰루세의 불명예라오.

옛? 이야기를 좀 더 하라니……. 손님이 그 오이란의 이름을 맞혀 보시겠다? 누구? 가쓰라기일 거라……. 앗하하하, 배꼽 잡을 일이네. 손님, 턱도 없는 농담은 접어 두쇼. 가쓰라기 님이 바로 얼마 전까지 마이즈루야에서 최고를 자랑하던 오이란이었던 건 맞지만, 내 얼굴을 좀 보고 말씀하쇼. 체구가 작아서 어려 보이기는 해도 서른은 한참 넘었소. 나이 어린 오이란에게 꼬맹이 취급을 받았다니 아무리 그래도 이상하지 않소. 에이, 그냥 내가 알려 드리리다. 그 이름을 듣고 놀라지 마쇼. 조지야의 조잔이라오.

대체 뭐요, 그 실망한 표정은? 쳇, 손님처럼 젊은 양반은 조지야의 조잔이라는 이름을 듣고도 감흥이 없겠지만 조잔의 전성시대에는 나가노초의 새가 한 마리도 남지 않고 죽었다고 했을 정도로 대단한 오이란이었소. 가쓰라기 님은 아직 시작도 안 했을 때의 이야기지.

예? 두 사람의 전성기를 견주면 어느 쪽이 더 대단했느냐……. 음, 나야 당연히 조잔의 손을 들어 주고 싶지만 사심 없이 생각하면 그게 꽤나 어렵소. 가쓰라기가 유녀가 되었을 즈음, 조잔은 이미 내리막길이었으니. 그래서 꽤나 질투를 했었던 건 사실이오. 아, 맞소. 구라마에의 서방님을 두고 한 차례 말썽이 있었는데, 손님은 그런 것까지 알고 계시는구려.

두 사람 모두 유곽에서 모습을 감추었으니 할 수 있는 말인데, 거기에는 헤헤, 나도 한몫 거들었소. 거친 들개 두세 마리를 새끼줄로 묶어 나카노초로 끌고 가서, 가쓰라기 님이 지나갈 때 풀어 놓은 적이 있었지. 또한 빗물 통 위에 산더미처럼 쌓아 놓은 들통을 뒤에서 밀어 버리기도 했소. 가쓰라기 님의 훌륭한 대처에 전부 공포탄이 되어 버렸지만. 뭐요? 쌀 만두에 설사를 일으키는 독을 넣었다? 농담하지 마쇼. 아무리 그래도 그런 지저분한 짓은 하지 않았소. 하기는, 당시의 가쓰라기 님을 시기한 이는 조잔뿐만이 아니었소. 오초마치의 오쇼쿠 전부가 적으로 돌아서 있었으니 나쁜 짓을 한 이는 그 외에도 있었을 것.

나와 가쓰라기 님의 인연은 그것이 시작이었소. 아, 그렇고말고. 시작이라고 했으니 당연히 끝도 있지 않겠소.

처음 얼굴을 마주한 것이 벌써 이래저래 일 년 전의 일이구려. 그쪽에서 나를 지명해 불렀소. 하하하, 정부가 되어 달라는 설득 따위를 하려는 게 아니었소. 하지만 나에 대해서는 이상하게 잘 알고 있는 듯했소. 만나자마자 갑자기 "조잔 님은 안녕하신지요." 하고 물어서 적잖이 당황했지. 그야 좁은 유곽 내에서 비밀은 없는 법이고, 이렇게 손님도 알고 있는 일이다 보니 가쓰라기 오이란이 내가 조잔의 정부라는 사실을 알고 있어도 그리 이상할 것 없었소. 하지만 내가 놀란 건 얼굴을 마주하고 그런 말을 꺼내는 그 깡다구, 대범함이었소. 그래서 곧 아하, 조잔의 정부라는 자가 너무 시원찮은 얼굴이라 마음속으로 비웃고 있는 거라 생각했지.

울화가 치밀어 나도 아무렇지 않은 얼굴로 "예, 조잔 님은 시모우사의 갑부께서 행복하게 해 주시는 모양입니다." 하고, 그냥 있는 사실을 말했소. 그러자 그쪽은 "그거 정말 부럽군요." 하고 나오지 않았겠소. 나는 한동안 그 말이 이해가 되지 않았지. 가쓰라기 오이란은 이미 에치고의 갑부가 낙적을 해 줄 것 같다는 이야기가 퍼져 있었으니 말이오. 시모우사와 에치고는 대체 뭐가 다르냐고 묻고 싶었지만, 나중에 생각해 보면 빈정거림이었는지도 모르겠소. 마음이 통하지 않는 상대에게 가도 행복해질 수 있는 여자가 부럽다, 사실은 그렇게 말하고 싶었는지도 모르지.

아차, 깜박했는데 나는 가쓰라기 오이란의 정부만은 누구였는지 전혀 몰랐소. 어느 정도 유명한 유녀는 반드시 안 좋은 소문이 나게 마련인데, 그 오이란만은 어찌 된 일인지 나쁜 소문이 없었소. 그래서 그런 소동이 일어나자 사람들이 더욱 놀라 자빠진 거지.

가쓰라기 님이 나를 일부러 부른 이유는, 선박 집과 히키테자야를 통하지 말고 소중한 손님의 마중과 배웅을 해 달라는 부탁 때문이었소. 그런데 그게 이상한 거라. 기루의 다른 사람이 부탁했다면 이해가 가지만, 오이란이 사공에게 직접 부탁한다는 이야기는 들어본 예가 없소. 하지만 요시와라에서 가장 높은 위치에 있는 오이란이 직접 부탁을 한다면 이쪽은 감사하게 받을 수밖에 없었지.

그런데 내가 배를 태워 드린 손님은 한 명이 아니었소. 어우르면 서너 명은 되었을 거요. 손님 입장에서는 히키테자야와 선박 집을 통하지 않고 배웅을 받으면 그 이상 고마울 데가 없지. 헤헤헤, 히키테자야와 선박 집을 통하면 그만큼의 돈이 드는 것은 당신도 잘 아시지 않소. 거기에 비해 사공 한 사람에게 드는 비용은 싼 것이지. 하지만 모두 그렇게 했다가는 자야와 선박 업소가 망하기 때문에 보통은 그리 두지 않소. 마이즈루야의 다른 사람들이 모른 척해준 건 분명 그 오이란이 뇌물을 듬뿍 먹었기 때문일 거요.

나는 한 달에 몇 번씩 마이즈루야로 갔고, 그때마다 그 오이란은 "자, 한 모금 태우시어요." 하며 긴 담뱃대를 건네주었소. 일반 사공이라면 기가 죽어서 연기를 목으로 넘기지도 못하겠지만, 헤헤, 나야 이래 봬도 조잔의 정부까지 했던 강심장이라서 느긋하게 피웠다오.

가쓰라기 오이란이 그렇게 배웅해 준 손님 중에는 멀리서 오는 손님이 많았소. 시바 항구가 있는 가나스키 부근까지 배웅한 적도 있는데, 그렇게 멀리서 오는 손님은 아주 드물지. 소중하다기보다 희귀한 손님이라 하는 게 맞겠소. 아무래도 멀리서 온 손님을 일부러 골라서 배웅해 주는 모양이었소. 그리고 돌아오면 "나룻배는 생각보다 멀리 갈 수 있나 보아요. 시나가와까지도 갈 수 있나요?" 하고 묻기도 했소. "예. 거친 파도가 높게 이는 대해원大海原은 물론이고 물이 있는 곳이면 대체로 어디든 갑니다." 하고 대답했지.

어느 날, "배는 어디에 도착하나요?" 하고 묻길래, "예, 산야보리에." 하고 퉁명스럽게 대답했다오. 그러자 "거기서부터 정문까지는 어떻게?" 하고 또 묻길래, 니혼즈쓰미 팔초를 죽 걸어서 에몬자카 언덕을 내려오고, 거기서부터 다시 오십 간 길을 터벅터벅 걸어온다고 사실 그대로 대답했소. "생각해 보니 사공을 걷게 해서 미안하네요." 하며 무척이나 송구한 표정으로 말하길래, "아닙니다. 걱정하지 마십시오. 빠른 걸음으로 걸으면 식경 정도면 됩니다." 하고 대답했소. 그리고 에몬자카에서 니혼즈쓰미 제방 사이에 삿갓을 빌려 주는 상점이 줄을 잇고 있다는 것까지 묻는 대로 대답했지.

그리고 비가 보슬보슬 내리는 밤이었소. 빗줄기는 그리 세지 않았지만, 가는 안개비가 살갗을 적셔 조금 서늘했지. 해가 지고 얼마 지나지도 않았는데 달도 별도 얼굴을 내밀지 않는 장마철 밤처럼 어두웠소. 평상시라면 나카노초를 대낮처럼 비춰 주는 유곽의 외등까지도 흐릿하게 보이는 밤에 배를 띄우는 것은 제아무리 나라도 찜찜했지. 하지만 간이고 쓸개고 바쳐야 할 만큼 많은 행하를 받고 있었으니, 가쓰라기 님의 부탁을 들어주지 않을 수는 없었소.

방에 들어가자 어찌 된 일인지 그날은 오이란이 없었소. 기루의 청년들도, 야리테 할멈도 없었지. 그곳에 있던 이는 어린 신조와 배웅해 드릴 손님뿐이었소.

그 손님은 연보라색 웃옷에 세로줄 무늬의 하의를 입은 젊은 무사였소. 검은 두건을 쓰고 있었지만 몸집이 왜소한 걸 보면 아마도 아직 앞머리를 밀지 않은 소년일 거라 생각했지. 신조는 오이란이 주는 거라며, 무려 거금 한 냥이나 되는 금화를 건네주었소. 선금으로 한 냥이나 받은 것도 처음이었는데, 무사히 배웅해 드리면 오이란이 돈을 더 줄 거라고 했소. 정작 주인공인 젊은 무사는 한마디도 하지 않고 우두커니 서 있을 뿐이었소. 아하! 이자가 정부구나 하고 짐작했지. 가쓰라기는 이렇게 핏덩이 같은 어린놈을 좋아하는군. 의외로 귀여운 구석이 있는 여자라는 생각도 했소.

신조는 손님의 손을 끌고 천천히 계단을 내려갔소. 계산대에 칼을 찾으러 간 사람도 그 신조였고, 무사가 너무 젊어서 오이란의 손님이라기보다 신조의 손님처럼 보이기도 했소. 아직 초저녁이라 술과 음식을 옮기느라 아래층은 몹시 혼잡했고, 일꾼들은 인사도 하는 둥 마는 둥 정신이 없었소.

기루를 나와서 내가 가져온 우산을 쓰자 젊은 무사는 당연하다는 듯 우산 속으로 들어왔소. 그때는 그 행동이 예사롭게 느껴졌는데, 지금 생각해 보면 이상한 행동이지. 나는 우산을 받치고 터벅터벅 걸으면서 말없이 걷는 그자에게 '이봐, 애송이. 연상의 맛은 어땠나?' 하고 몇 번을 물으려고 했는지 모르오.

하지만 번화한 나카노초로 나오니 그런 비릿한 얘기는 묻고 싶은 마음도 일지 않더이다. 그리고 무심히 "무사님은 어디까지 가십니까?" 하고 물었지만 제대로 대답을 하지 않는 거요. 아무래도 너무 이상하다 싶어서 얼굴을 훔쳐보려는 순간에 분 냄새가 화악 나지 않겠소? 그 냄새는 그냥 옷에 밴 정도가 아닌, 아주 강한 냄새였소.

아차! 하는 생각에 얼굴을 바라보자, 그 젊은 무사가 마침내 입을 열었소. 그리고 첫말이 "이 주변에서 개를 풀어놓으면 그리 재미있나?" 하는 거였소. 나는 머리에 찬물을 뒤집어쓴 듯한 기분이었지. 빗물 통 앞을 지나가자, "저 들통을 뒤에서 밀어 버리면 재미있나?" 하고 말했소. 나는 온몸의 털이 곤두선 채 각오를 했소.

초소 앞을 무사히 통과해서 정문 밖으로 나간 후에도 젊은 무사는 대단한 배짱으로 길 한가운데를 당당하게 걸었지. 에몬자카 언덕길을 천천히 올라 버드나무 앞에서 뒤를 돌아볼 정도로 여유로웠소. 나는 등골이 오싹오싹해서 견딜 수 없었소만.

남자가 돼 가지고 한심하다고 해도 어쩔 수 없지만, 단지 무섭기만 했던 것이 아니라오. 그 젊은 무사의 엄청난 배짱에 마음 깊이 감탄했던 것이지. 뭐, 이제 손님도 아셨겠지만. 가쓰라기 님은 이미 내가 조잔의 정부라는 것을 간파하고 있었던 거요.

뭐? 그 젊은 무사를 배에 태워 어디까지 배웅했느냐? 흠, 그건 입이 찢어져도 말할 수 없소. 그렇다면 배에는 그 무사 외에 다른 누구도 태우지 않았느냐? 아하하, 그것도 말할 수 없소.

하지만 배웅해 드린 후, 나는 열 냥이나 되는 거금을 받았소. 그 야 당연히 가쓰라기 오이란이 준 것이지.

손가락 자르는 할멈 오타네

그렇게 꽉 잡으면 안 되네. 살살 잡지 않으면 부러져 버려. 자, 이렇게 잡고 천천히 구경하시게. 내가 봐도 훌륭한 솜씨야. 아, 그쪽 말이 맞네. 사람 손가락은 손에서 잘라 낸 후 보면 모양이 묘하지. 뭐? 꺼림칙하다고……. 후후, 살짝 깨물어 볼 텐가? 앗하하, 뭘 그리 펄쩍 뛰고 그러나. 보기에는 어찌 됐든, 이건 떡으로 세공한 거네. 아, 그렇고말고. 길고 가는 경단에 빨간색 식용 물감을 바른 거라고 생각하면 되네. 가까이서 자세히 보면 가짜라는 걸 금방 알 수 있지만, 상자 바닥에 진짜 피가 묻은 솜을 깔고 그 위에 올려 건네주면, 남자는 대부분 흘깃 보고는 곧바로 상자의 뚜껑을 닫아 버리지. 후후후, 남자는 여자만큼 피를 보는 게 익숙하지 않아서인지 약한 모양이야.

하나에 얼마냐고? 자, 한번 맞혀 보시게. 한 냥? 하하하, 그만큼 주면 덤으로 세 개를 얹어 주겠네. 여하튼 밑천은 그리 많이 들지 않으니까. 하지만 내가 만드는 건 여자 손가락뿐인데, 자네가 그걸 사서 무얼 할 생각인가?

딱히 가짜 손가락을 사러 온 것이 아니라 이야기가 듣고 싶다? 그러세. 어차피 한가한 할멈이니, 묻고 싶은 게 있으면 뭐든 물어도 되네. 언제부터 이런 장사를 시작했느냐? 난 선대 할멈에게 배웠다네. 그 할멈도 그 이전 사람에게 배웠고. 그냥 달리 돈을 벌 수단이 없는 노파들이 대대로 먹고살려고 하는 일이지. 하하하, 맞는 말이네. 바깥세상에서는 할머니라고 할 정도로 늙지는 않았지. 하지만 이곳에서는 서른 줄이 넘으면 모두 할멈이라고 부른다네.

아, 옛날에는 정말 손가락을 잘라 손님에게 건넨 유녀가 있었지. 그렇지 않았으면 이런 직업이 어찌 생겼겠나. 나도 손가락 자르는 방법은 대강 배웠다네. 먼저 방으로 들어가서 맹장지도 장지문도 꼭 닫아 두어야 하지. 정신이 흐트러지면 안 되기도 하고, 무엇보다도 잘린 순간 손가락이 생각 외로 멀리 날아가기 때문이라네. 툇마루를 넘어 마당에 떨어지기라도 하면 큰일이니까. 그리고 열에 아홉은 정신을 잃기 때문에 지혈제와 정신이 들게 하는 약, 확실한 시중꾼이 필요하다고 하네. 목침을 받침대로 쓰는데, 똑바로 자르면 모양이 볼품없으니까 어슷하게 자르는 편이 좋다고 해. 제대로 어슷하게 자르면 나중에 살이 붙어서 보기에는 그리 변화가 없다지.

지금도 좋아하는 남자의 이름을 가슴에 문신하는 경우가 자주 있지만 옛날에는 이렇게 손가락을 자르거나 손톱을 뽑아서 건네주기도 했다는 게야. 손톱을 뽑다니 생각만으로도 소름이 돋는군. 아니, 그렇게까지 해서라도 손님의 마음을 붙들고 싶을까 싶기도 하고.

하기는 신에게 맹세하는 서약서 정도는 나도 쓴 기억이 있지만. 구마노고오*는 그쪽도 알겠지. 맞네, 검은 새 그림이 그려진 종이. 그 종이에 결코 변심하지 않겠다는 맹세의 글을 쓴 후 손님과 유녀가 서로 교환하지. 상대방에게 건넬 때는 바늘로 손가락 끝을 찔러 혈판을 찍어야 하는데, 그 손가락도 남자의 왼손과 여자의 오른손 중지나 약지, 손톱과 마디 사이에 바늘을 찔러야 한다는 규칙까지 정해져 있지. 하하하, 하지만 약속이야 깨라고 있는 거 아니겠나. 응? 아, 그렇다네. 나도 과거에는 유녀로 이름을 날렸던 몸이야. 그래서 지금도 이곳에 살고 있는 거겠지.

글쎄, 가짜 손가락으로 손님을 속인 게 언제부터였는지는 모르겠지만, 지금은 받는 쪽에서도 대부분 가짜라는 걸 알지 않겠나. 아하하, 왜냐면 이런 물건이 한 달에 한 개는 반드시 팔리고 있거든. 만약 진짜라면 요시와라의 유녀들에게 손가락이 없어야 맞겠지. 분명 받은 손님도 장난이나 애교로 받고, 이곳의 좋은 기념품으로 생각할 게야. 나한테 완전히 반해서 손가락을 보낸 유녀가 있다고 사람들에게 자랑스레 내보이면 하룻밤 좌흥거리는 될 것이니.

본디 여자를 좋아하게 되면 그 몸을 보살펴 주려 하지, 상처를 입히고 싶은 마음 따위 들겠나만, 남자는 여하튼 독점욕이 문제야. 그

*구마노고오 熊野牛王: 일본 구마노 지역에 있는 세 곳의 신사에서 배포하는 특수한 용지. 부적이나 서약서 용지로 사용한다.

러니까 유녀도 당신만은 특별하다고 생각하게 해 줘야 하지 않겠나. 아, 물론 유녀의 마음이 완전히 거짓은 아니고, 아주 조금 진심이 섞이기도 하니까 손님이 속는 거지. 흥, 손님도 마찬가지야. 내 일도 꼭 오겠다고 장담하는 놈들일수록 그길로 코빼기도 안 보이는 경우가 많지. 하하하, 그러니 피차일반 아니겠나.

그래서 유녀들 사이에서는 손님 쟁탈전을 벌이기보다 의외로 서로 손을 잡는 경우가 많지. 동료 중에 반드시 한 명 정도는 친한 사람이 있게 마련인데, 그 친한 동료가 도움을 주기도 하네. 자신이 조금 나쁜 역할을 해서 동료를 빛나게 해 주거나 잠자리 실력이 엄청나다는 이야기를 들었다고 손님을 기분 좋게 해 주기도 하고, 방법이야 여러 가지가 있지. 후후후, 물고기를 어장에 가둬 두듯 손님을 한 명도 놓치지 않도록 머리를 쓰는 것이 유녀의 지혜야. 단골손님이 우연히 겹쳤을 때는 뭔가 꾀병을 이용하는데, 이때는 야리테도 기루의 청년들도 한통속이 돼서 유녀가 방에서 빠져나갈 수 있도록 도와주지. 무언가 사소한 일로 손님이 화를 내거나 할 때도 함께 달래 보려 하지만, 그래도 안 될 때는 '소맷자락의 눈물'이라는 숨겨 둔 기술이 있네. 그게 뭘 거 같은가? 후훗, 그냥 우는 거네. 남자는 여자의 눈물에 약해서 유녀가 울면 손님도 대부분은 용서해 주기 마련. 하지만 눈물이 아무 때나 나오는 것은 아니니, 유녀는 소맷자락에 명반 가루를 넣어 두지. 가루를 눈에 넣으면 눈물이 나오거든. 아하하, 자네, 기가 막힌다는 표정을 짓고 있지만 방법은 여러 가지가 있네. 원래 뛰어난 오이란은 그런 방법을 사용하지 않고도 울고자 하면 언제든지 곧바로 울 수 있지만 말이지.

오이란은 손님의 담뱃갑이나 인로印籠 도장이나 약 따위를 넣어 허리에 차는 타원형의 작은 합도 유심히 본다네. 유곽에 오는 손님은 대부분 의상에는 신경을 쓰지만 소지품까지는 미처 신경을 쓰지 못해. 그래서 진짜 돈이 있는 자인지 아닌지는 그런 것을 보고 판단하네. 아아, 그야 그렇지. 어린애 사랑도 아니고, 손님이 유녀를 사고파는 물건으로 생각한다면 유녀도 손님의 돈으로 값을 따지지. 돈이 끊기는 날이 인연이 끊기는 날. 유곽에서는 돈이 없으면 그대로 끝이야.

응? 어떻게 그리 대놓고 얘기를 하느냐. 여기저기서 요시와라 이야기를 들었지만 이렇게 노골적으로 이야기하는 사람은 처음이라고……. 하하하, 다른 자들이 말을 하지 않았을 뿐이지 속은 똑같네. 내가 보기에 이곳 사람들은 모두 젠체하느라 그러는 게야. 아, 그렇고말고. 나는 유녀로 있었지만, 처음부터 요시와라에 있었던 건 아니네. 그러니까 이렇게 하고 싶은 말을 할 수 있는 게지. 보게, 유곽 말투도 쓰지 않잖나. 유녀를 그만두고 나니 바로 사라지더군.

이곳의 유녀들은 거간꾼을 따라 멀리 지방에서 온 이들이 많지. 그래서 사투리가 나오지 않도록 유곽의 말투를 주입하는 거야. 아, 거간꾼들은 산야보리나 다마치 부근에 가면 널려 있네. 좋은 오이란은 좋은 거간꾼이 데려온다고도 하네만. 그게 정말이라면 난 엄청난 오이란이 되었어야지. 거간꾼이 국가였으니까. 하하하, 놀라셨나? 그렇다네. 나를 이곳에 데려온 자는 관청 관리인이었네.

뭐, 부끄러운 과거지만 숨김없이 털어놓겠네. 예전에는 그래도 장사꾼의 어엿한 아내였지. 그런데 남편이 가난한 데다가 엄청난 게으름뱅이였던 거네. 밥보다 술과 노름을 좋아하고, 무얼 하든 오래 하지 못했어. 나도 나서, 바느질이라도 꾸준히 해서 생계를 꾸려 보려는 그런 바지런한 여자는 아니었지. 둘 다 손쉽게 빨리 돈을 버는 것이 최고라고 생각해서 미인계를 쓴 게야. 내가 외간 남자의 마음을 홀려 이불 속으로 끌어들이는 순간, 남편이 뛰어들어 와 그 사내에게 공갈하는 식이었지. 그런데 밀회 장소로 같은 곳을 이용하다 보니 결국 꼬리가 밟혔고, 붙잡혀서는 이곳으로 보내진 게야. 남편은 그 자리에서 도망친 뒤로 행방을 알 수 없고. 아하하, 정말 이문 없는 장사 아닌가.

처음 이곳에 왔을 때는 먼저 초소의 마루방에 열 명 정도가 나란히 앉아 품평을 받았다네. 앞에는 기루 주인들이 모여서 뚫어지게 바라보는데 이쪽은 고개도 숙여서는 안 되었으니, 그렇게 서글프고 부끄러운 적이 없었네. 아무리 죄인이라지만 사람을 물건처럼 값을 매기다니. 그 일은 아직도 마음에 사무친다네.

노비 유녀라고 불리며 다른 유녀들에게 무시당하고 밥을 먹는 것도 가장 마지막이었지. 괴롭힘도 많이 당해 정말 힘들었네. 사창가에서 일하던 이들도 붙잡혀 이곳으로 왔었는데, 우습지 않은가. 밖에서 몸을 팔면 죄인이고, 이곳에서 몸을 팔면 죄를 묻지 않으니.

후후후, 여하튼 내 입으로 말하기 그렇지만 나는 그래도 외모 덕을 좀 보지 않았겠나. 비교적 괜찮은 기루로 팔려 왔으니까. 강가에 있는 하급 기루에 팔렸다면 금방 병들어 세상을 떴을 거네. 실컷 부려 먹을 만큼 부려 먹은 다음 병이 들면 의사 한번 보여 주지 않고 조간지*에 매장해 버리는 것이 이곳의 방식이네.

괜찮은 기루에 팔려 왔다고는 해도 우리는 자기 방이 있는 오이란과는 달리 공동으로 쓰는 방에서 하룻밤에도 몇 명씩이나 손님을 받았지. 그건 남편과 짜고 쉽게 돈을 벌려고 했던 때와는 전혀 다른 거였네. 보기에도 병이 옮을 것 같아 옆에 가기도 싫은 놈에, 엄청난 호색한이라 아침까지 재워 주지 않는 놈 등등. 아침이 되면 말도 나오지 않을 정도로 지쳐 떨어졌지. 아, 남자는 더 이상 꼴도 보기 싫었어. 기루라고 다 같은 기루가 아니어서 오이란과 우리의 처지는 하늘과 땅 차이였네.

하지만 말은 그렇게 해도, 이곳에서 자라 이곳밖에 모르는 오이란들도 사실 가련한 처지야. 낙적이라는 행복을 얻게 되는 오이란은 그리 많지 않네. 계약 기간이 끝나 쫓겨나면 앞으로 어디에서 무엇에 의지해 살아야 할지 막막해지지. 그래서 내 출신을 알고, 계약 기간이 끝나기 전에 무언가 바깥세상 이야기를 듣고 싶어 하는 오이란이 많았네. 나는 운 좋게 이전 할멈이 거둬 줘서 가짜 손가락을 만드는 방법을 전수받았지. 만들려고 하면 누구든 만들 수 있지만 요시와라에서는 이곳만의 특권이 있어서, 아무리 보잘것없는 일이라도 선대에서 물려주지 않으면 허가가 나지 않는다네. 외부인이 들어와 시장을 어지럽히는 것도 문제고, 이곳을 나가지 못하는 자

*조간지 淨閑寺: 과거 요시와라 유곽 근처에 있던 정토종 사원. 요시와라 유곽이 생기기 2년 전인 1655년에 세워졌다. 1855년 대지진으로 많은 유녀가 죽었을 때 유녀들을 이 절에 매장한 일로, '유녀를 매장하는 절'로 알려지게 되었다.

에게는 무언가 밥벌이가 필요하니까.

응? 아, 물론 가짜 손가락만으로 돈을 벌고 있는 것은 아니지. 요시와라는 이래저래 행사가 있어서 나가는 돈도 많거든. 그것만으로는 도저히 생활이 되지 않아. 빨래나 수선 같은 중개도 하고 있지. 후후후, 하는 김에 떡고물도 조금 떼고.

아까도 말했듯이 오이란도 불쌍한 처지여서, 유명해지면 유명해질수록 들어가는 비용도 예사가 아닌 모양이야. 신조와 가무로를 돌봐 주는 것은 물론, 야리테와 기루 청년들에게도 평상시에 행하를 듬뿍 줘야만 알아서 움직여 주거든. 세상에서 이곳만큼 돈으로 말하는 곳도 없을 게야. 조금이라도 누군가를 움직이려면 무엇보다 돈이지. 돈만 내면 내 편이 저절로 다가온다네.

그러다 보니 오이란은 아무리 벌어도 당해 낼 수가 없어. 손님에게 옷이나 무언가를 사 달라고 조를 수는 있어도 직접 금전을 요구하는 짓은 할 수 있을 것 같으면서도 좀처럼 못하지. 하하하, 거기에 내가 나설 자리가 생기는 거라네.

이곳의 의상은 설사 입던 옷이라도 사창가나 역참 유녀에게 비싸게 팔려. 또한 고급 기루의 오이란이 걸쳤던 값비싼 의상은 작은 기루의 오이란에게 팔리지. 하지만 출처가 밝혀지면 곤란하기 때문에 다른 색으로 염색을 하거나 수선을 해야 해. 그래서 너무 눈에 화려한 의상은 오히려 처리하기 곤란하지. 의상을 유출한 것이 걸리면 당사자가 매우 창피한 일이니까. 이 일을 중개하는 자가 나뿐만은 아니겠지만, 후후후, 여하튼 이 가짜 손가락으로 이름이 알려져 있어서 오이란에게 부탁을 받는 경우가 많은 건 확실하네. 그리고 아주 조금 이문을 남기는 거지.

응? 가쓰라기 오이란도 도와준 적이 있느냐…… 음, 있기는 하지만…… 글쎄, 그런 소동이 일어났기 때문인지는 모르지만 그때를 생각해 보면 지금 생각해도 정말 이상했네.

직접 만난 것은 그때가 처음이었지. 물론 행렬하는 모습을 본 적은 있지만 그전까지는 결코 나와 인연이 있는 사람으로는 생각할 수 없는, 오이란 중에서도 특히 드높은 구름 위의 사람이었지. 아니, 방에 들어가 보니 정말로 구름 위였네. 극락이라도 되는 듯 천장에도 벽에도 아름다운 꽃 그림이 가득 그려 있었지. 그것은 실제로 어느 명문가의 저택이나 대궐과 똑같은 벽지라고 하는 것 같았네만. 여하튼 객실도 넓었고, 안쪽으로 여러 개의 방이 있었지. 나는 넓은 방에 칸막이 하나로 막은 공간에서 손님을 맞았던 사람이었으니 이만저만 놀란 게 아니었네. 문지방 너머로 면 이불이 산처럼 높이 쌓여 있는 것이 보였지. 내가 잤던 납작한 이불로는 열 장을 겹쳐도 그 높이는 되지 않지. 담배 쟁반 하나만 해도 주칠에 금은으로 무늬를 넣은 것이었네. 화로도 갖춰져 있었는데, 거기에 걸려 있던 가마에서 슈욱슈욱 소리가 났던 것이 생각나는군.

부러웠느냐? 후후, 그렇지 않다고 하면 거짓말이지만 그래도 역시 가엾다고 생각했네. 분명 어렸을 때 이곳에 들어와 바깥세상은 아무것도 모르는 사람일 터. 갑부가 낙적을 해 줘 이곳을 나간다고 해도 어차피 새장 속의 새일 뿐. 새장이 아무리 훌륭하다고 해도 마음껏 날갯짓하며 넓은 하늘을 나는 것에 비교할 수는 없지. 게다가 나를 부른 걸 보면 급전이 필요해진 게 틀림없어. 아마도 부모에게 또 무슨 불행이 닥쳤거나 했겠지. 아무리 아름답게 태어났어도, 어쩐지 이런 사람들에게는 불행이 끊임없이 찾아오는 법이라는 생각을 멋대로 하고 있었네.

오이란은 이미 준비를 했는지 눈앞에 기모노가 잔뜩 쌓여 있더군. 최상품일 거라고는 당연히 예상했지만 그렇게 많은지는 몰랐지. 그게 보통은 뒤로 빼돌린다고 해도 많아야 두세 벌인데 꺼내 놓은 것만도 여섯 벌은 되었지. 보통 오이란이라면 이 많은 옷을 한 번에 팔았다가는 입을 옷도 없겠지만 오초마치 최고라고 불리는 오이란은 역시 다르다고 감탄했네.

무늬를 보니 벚꽃도 있고, 창포도 있고, 구름에 달도 있고, 단풍도 있는 등 실로 다양했지. 그런데 조금 의아했던 것은 누가 입어도 어색하지 않은 아주 흔한 무늬에, 색깔은 모두 가볍게 염색해도 될 정도로 연한 것들뿐이었다는 거였네. 게다가 전부 최근에 지은 옷들이어서 이상한 생각이 들었네. 마치 처음부터 되팔기 위해서 지은 것처럼 보였지. 하하하, 그건 아무리 그래도 지나친 생각이겠지.

여하튼 얼마를 받을 수 있는지를 묻길래 대략 오십 냥으로 매겼어. 너무 싸게 매긴 게 아니냐? 아무리 좋은 옷이라도 중고가 되면 그 정도네. 밖으로는 가져갈 수 없는 물건인 데다가 염색도 다시 해야 하지 않나. 하지만 오이란도 아마 그보다는 더 받을 거라고 생각한 모양이야. 한참을 말없이 고민하는 듯했지.

나는 매번 그렇듯 "부모님을 도와 드리려고요?" 하고 물었네. 그러자 오이란은 "그렇지 않아요." 하고 더없이 단호하게 대답하더군. 원래가 그렇게 물으면 열에 아홉은 그렇지 않다고 일축해 버리지. 하지만 얼굴에는 대부분 내 말이 맞는다고 쓰여 있고, 자신도 모르게 목소리에 힘이 들어가게 마련이거든. 하지만 가쓰라기 님은 사실 그대로 아니라고 대답했다는 것을 나는 바로 알았지.

그러면 갑자기 돈이 왜 필요할까, 무엇에 쓸 생각일까 궁금했지만 그건 도저히 물을 수 없었네. 오이란은 그럴 틈을 보여 주지 않았어. 그냥 서랍장에 있는 입지 않는 옷을 처분한다는 태도였지. 하지만 그것도 한 번이라면 마음에 들지 않는 옷을 정리하는구나 생각할 수도 있는데 두 번, 세 번 불려 가니, 어이구 또 나오네, 아직도 남았다니 하고 단지 놀랄 뿐이었네. 아하하, 옷장이 텅 비면 어떡하려고 저러나 하고 어리석은 걱정까지 했다니까. 오이란이 무슨 생각을 하고 있는지 나는 전혀 몰랐으니까. 아무리 이상한 일이라도 이후에 생각해 보면 아, 그런 거였군 하고 앞뒤가 맞게 되는 법. 여하튼 그렇게 많은 옷을 받았다니 대단한 실력이지. 역시 보통이 아니었어. 평범한 오이란이라면 도저히 그렇게까지는 안 되지.

뭐? 오이란의 옷을 가져가기만 한 게 아니라 옷을 가져다준 적도 있지 않느냐⋯⋯. 그게 무슨 소리인가? 뭐? 소년이 입을 만한 옷⋯⋯ 아, 알겠네. 연극 의상 말이군.

매년 아키하곤겐秋葉權現 일본의 신 중 하나 님의 젯날에 게이샤들이 즉흥극을 하며 나카노초를 행진하는데, 가쓰라기 님은 그것을 술자리에서 해 보고 싶다며 의상을 찾아봐 달라고 부탁했지. 내가 바깥세상의 수선 집과도 교류가 있다는 것을 간파하고 있었던 거네. 되도록 예쁜 연보라색의 겉옷과 센다이 견직물로 만든 바지를 찾아서 가져다 드렸는데, 그게 어땠다는 건가.

거간꾼 지장보살 덴조

핫하하, 어라? 하는 표정이네. 외모부터가 악당처럼 생겼으리라 생각했는데 막상 만나 보니 이런 사람이 거간꾼이라고…… 하는 거겠지. 핫하하, 늘 있는 일이니 괜찮네. 나를 처음 보면 대부분 그런 태도를 보이지. 일일이 신경 쓰지 않네. 하지만 이 직업은 의외로 예쁘장한 남자가 많아. 적어도 무서운 인상은 없지. 여자아이가 무서워하면 안 되지 않겠나. 오히려 여자아이들이 좋아할 만한 미남자가 좋은 거간꾼이 되지. 아, 당신이라면 충분히 이 일을 할 수 있을 거네. 하하하, 나는 딱히 미남자는 아니지만 다들 지장보살 덴조라고 부르지. 그래? 정말로 지장보살과 닮았다니. 아하하, 그거 고맙군.

세상 사람들은 나를 지장보살은커녕 우두마두^{牛頭馬頭 소의 머리에 사람의}

몸을 한 지옥의 옥졸과 말의 머리에 사람의 몸을 한 지옥의 옥졸처럼 여기고, 도리에 어긋나는 일을 한다고 하지만 천만의 말씀이지. 이 일은 사람을 돕는 일이야. 생각해 보게. 사실 사는 쪽은 기루고, 파는 쪽은 여자아이의 부모 형제가 아닌가. 우리는 단지 그 중개를 해 줄 뿐이지.

사람의 삶은 저절로 살아지는 게 아니야. 하루 벌어 하루 사는 인생은, 조금이라도 무슨 일이 생기면 순식간에 빚에 허덕이게 되지. 돈에 쪼들려 몸을 파는 신세도 될 수 있는 게 속세의 힘겨움 아닌가. 특히 가난한 농민은 흉년이 이삼 년 이어지거나, 홍수라도 나는 날에는 그냥 손을 놓을 수밖에 없지. 아무리 피땀 흘려 일해도 가난이라는 두 글자에 평생 시달리는 인생이 세상에는 얼마든지 있지.

하지만 이 일을 오래 하다 보면 그렇게 어쩔 수 없는 상황만 있는 건 아니어서 깨끗한 이야기만 할 수는 없네. 딸을 파는 부모 중에는 게으른 자가 많다네. 그야 집에 가 보면 바로 알 수 있지. 아버지는 벌건 대낮부터 술을 마시고 있고, 어머니라는 자는 무턱대고 애만 낳아서는 보살핌을 받지 못한 지저분한 꼬맹이들이 줄줄이 있지. 혹시 처음부터 팔아 치울 생각으로 아이를 낳은 것은 아닐까 싶은 생각이 들 때조차 있네. 아이는 부모를 선택해서 태어날 수 없으니 가여운 존재야. 일찍이 부모에게서 떨어져 나오는 편이 신상에 좋은 아이도 세상에는 많다네. 요시와라에 와서 하얀 밥을 먹을 수 있고, 욕조에서 목욕도 할 수 있고, 또 예쁜 옷도 입을 수 있다는 것만으로도 감지덕지해야 할 판이지.

그런데 변변치 못한 부모에게서 태어난 아이 중에도 때로는 훌륭한 보석이 숨어 있기도 하니, 하늘의 뜻은 헤아리기 어렵다는 말이 있는 거겠지. 보석이건 돌이건 연마하면 반짝이게 마련이라서 외진 시골 물을 마시고 자란 아이도 요시와라의 물로 씻어 내면 모두 나름대로 아름다운 유녀가 된다네. 하지만 보석과 돌은 달라서 돌은 아무리 연마해도 보석이 되지 않지. 또한 보석은 아무리 누더기를 입혀 놔도 자체가 빛나기 때문에 저절로 알게 되네. 그렇지. 이 일의 핵심은 반짝이는 보석을 꿰뚫어 보는 일이지. 고급 기루의 오이란이 될 수 있는 보석인지, 강가의 남루한 기루로 굴러갈 돌인지를 알아보는 눈이 거간꾼의 가장 큰 밑천이라네.

뭐라고? 아이를 볼 때 먼저 어디를 보느냐……. 후후, 당신이라면 먼저 어디를 보겠나? ……그래, 맞네. 우리도 마찬가지로 먼저 눈을 보지. 하하하, 너무 빤한 대답이라 맥이 빠지겠지만, 이런 일에서는 특별한 걸 찾아봐야 소용없네. 역시 맑고 또렷한 눈이 남자들에게 매력이 있으니까. 콧대가 오뚝하고 입가도 품위가 있으면 더할 나위 없지. 하지만 머리카락과 피부색도 못지않게 중요하다네. 새까만 머리카락과 새하얀 피부가 좋다는 것은 말할 필요도 없지. 후후후, 남자들이 좋아 죽는, 착착 달라붙는 피부라는 게 있는데 꼬맹이일 때는 그것까지는 알 수 없지.

아, 당연히 그렇지. 오이란으로 키우려면 가무로부터 시작해야 하니까 나는 꼬맹이를 보고 판가름을 해야 하지. 오랫동안 이런 일을 하다 보면 이제 막 태어난 갓난아기를 봐도 그 아이가 열여덟 살이 되면 어떤 얼굴이 될지 짐작이 간다네. 일고여덟이 되면 여자 얼굴은 거의 정해진 거나 매한가지. 하지만 어렸을 때는 귀여워도 커가면서 기품이 없는 얼굴이 되는 경우도 있고, 조금 못생겼다 싶은 아이가 잘나가는 오이란이 되기도 하지. 나는 거기까지 꿰뚫어 보고 기루 쪽과 협상을 하네.

물론 외모가 전부는 아니지. 아무리 예뻐도 머리가 나쁘면 오이란이 되기 힘드네. 성격이 나쁘면 그것도 방법이 없어. 하지만 그 부분은 어렸을 때부터 드러나기 때문에 외모보다 더 예측하기 쉽지. 미인에 똑똑하고 마음씨까지 좋은, 삼박자를 갖춘 아이는 흔하지 않지만 그래도 이 삼박자가 갖춰질 때 비로소 고급 기루의 오쇼쿠라 할 수 있는 오이란이 되는 거지.

그런 아이는 눈 속의 죽순처럼, 예부터 눈이 많이 쌓이는 산촌에서 찾아야 하는 것으로 보고 있지. 그래서 나도 젊었을 때는 동료와 함께 에치고, 데와, 오슈의 시골구석까지 자주 가고는 했었지. 그곳은 말 그대로 눈처럼 피부가 하얀 아이가 많아. 게다가 신기하게도 심장이 덜컹할 정도로 이목구비가 뚜렷한 아이가 있네. 거기에 더해 얌전하고 인내심까지 강해서, 정말로 오이란으로 키우기에는 안성맞춤이지.

눈이 열 척 높이로 쌓인다는 시골도 가는데, 우리가 갈 때는 대체로 눈이 드문드문 내리기 시작하는 시기일세. 그쪽에서는 수확이 끝나고 도저히 한 해를 넘기기 힘들 거라는 것을 안 농민들이 나를 기다리고 있지. 그 지방에도 거간꾼이 있어서 산속 거간꾼이라고도 부르는데, 그 산속 거간꾼이 먼저 곳곳의 마을을 돌아보고 적당한 곳으로 안내해 주는 거네. 산속 거간꾼이 직접 에도로 데려오는 경우도 있지만, 기루에서는 그들을 상대하지 않기 때문에 어차피 나를 통해야만 하지.

아, 거간꾼은 원래 유곽 내에 사는 것이 규칙이라네. 나처럼 이렇게 근처에 있어야지, 눈에 보이지 않는 곳에 있으면 무슨 짓을 하는지 알 수 없으니까 제대로 된 기루는 상대를 하지 않아. 아이를 납치해다 파는 나쁜 놈일 수도 있거든.

나는 이제 나이가 있어서 직접 찾아가지 않고 산속 거간꾼이 에도로 데리고 오는 아이를 감정만 해 줄 뿐이지만, 정말로 좋은 보석을 찾아내고 싶으면 직접 가는 편이 확실하지. 직접 가면 부모의 마음도 편하게 해 줄 수 있고.

아이의 부모들은 에도에 가 본 적조차 없으니 걱정이 되는 건 다 당연지사. 그래서 나는 늘 하룻밤 묵을 각오로 천천히 이야기해서 부모를 충분히 이해시켰네. 그럴 때 바로 이 지장보살 같은 얼굴이 도움이 되었지. 아이가 어린 경우, 부모도 착한 아저씨가 좋은 곳으로 데려가 준다고 달랠 수 있고.

제법 사리 판단이 되는 나이의 여자아이에게는 확실하게 계산서를 건네주고, 하루에 이 정도 벌면 몇 년에 전차금을 갚게 되는지 이야기해 주었지. 그 계산서는 거짓은 아니지만, 도중에 병이 걸리는 등 무언가 반드시 일이 생겨서 무사히 돌아오기는 어렵다는 것까지는 가르쳐 줄 수 없었지.

여하튼 부모 앞에서는 아이를 실컷 칭찬하네. 이렇게 좋은 기량을 가진 아이를 시골에서 썩게 하는 건 아깝다, 에도에 가면 분명 부자를 만나 평생 안락하게 살 수 있을 것이라고 말하지. 예쁘게 생긴 아이에게 꼭 나쁜 것만은 아니라고 믿게 만드는 거야. 아이는 효도라고 믿고, 부모는 아이를 위한 것이라고 믿고 보내도록 하는 것이 우리가 해야 할 일이야.

아무리 그래도 부모 자식이 헤어지는 모습은 옆에서 보기 괴로운 법이지. 부모는 어딜 가든 비슷해서, 아버지는 대부분 말없이 내가 선물로 가져간 술을 마시고 있거나 집에서 나가 버리는 경우도 있어. 어머니는 도움도 되지 않는 것을 바라바리 싸 주고는 몇 번이나 같은 말을 지루하게 되풀이하지. 하지만 아이의 반응은 가지각색이라네. 떠나고 싶지 않아 훌쩍거리는 아이도 있는가 하면, 의외로 태연한 표정을 짓는 아이도 있지. 거기에서 대체로 성격이 보이네. 성격이 당찬 아이가 아니라면 일단 오이란으로 성공하기 어렵지.

에도까지는 긴 여행이야. 도중에 도망가거나 투신하거나 하지 않도록 조심해야 하는데, 아하하, 옛날이야기에 나오는 인신매매도 아니고 새끼줄로 묶어 끌고 갈 수는 없지. 아이들에게 협박을 하는 거간꾼도 있다고 하지만 나 지장보살 덴조 님은 그런 바보짓은 하지 않아. 좋은 유녀가 되려면 무엇보다 남자에게 의지하려는 마음이 있어야 하지. 아까도 말했지만, 처음에 남자를 무서운 존재로 생각하게 되면 거기서 끝인 게야.

나는 긴 여행을 하는 동안 에도 이야기를 해 주었지. 여하튼 에도는 재미있는 일이 많고, 즐거운 곳이라는 생각을 심어 줬네. 그리고

에도에 도착하면 만 하루는 구경을 시켜 주었네. 일단 유곽으로 들어가면 더 이상 밖으로는 나올 수 없거든. 자칫하면 에도에 있으면서 에도에 대해 아무것도 모른 채 일생을 마감할지도 모르는 가여운 아이들이지. 그래서 하루 정도 휴가를 주어도 나쁘지 않다고 생각했지. 하지만 아이들에게 그렇게까지 친절한 거간꾼은 없다고 하더군. 하하하, 사실 '지장보살'이라는 별명을 얻게 된 진짜 이유는 이것이라네.

먼 지방에서 와 에도의 상황을 모르는 아이라면 유곽에서 도망갈까 봐 걱정할 필요도 없지. 단지 지방 사투리가 문제인데 그래서 유곽 언어를 사용하게 하는 걸세. 기루마다 조금 다르지만, 여하튼 고향은 알 수 없게 되지. 유곽 언어는 통역이 필요할 정도로 다른 언어라네.

아, 물론 에도에서 팔려 온 아이도 많네. 하지만 에도 태생은 좋은 오이란이 되기 힘들다는 게 이곳 평판이야. 후후후, 아무래도 무사태평한 이들이 많고 참을성이 부족한 모양이야. 그야 겨울 하늘을 보면 알 수 있지. 매일 어두침침하게 구름이 낀 하늘을 바라보는 것과, 구름 한 점 없이 맑게 갠 푸른 하늘을 바라보는 것은 아주 차이가 크네. 하하하, 에도의 맑은 하늘을 보고 자랐다면 이것저것 미래를 고민하거나 외곬으로 생각하는 성격이 되지 않네. 에도 출생의 유녀는 태평하거나, 그렇지 않으면 무일푼이지. 가끔 정부에서 사창을 몽땅 잡아서 이곳으로 보내는데, 오, 맞네. 노비 유녀. 잘 아는군.

아, 무가의 딸도 팔려 오지. 하지만 아무리 영락했다고 해도 무사에게는 무사의 명예가 있어서, 우리와 이야기를 하는 자는 대부분 하인이지. 젊은 떠돌이 무사나 그 집의 하인이 임시 부모가 되어 계약서에 도장을 찍네. 확실하게 부모의 도장을 받지 않으면 요시와라에서는 아이를 살 수 없거든.

중개해 준 아이가 그 이후 어떻게 됐는지 아느냐? 글쎄, 내가 관여한 아이는 하늘의 별만큼 많아서 솔직히 모두 어떻게 되었는지까지는 모르지. 알면 뒷맛이 개운하지 않은 경우도 있어서 내가 먼저 묻거나 하지는 않네. 좋은 이야기라면 내가 가만히 있어도 이내 전해지기 마련이고.

가쓰라기? ……아, 그 아이를 알선해 준 사람은 분명 나였네. 후후후, 좋은 이야기와 나쁜 이야기가 섞여서, 내가 관여한 아이 중에 그 애만큼 유곽을 시끄럽게 한 애는 없었지. 그래, 이제 알겠군. 그 아이 이야기를 묻고 싶어서 나를 찾아온 것이군. 그러면 그렇다고 진작 얘기할 일이지. 이 일을 해 보려는 생각인 줄 알고 쓸데없는 얘기까지 다 했지 않나.

그 아이를 처음 본 것이 이래저래 십 년이 넘었으니 보통은 이미 잊어버려도 이상할 게 없지. 하지만 나는 죽을 때까지 잊지 못할 걸세. 오 대째 가쓰라기 이름을 얻고 첫선을 보이던 날은, 마이즈루야에서 기별이 와서 특별히 보러 갔었지. 저절로 탄성이 나올 정도로 멋진 오이란 행렬을 보여 주었는데, 그때도 처음 보았던 날의 기억이 어른거렸네. 본시 팔려 오게 된 사연이 다들 각양각색이라 그때마다 신경을 쓰지는 못하지. 그런데 그 소동이 일어난 덕에 다시 처음 만났던 때가 떠올랐고, 생각해 보니 처음부터 뭔가 이상했다는 사실을 깨달았지.

원래는 이쪽에서 집으로 찾아가 데려오는데, 그 아이의 경우에는 그쪽에서 직접 찾아왔지. 게다가 다른 거간꾼이 데려온 것도 아니었어. 떠돌이 무사나 하인이 아닌 제대로 된 훌륭한 무사가 데리고 와서, 별일도 다 있구나 하고 생각했네.

제법 나이가 있는 무사였지만 결코 부모 자식으로는 보이지 않았지. 얼굴에 닮은 구석이 조금도 없었으니까. 무사는 둥글넓적한 얼굴에 눈두덩이 두툼하고 눈이 쪼그맸지. 하지만 아이는 어린애이면서도 갸름한 얼굴이었고, 내가 알선한 아이 중에서도 두드러지게 눈이 컸어.

그 무사는 소문을 듣고 나를 찾아온 모양이었어. 초장부터 "이 아이를 요시와라에 팔고 싶소." 하고 말을 꺼내는 바람에 조금 놀랐지. 도저히 감정을 읽을 수 없는 표정이었고, 목소리도 얼굴과 마찬가지로 나지막했지. 나는 "얼마 되지 않습니다." 하고 거절했네. 혼기의 처녀와는 달라서 꼬맹이의 값은 기껏해야 석 냥이 시세야. 단 석 냥의 푼돈에 아이를 넘기는 무사는 본 적도 없었지. 더구나 영락한 낭인도 아니고 격식 있는 차림새로 보아 무가의 저택에서 일하고 있는 듯한 무사였네.

한편 아이 쪽은 변변찮은 차림새여서, 소작료 대신에 빼앗은 농부의 딸을 팔아넘기는 것인가 할 정도였지. 하지만 얼굴을 보고 아니라고 판단했네. 농부의 아이는 아무리 이목구비가 예뻐도 요시와라의 물로 씻어 내기 전에는 시골티가 나게 마련. 그런데 그 아이는 말 그대로 세련되었고, 보기에도 총명한 얼굴이었지. 무엇보다 눈이 달랐어. 분별력이 있는 어른의 눈빛인 거야. 코도 오똑하고 아직 작지만 이목구비가 또렷했지.

그래서 몇 살인지 물었더니 올해로 열넷이 된다고 하더군. 그래서 오이란은 못 되겠구나 생각했지. 오이란으로 키우기에는 나이가 너무 많아서, 설마 이후에 그 아이의 오이란 행렬을 볼 수 있으리라고는 꿈에도 생각하지 못했네. 마이즈루야의 기주도 나와 같은 생각이었음이 분명해. 팔짱을 낀 채 꼼꼼히 뜯어보며 몇 번이나 "아깝군." 하고 되뇌더군. 그런데도 나중에 그 아이를 요비다시 오이란으로 만들고 요시와라의 최고 오이란으로 키워 낸 것은 기주의 공로야. 하하하, 하기야 그런 소동이 일어나 버렸으니 공로고 뭐고 헛수고였지만.

뭐라? 그 아이는 마이즈루야 기주가 그 가게 주인이 되고 나서 처음으로 자신의 능력을 확인해 줄 아이여서 더욱 밀어줬을 거라고? 가무로 시절의 이름이 그래서 '하쓰네'라고 그 기주가 말했단 말이지……. 호오, 그런가. 나는 본명이 '하쓰'여서 '하쓰네'인 줄만 알았지……. 아니야, 분명히 그랬네. 그 아이가 제 입으로 "하쓰입니다."라고 분명히 말했던 것을 확실히 기억하네.

그전까지는 혹시 말을 못하는 아이인가 의심이 들 정도였지. 무엇을 물어도 무사가 대답을 했으니까. 그런데 이름을 물었더니 무사가 멈칫하는 묘한 순간이 있었지. 그러자 마침내 그 아이가 입을 열었던 거네. 뭐라? 그것은 분명 가짜 이름이었을 거라고. 왜 거짓말을…… 오, 그렇군. 그거 날카로운 지적인데. 하하하, 그런 소동이 일어났으니 과연 그럴듯하군.

아, 그러고 보니 그 외에도 거짓말을 한 게 있었네. 그 소동 직전에 에치고의 지지미 도매상인 니시노야의 갑부가 낙적을 하겠다고 나섰지. 그래서 낙적을 알선하던 기교야에서 부모와 이야기를 해 달라고 내게 부탁을 했네. 아아, 그렇다네. 부모에게 돈을 건네주고 낙적하면 싸게 먹히지. 헤헤, 그런 것까지 알다니. 여하튼 그래서 나는 계약서에 적힌 대로 찾아갔다가 그게 거짓이었음을 알게 되었네. 하하하, 이런 상황이 되니까 모든 게 의심스럽군.

특히 그 아이와 무사는 생각해 보면 실로 기묘한 동행인이었지. 떠돌이 무사나 뭐가 데려왔다면 유괴가 아닐까 의심했겠지만 무척이나 올곧아 보이는 무사였고, 그 아이도 위협을 받고 있는 것처럼은 보이지 않았네. 하지만 서로가 묘하게 서먹서먹하다고 할까. 일부러 그러는 것처럼 보일 정도로 어색했던 것이 마음에 걸렸지.

그 아이는 이미 상황을 이해한 듯했고, 무사는 역시 무언가 양심의 가책을 느끼는 듯 보였네. 그러한 경우는 흔히 있지만 보통의 그것과는 조금 다른 느낌이었지. 아, 뭔가 그 묘하게 걸리는 부분이 있어서 지금 이렇게 확실하게 기억하는지도 모르지.

그때 나는 마침 유곽에 볼일이 좀 있기도 했었고, 좋은 일은 빨리 하라고 했듯 바로 데려가기로 했지. 석 냥 정도야 일단 내가 무사에

게 건네줬어. 보면, 우리 집 뒤가 바로 둑이지 않은가. 저기가 바로
그 유명한 니혼즈쓰미 둑이네. 저곳에 올랐더니 바람이 엄청나게
강했던 기억이 나네. 수로 너머로 보이는 논밭은 그루터기만 남은
스산한 풍경이었지. 하늘이 맑게 개어 있었고, 바람은 굉장히 차가
웠네. 둑에서 조금만 더 가면 갈대발을 친 찻집들이 늘어서 있어서
바람을 피할 수도 있지만, 그곳은 바람을 정면으로 맞을 수밖에 없
는 곳이었지. 작은 아이 정도는 날려 버릴 것처럼 강한 바람이라 걸
리는 게 조금 가엾다는 생각도 했지만 가마까지 태울 수는 없다고
생각했네.

무사와는 그곳에서 헤어졌네. 안 그래도 쪼그만 눈이 바람을 맞
아 더욱 쪼그매져 어떤 감정으로 아이에게 이별을 고하는지 전혀
읽을 수가 없었지. 하지만 똑바로 마주 서서 고개를 숙이던 모습은
지금도 눈에 선해. 허리를 숙여 양손을 무릎 위에 둔 그 모습은 아
이에게 하는 인사로는 볼 수 없는, 확실하게 예의를 갖춘 인사였어.
그 아이가 그 인사를 지극히 당연한 듯 받고는 먼저 발길을 돌리는
모습에는 나도 조금 놀랐네. 아이가 곧바로 걷기 시작했기 때문에
나는 당황해서 뒤를 돌아본 채 뒷걸음질로 따라갔다네.

무사는 꿈쩍도 하지 않고 이쪽을 보고 있었어. 그 눈길이 향하는
곳이 오직 아이의 모습뿐이라는 것을 알 수 있었지. 아, 역시 뭔가
의 정은 있는 모양이라고 생각했지만, 부모 자식 간의 이별과는 전
혀 다른 느낌이었다네. 그 아이는 아이대로 헤어질 때 눈물 한 방울
보이지 않았을 뿐만 아니라 동요하는 기색도 없었고, 뒤 한 번 돌아

보지 않고 또박또박 걸어갔네.

만으로 열넷이 되는 에도의 계집아이라면 앞으로 자신이 갈 곳이 어떤 곳인지를 충분히 알고 이미 각오를 했다고 해도 이상하지는 않지. 하지만 나는 굉장히 이상하게 생각했다네. 각오를 했다고는 해도 그것은 포기했다는 뜻이겠지. 그런데 그 아이의 표정은 포기와는 한참 달랐어. 신바람이 났다고까지는 할 수 없지만, 괴로운 일만이 기다리는 곳으로 발길을 옮기고 있는 것처럼은 도저히 보이지 않았지.

바람이 거세게 휘몰아쳐서 둑 위는 모래 먼지로 뿌옇게 보였네. 그 아이는 그 강한 바람을 정면으로 맞으면서 오로지 앞으로 걸어갔네. 눈을 가늘게 뜨고 입술을 일자로 꾹 다문 그 아이의 얼굴이 지금도 뇌리에서 떠나지를 않아. 그 아이가 멋진 오이란 행렬을 보였을 때도, 이번 소동으로 놀랐을 때도, 나는 이내 그 얼굴을 떠올렸네.

지지미 도매점 니시노야의 주인 진시로

　그런데 당신은 누군가? 지지미를 사러 온 것도 아니고, 나를 찾아왔다면 무언가 이유가 있을 터이니 빨리 말하게. 나는 이제 고향으로 돌아갈 준비를 해야 할 몸이라서 쓸데없는 이야기를 하고 있을 시간이 없네.

　뭐? 고향은 말하지 않아도 당연히 에치고의 오지야가 아니겠나. 아, 물론 오지야에서만 지지미를 생산하는 것은 아니지. 호리노우치, 도카마치, 그리고 시오자와에도 많이 있지만, 역시 오지야의 지지미가 최고라서 장군님이 유월 초하루와 칠석에 입으시는 홑옷은 오지야 지지미로 정해져 있는 거 아니겠나.

　아, 당신 말대로 지지미는 값이 비싸지. 소매가격은 한 필에 한 냥이 시세라서 쉽사리 손이 가지 않는 것도 무리는 아니지. 하지만 모시를 자아서 정성을 다해 짠 후 녹은 눈을 맞히는 과정까지 끝내려면 한 필을 완성하는 데에 팔십 일은 걸리니 결코 비싸다고 할 수 없지. 지지미는 에치고에 기나긴 겨울이 있어서 만들 수 있는 거네. 오지야 농부들은 모두 여름에는 논밭을 일구고, 겨울에는 지지미를 짜지. 베틀 소리가 나지 않는 집은 한 곳도 없다네.

에치고라고 하면 자네 같은 에도 사람들은 그저 에치고 사자춤이나 떠올리면서, 가난하고 멍청한 자들만 있는 것처럼 생각하겠지만 이래 봬도 나는 오지야에 내림 열 간 크기의 저택을 갖고 있는 몸이라네. 아버지 대에 이곳 니혼바시 고쿠초에 상점을 낸 지 벌써 이십 년. 니시노야의 진시로라고 하면 지지미 업자들 사이에서도 알아주는 몸이니 그리 쉬이 보지 말게.

생각해 보면 아버지를 따라 처음 에도에 온 것이 열여덟 살의 여름이었지. 그로부터 이십오 년 동안 여름은 늘 이곳 에도에 와서 보냈네. 아마도 자네가 태어나기 전부터 알고 있으리라 생각하네만, 에도도 예전과는 꽤 많이 변했어…….

처음 왔을 때의 일은 어제 일처럼 확실하게 기억하고 있지. 아버지와 함께 겨우 백 필을 이고 왔지만, 그 여름은 장마가 길어서 전혀 팔리지 않았다네. 아, 그렇지는 않네. 당시에도 옷감을 지고 팔러 돌아다니기만 한 게 아니야. 단골 저택에는 고향에서 직접 물건이 도착하도록 해 놨었지. 여하튼 지지미는 대부분 윗분들을 비롯한 무가 저택에 납품하는 것이었고, 남은 물건을 마을에서 팔아 버리려고 했던 거지. 하지만 당시에는 그리 팔리지 않았지. 그런데 언제부터인가 마을에서도 지지미가 유행하기 시작했고, 에도에서 에치고까지 지지미를 사러 오는 자들도 생겼지. 어차피 우리는 외상값을 독촉하기 위해 여름에는 매년 이곳에 오고 있었으니까, 아예 이렇게 상점을 내게 된 거지.

아, 지지미상을 하는 동료들은 많지. 눈이 많은 지방의 동료들은 무엇이든 서로 가르쳐 주고, 도와주고 한다네. 하하하, 나는 동료 선배들을 따라 요시와라에도 갔었네. 물론 고향에도 놀 곳은 얼마든지 있었지만 처음 갔던 요시와라는, 이야, 밤인데도 눈이 부실 정도로 밝아서 정말 혼이 쏙 빠지더군.

아, 그렇지만 그보다 더 내 혼을 쏙 빼 간 일이 있었지. 후후, 궁금한가? 들어 봐야 그리 놀랄 만한 이야기도 아니지만 내 평생 그때만큼 얼이 빠진 적이 없었지.

나를 데려간 자는 위세 당당한 선배로, 등루했던 곳도 교마치에 있는 그럭저럭 괜찮은 기루였지. 마이즈루야? ……아닐세. 후후후, 그때는 다른 기루였네. 여하튼 그 기루에서 정해진 절차에 따라 상대가 정해졌지. 내 상대는 아직 어린 신조였다네. 그래도 지금 생각해 보면 그쪽은 나보다 훨씬 어른이었고, 좋은 추억을 만들어 주었지. 뭐, 그런 이야기야 어떻든 상관없네만.

오이란은 각자 방을 갖고 있지만 신조는 빈 방을 찾아야 하지. 그래도 그 기루는 방 하나를 칸막이로 가려 놓은 싸구려는 아니었네. 맞네, 커다란 방에 몇 명씩이나 몰아넣고 칸막이로 막아서 사용하게 하는 곳을 나도 한 번 가 본 적이 있는데, 정신도 없고 창피해서 아무것도 할 수가 없었다네. 하하하, 처음 간 곳이 그런 곳이라면 두 번 다시 요시와라에는 가지 않았겠지.

이런, 이야기가 또 옆길로 샜군. 그렇지, 그때는 기루에 손님이 많았던 탓인지 일꾼들이 빈 방을 찾느라 허둥대며 이곳저곳으로 끌고 다녔지. 그렇게 복도에서 우왕좌왕하고 있는데, 맞은편에서 걸어오는 오이란을 보고 나는 앗 하고 소리를 지를 뻔했네. 복도는 어두컴컴했지만 하얀 분을 바른 얼굴은 또렷하게 보였어. 아무리 분을 두껍게 발라도 원래 피부가 하얗지 않으면 그렇게까지 예쁘게는 보이지 않는 법이지…….

내가 어렸을 때 동네 아이들과 자주 놀았는데, 부모가 나서지만 않으면 아이들은 집이 부자건 가난하건 신경 쓰지 않지. 그중에 몸집이 좋은 아이가 있었는데, 나는 그 아이에게 자주 괴롭힘을 당했네. 고로이치라는 이름을 지금도 똑똑히 기억하고 있네.

고로이치에게는 누나가 한 명 있었는데, 동생의 나쁜 짓을 보면 곧바로 꾸짖었지. 고로이치도 누나에게는 꼼짝하지 못했네. 나는 괴롭힘을 당하다가 몇 번인가 그 누나의 도움을 받았지. 아주 고운 누나였고, 나는 누나의 얼굴을 볼 때마다 늘 마음이 놓였어.

나이는 두세 살 위로, 이미 어머니를 도와 베틀을 돌리고 있었네. 그 지역의 여자애들은 모두 어렸을 때부터 모시풀을 잣고 조금 더 크면 모시를 짜네. 에치고의 여자는 모두 부지런해서 어설픈 남자보다 돈도 잘 벌었다네.

나는 복도에서 그 오이란의 얼굴을 보고 나도 모르게 "당신, 고로

이치의 누님이 아닌가?" 하고 말을 걸었네. 요시와라의 관습을 몰라도 너무 몰랐던 것이지만, 여하튼 나는 처음이었으니 어쩔 수 없었네. 오이란은 얼굴색 하나 변하지 않고 대꾸도 없어서 '내가 사람을 잘못 봤구나.' 하고 민망해하며 지나쳤지.

그런데 다음 날 아침, 히키테자야에서 마중 나온 이를 따라 동료와 함께 계단을 내려가려는데, 뒤에서 누가 소맷자락을 끌어당기더군. 뒤돌아보니 그곳에는 나이 든 가무로가 서 있었고, "에치고 손님 중에 진시로 님이라고 계시나요?" 하고 묻는 거야. 그렇다고 대답하자 "이것을." 하며 한 통의 편지를 내미는 거였네. 봉한 자리를 보니 '고로이치 귀하, 마키 보냄'이라고 적혀 있었지. 역시 내 짐작이 맞았던 거야. 나는 왠지 다시 한 번 만나고 싶다는 생각에 가무로에게 물었지만 어디에 있는지 대답해 주지 않았네. 얼굴을 보이고 싶지 않은 마음이 아플 만큼 느껴져서 그때 나도 억지는 부리지 않았네.

고향에 돌아와 곧바로 고로이치를 찾아갔지. 어렸을 때는 그 정도인지 몰랐는데 오랜만에 본 그 집은 실로 좁고 허름하고 황폐한 집이었네. 어머니는 돌아가셨는지 모습이 보이지 않았고, 백발의 아버지가 독한 술 냄새를 풍기며 방구석에 뒹굴고 있었지. 그리고 아직 어린 남자아이와 여자아이가 흠칫흠칫 나를 보고 있었네.

고로이치의 체격은 생각보다 왜소하더군. 허리를 구부리고 얘기를 하니까 나보다도 키가 작게 보였지. 옛날에 나를 그렇게도 괴롭히던 자가 이런 자였다니, 도저히 믿어지지 않았네.

내가 누님이 부탁한 편지를 건네자, 고로이치는 봉투도 뜯지 않고 고개를 숙인 채 내게 돌려주더군. 처음에는 무슨 연유가 있어서 누님과 연을 끊은 모양이라고 생각했지만 그게 아니었지. 편지를 읽어 달라고 하는 게야. 농사꾼 중에는 글을 못 배운 자가 많네. 누님은 요시와라에서 글을 배웠던 모양이야. 글씨는 그리 잘 쓰지 않았고 문장도 뛰어나지는 않았지만, 읽고 있자니 가족을 생각하는 마음이 절절하게 전해졌지.

오지야 일대는 벼농사가 잘 되지 않아서 농민은 지지미를 짜서 번 돈으로 소작료를 메웠네. 그러다 보니 오히려 여자가 돈을 벌기 좋은 조건인데도 누님이 팔려 갔다는 건 어지간한 이유가 있었던 거지. 어설프게 돈이 들어오니까 아버지가 노름에 빠져 큰 빚을 졌다는 소문을 들었네.

나는 그날 밤, 당시는 아직 건재하셨던 아버지에게 달려가 고로이치의 누님을 낙적해 주자고 얘기했다가 허튼소리 말라고 그 자리에서 핀잔을 들었지. 그리고 그런 생각을 할 여유가 있으면 지지미 한 필이라도 더 팔라고 하셨지. 이상하게도 그게 내게 자극이 되었네. '좋아, 지지미를 한 필이라도 더 팔아서 돈을 왕창 벌자. 그리고 그 돈으로 고로이치의 누님을 낙적해 주는 거야.' 하고 목표를 세웠지. 하하하, 말할 필요도 없겠지만 결국 불가능한 이야기가 되었네. 고로이치의 누님은 결국 살아서 고향으로 돌아오지 못했고, 나는 같은 고향의 남자로서 그 현실이 실로 분하고 원통해서 참을 수가 없었지. 언젠가 요시와라의 오이란을 내 손으로 낙적하겠다고 결심한 것은 고로이치의 누님 덕분이었는지도 모르네.

후후후, 자네는 아까부터 계속 이 이야기를 기다리고 있었겠지. 마이즈루야 이름이 나온 순간, 대략 눈치채고 있었네. 듣고 나면 다시 나를 한심하게 생각하겠지만, 뭐, 어쩌겠나. 얼굴을 보는 것도 처음인 자네에게 이렇게 고로이치의 누님 이야기까지 했던 것도 무언가의 인연이겠지. 나도 그 일에 대해서는 아직도 이해가 가지 않는 구석이 있어서 마음이 답답했네. 고향으로 돌아가기 전에 누군가와 이야기를 하는 편이 마음이 개운할지도 모르겠어.

가쓰라기와 처음 만난 것은 이 년 정도 전이었네. 나는 열심히 일한 보람이 있어서 아버지 대보다 거래처도 많아졌고 동료들 사이에서도 제일 많은 돈을 벌게 되었지. 우리는 이렇게 여관을 빌려 놓고는 짐꾼을 데리고 팔러 돌아다니기 때문에 에도에서는 시골뜨기라고 무시를 당하기도 하지만, 하하하, 니혼바시의 포목점 몇 곳을 합친 것보다 많은 수입을 올리고 있지. 보기보다는 훨씬 돈이 많다네.

하지만 아무리 돈이 많아도 요시와라의 고급 기루는 누군가 믿을 만한 안내인이 없으면 상대를 해 주지 않네. 다행히 단골 중 친절한 분이 계셨고, 그분의 안내로 마이즈루야에 등루했다네. 구라마에의 후다사시로, 다노쿠라야 님이라고 하는데…… 오, 자네도 아는가. 맞네, 유곽에서는 히라 님이라 불리는 분이지. 히라 님은 당신의 단골처인 무가 저택에 지지미를 선물로 자주 보냈기 때문에 아버지 대부터 우리의 좋은 단골이셨지.

나는 그전에도 요시와라에는 여러 번 갔었지만 고급 기루에 등루한 것은 그때가 처음이었네. 기교야라는 히키테자야에서 모습을 드러낸 오이란은 그전에 보았던 유녀들과는 비교도 되지 않을 정도로 용모도 빼어나고 의상도 고급스러웠지. 아, 맞네. 다른 동행도 있어서 손님은 나와 다노쿠라야 님을 포함해 전부 네 명, 오이란도 네 명이었지. 그중에서도 빼어나게 아름다웠던 가쓰라기가 내 상대로 정해져서 나는 하늘을 날 듯 기뻤지.

가쓰라기는 빛이 날 정도로 하얀 피부와 또렷한 눈매가 어딘가 고로이치의 누님과 닮아서, 혹시 고향이 에치고가 아닐까 짐작했었네. 그래서 둘이 있게 되자 곧바로 물어보았지만, "과거의 일은 아무것도 모르옵니다." 하며 쌀쌀맞게 대답하더군. 그런데 나를 보는 눈이 점점 촉촉해지더니 눈물까지 어른거렸기에 나는 그 말이 아픈 데를 찔렀다는 느낌이 들었네.

어렸을 때 고향을 떠났으면 사투리도 완전히 사라졌을 터라 고향 사투리를 들어도 그리 반갑다는 마음은 들지 않겠지. 그래서 단지 이곳에 오게 됐을 때의 모습 중에 무언가 기억하고 있는 것은 없는지 물었더니 길이 새하얗게 보였다고 대답하더군. 그래서 틀림없다고 생각했네. 뭐라고? 길이 하얗게 보인 것은 눈이 아니라 모래 먼지가 휘몰아쳤기 때문이 아니냐니……. 자네, 왜 그런 말을 하는 건가? 하얀 길은 당연히 눈길이지.

요시와라의 오이란 중에서 에치고 출신을 본 것은 고로이치의 누님 이후 처음이었네. 자네 말이 맞네. 가쓰라기가 출중한 미인이었기 때문에 확인해 보고 싶었는지도 모르지. 하하하, 원래 나는 그전까지는 요시와라에 그리 자주 가는 편은 아니었네. 그렇다네. 고향에 처자식이 있는 몸이기는 하지만 일 년에 반년 가까이는 이쪽에서 사니, 누군가 좋은 상대가 있다고 해도 이상한 건 아니지만 나는 몸가짐을 철저히 조심했네. 눈 뜨고 코 베인다는 에도에서 나쁜 여자에게 걸려 재산을 탕진해서는 안 된다고 주의에 주의를 거듭하며 이 나이까지 무사히 견뎌 왔지.

아, 생각해 보면 요시와라에서 고로이치의 누님을 만난 후부터 이십 년 동안, 나는 맛있는 것 하나 먹는 것도 아껴 가며 알뜰하게 살아왔네. 과음을 삼갔고, 도박에는 눈길도 주지 않으며 오로지 돈 버는 일에만 매진했지. 그러다 퍼뜩 정신이 들고 보니 어느새 마흔 고개에 들어섰고, 저승으로 가는 내리막길이 보이기 시작했어. 자네 같은 젊은 사람은 아직 모르겠지만, 돈이 아무리 많아도 나이가 들면 맛난 음식을 먹거나 좋은 옷을 입고 싶다는 욕망이 젊었을 때만큼 생기지 않아. 그래서 하루하루가 너무 쓸쓸해 견딜 수가 없지. 이럴 거라면 젊었을 때 좀 더 하고 싶은 대로 하며 놀 걸 그랬다고 후회해도 이미 잔치는 끝난 뒤지.

그런데 가쓰라기와 처음 잠자리를 같이했을 때, '아, 나는 이 밤을 위해 참아 왔구나!' 하며, 그동안 참아 온 보람을 느꼈네. 후후후, 내게 그 정도로 좋은 밤을 안겨 줬지. 예를 들자면…… 그래, 자네는 본 적이 없겠지만 내가 사는 곳은 눈이 많이 내리는 곳이라 하룻밤에 쌓이는 양도 엄청났지. 밑에 있는 눈은 딱딱하게 뭉쳐 있지만 새로 내려 쌓인 눈은 엄청나게 부드러워서 밟으면 발이 푹푹 빠진다네. 어느 날 나는 발을 헛디뎌서 꼼짝도 못하게 된 적이 있었네. 그리고 그때 지붕에서 미끄러진 눈이 내 위로 풀썩 떨어졌고, 나는 천지 좌우도 분간하지 못한 채 의식을 잃어버렸지. 그때의 기분과 꽤 비슷했네. 아하하, 물론 눈과는 달리 따뜻했지만.

여자에게 열중하는 것도 젊었을 때와는 조금 다르다네. 젊었을 때는 자신이 좋을 대로 하려고 하지만 나이가 들면 그보다는 상대가 기뻐하는 얼굴을 보고 싶어지지. 하하하, 꼭 잠자리에서만은 아니네. 진심으로 상대를 배려해 주고 싶어진다는 게지.

가쓰라기는 말이 없는 편이었지만 눈으로 많은 것을 얘기했네. 여자의 슬픈 눈을 보면 뭐든 해 주고 싶어지는 것이 남자의 마음 아니겠나.

어느 날 가쓰라기의 표정이 이상하게 침울해 보였지. 무슨 일인지 걱정되어 연유를 물었더니, 가쓰라기는 촉촉한 눈으로 가만히 바라보며 "서방님은 친절한 분이셔요." 할 뿐 아무런 대답도 해 주지 않는 게야. 나는 점점 더 신경이 쓰여서, 오이란이 자리를 비운 틈에 몰래 야리테에게 물어 상황을 알게 됐다네. "고향의 어머니가 병환이 드셨다는 연락이 와서 오이란은 어젯밤부터 아무것도 드시지 않고……." 하는 말을 듣고는 곧바로 기노지야에서 요리를 시켜 조금이라도 젓가락을 들도록 권했네.

나는 그 고로이치의 황폐한 집이 눈에 어른거려 가슴이 아팠네. 그러면 그렇다고 왜 얘기를 해 주지 않을까 하는 마음도 들며 에치고의 여자는 역시 배려심이 깊다는 생각에 더욱 애처로웠지. 여하튼 약값으로 아주 조금의 돈을 야리테에게 건넸더니, 이후 오이란이 나를 보는 눈빛이 달라졌지. 남자는 여자가 그런 눈으로 바라봐 주면 어떤 일이라도 해 주고 싶어지지. 뭐? 그건 오이란이 흔히 사용하는 수법이라고……. 아니네, 자네는 가쓰라기를 만난 적이 없어서 그런 말을 할 수 있는 걸세. 그렇게 아름다운 눈을 가진 여자가 사람을 속일 리 없지.

가쓰라기에게는 이런 부분도 있었네. 유곽이란 곳은 손님이 자꾸 필요 없는 돈을 쓰게 하는 곳인데, 가쓰라기는 되도록 그렇게 하지 않으려고 애썼네. 요시와라에 다니는 동안 사공을 직접 불러 준 덕에 나는 선박 집을 거치지 않아도 되었고, 두 번 올 돈으로 세 번은 올 수 있었네. 요시와라에서 그런 특별한 취급을 받는 사람은 나뿐이었다네. 하하하, 동료들은 오이란이 내게 완전히 빠진 증거라며 놀려 대기도 했지.

아, 맞네. 옷을 해 달라는 말을 자주 하기는 했지만, 거기에도 가쓰라기의 따뜻한 배려가 있었지. 요비다시 오이란 정도 되면 그 화려한 기모노를 매달 바꿔야 한다는 야리테 말을 듣고 나도 어느 정도 도움을 주려고 했지. 그런데 가쓰라기가 주문한 것은 의외로 평범하고 소박한 무늬의 옅은 색상뿐이었네. 이상하다 싶어서 물었더니 나중에 다시 염색을 할 수 있기 때문이라고 솔직하게 말해 주더군. "서방님에게 받은 옷은 다시 염색을 해서 한 번뿐만 아니라 두 번, 세 번 입고 싶은 마음이에요." 하는데, 이 얼마나 어여쁘고 기쁜 말인가. 뭐? 사실은 나중에 팔아 치울 생각이었다……. 마, 말도 안 되는 소리 하지 말게. 자네는 왜 자꾸 내 이야기에 찬물을 끼얹는 겐가.

자네는 가쓰라기가 처음부터 나를 속일 속셈이었다고 하고 싶은 겐가? 그래, 유녀의 진심과 네모난 달걀은 없는 법이라고 세상은 얘기하지만 우리 둘 사이에는 동향인만이 알 수 있는 정이 통하고 있었네. 나는 지금도 그렇게 믿고 있어. 그래서 더욱 낙적을 해 줘야겠다는 마음이 들지 않았겠나.

낙적을 결심한 것은 올해 봄이었지. 작년 가을, 고향으로 돌아가자 이내 편지가 왔네. 눈이 녹기 시작하자 또 몇 통이 한꺼번에 도착했지. 가쓰라기는 고로이치의 누님보다 훨씬 글씨를 잘 썼네. 곁에 없으니 오히려 나의 고마움이 절실하게 느껴진다는 내용의 문장이 계속 이어졌고, 오로지 봄이 오기만을 기다리고 있다더군. 편지를 읽고, 분명 그럴 것이라고 생각했네. 아내에게는 미안하지만, 나도 가쓰라기와 만나지 못하는 시간이 괴로워 견딜 수 없었지. 만나고 싶어도 만나지 못하는 시간이 우리를 더욱 끈끈하게 만들었던 걸세. 봄이 되어 다시 만났을 때는 가쓰라기의 얼굴을 보자마자 나도 눈물이 글썽해졌을 정도였지.

원래는 곧바로 낙적을 시키겠다는 당치 않은 마음을 가졌던 것은 아니네. 아, 그렇고말고. 그 이야기를 다른 사람이 들었다면 얼마나 가소롭게 생각할지는 충분히 알고 있었지. 돈보다 더 큰 문제는 단골손님이 나 외에도 많아서 나 따위는 그 속에 낄지 안 낄지도 모르는 신참 손님이라는 것이었지. 원래 나를 마이즈루야로 안내해 준

다노쿠라야 어르신이 서열 일 위의 단골이라는 것도 잘 알고 있었지. 하하하, 이건 뭐 아무리 봐도 경쟁할 수 있는 상대가 아니지 않나. 그런 꿈을 꾸는 것만으로도 가소롭다고 비웃음을 당할 것 같네. 그런데 그 어르신이 어느 날 뜻하지 않은 이야기를 하셨네.

에도에 올 때면 늘 가장 먼저 다노쿠라야 어르신께 인사를 하러 가는데, 올해는 자주 자리를 비우셔서 몇 번을 찾아간 후에야 간신히 뵐 수 있었지. 어르신은 누가 봐도 반할 만한 미남이셨고, 후다사시 중에 일이 위를 다투는 큰 부자여서 질투는커녕 부럽다는 기분조차 들지 않는 상대지. 그런 분에게 "자네에게는 졌네."라는 말을 들었을 때는 무슨 말을 하는지 전혀 알 수 없었지.

"가쓰라기는 자네와 있는 편이 마음이 편하다고 하더군."이라는 어르신 말씀에도 나는 "아, 감사합니다……." 하고 얼빠진 대답밖에 할 수 없었지.

가쓰라기가 다노쿠라야 님의 낙적 제안을 거절하고, 낙적 상대가 나였으면 좋겠다고 했다는 이야기를 듣고, 하하하, 처음에는 짓궂은 농담이라고밖에 생각하지 못했네. 하지만 어르신의 말투는 왠지 모르게 완전히 거짓말이라고는 보이지 않았지.

다노쿠라야 님은 어디를 봐도 훌륭한 어르신이지만, 그런 만큼 함께 있으면 이쪽도 긴장이 돼서 힘들 때가 있네. 가쓰라기가 나와 함께 있는 쪽이 편하다고 한 것은 사실일지도 몰라. 어쨌든 우리 둘은 동향이라는 인연이 있으니, 어쩌면 내게도 순서가 올 것도 같다는 생각에 한없이 기뻤지.

니시노야도 지금이야 일 년에 수천 필의 지지미를 파는 큰 상점이지만 내가 아직 젊었을 때는 아버지와 함께 산골 마을 곳곳을 돌아다니며 한 필, 두 필 팔아 가며 거래를 늘렸다네. 이곳 에도에서도 시골뜨기라고 비웃음을 사면서도 옷감을 직접 짊어지고 포목점을 한 곳 두 곳 찾아다녔던 때가 떠올랐지. 지금이라면 고로이치의 누님을 죽게 내버려 두지는 않았을 텐데 하고 그때의 원통함이 어제 일처럼 생생하게 되살아났네.

　가쓰라기도 틀림없이 고향으로 돌아가고 싶겠지. 그렇다면 이번에야말로 고향에 보내 주자는 결심이 섰고, 나는 어르신에게 그 마음을 솔직하게 이야기했네. 어르신은 굉장히 감동하신 표정으로 "동향인이 아무래도 마음이 통할 테니 잘 되지 않겠는가." 하고 말씀해 주셨네. 그때부터 나는 진지하게 낙적을 생각하기 시작했지. 뭐라? 어르신이 나를 부추겨서 그런 결심을 하게 만들었다니…… 아니, 그렇지 않네. 그 어르신은 가쓰라기를 깨끗하게 양보하신 거라네.

　가쓰라기에게 직접 의향을 확인했느냐? 아니네. 가쓰라기의 마음은 굳이 묻지 않아도 충분히 알고 있었네. 물어야 할 것은 나의 경제력이었지. 그래서 먼저 기쿄야의 여주인에게 이야기를 했네. 아, 자네도 아나? 맞네. 그 엄청나게 수다스러운 여자. 오이란을 낙적하려면 히키테자야에 먼저 상담을 하는 것이 순서라는 것도 다노쿠라야 어르신이 일러 주셨지.

　잠깐 얘기했을 뿐인데 그 여주인은 자신만 믿으라며 재빨리 계산서를 정리해 줬네. 나는 그 계산서를 보고 놀라 눈이 번쩍 떠졌지. 직접 겪어 봐야 안다는 것이 그런 것이겠지. 낙적 대금만 칠백 냥. 히키테자야에 주는 중개료, 동료 오이란들에게 베푸는 연회 비용, 야리테와 신조와 일꾼들과 단골 게이샤와 다이코모치에게 줄 행하, 거기에 축하연이니 뭐니 해서 전부 합하니 천 냥은 만들어 낼 각오를 해야겠더군.

우리 가게의 매상이 일 년에 삼천 냥이라고 해도 물건값을 제하면 그리 많지도 않네. 천 냥을 모으려면 오 년, 십 년의 세월이 걸린다네. 나도 어쩔 수 없이 겁이 나서, 속내를 말하자면 없었던 이야기로 하고 싶었지. 하지만 그 수다쟁이 여자가 그렇게 내버려 두지 않았네. 내가 가쓰라기를 낙적시키고 싶어 한다는 이야기는 곧바로 마이즈루야에 전해졌고, 기루가 발칵 뒤집혔지. 복도에서 지나치는 자는 벌써 축하한다는 말을 했네. 그뿐만이 아니었네. 유곽 전체에 소문이 퍼져서 지지미상을 하는 동료에게도 이야기가 전해졌지.

그야 제 분수도 모른다고 뒤에서 비웃는 자들도 있었겠지. 하지만 들려온 말은 생각지도 않게 '힘내라'는 격려였다네. 평상시에 시골뜨기라고 무시당하던 에치고 출신이 요시와라 제일의 오이란을 낙적해서 에도 놈들 코를 납작하게 하라는 둥, 더구나 에치고 여자라면 어떻게 해서든 고향으로 데려가야 한다고 부추기는 탓에 여기서 등을 보였다가는 니시노야는 사실 경제적으로 쪼들리는 모양이라는 소리를 들을 것 같아 더 이상 물러설 수 없게 되었지.

그때까지 모아 둔 돈을 전부 털어도 천 냥은 되지 않았지만 논밭을 팔고 물건 대금으로 미리 준비해 두었던 돈을 조금 융통하면 안될 것도 없었지. 니시노야는 내가 이렇게까지 키웠으니 그 정도는 해도 괜찮다고 생각했네.

그렇게 결심하고 나니 또 큰일이었네. 어떤 오이란인지 얼굴 한번 보고 싶다는 동료들을 마이즈루야로 안내해서 실컷 놀림을 받으며 돈을 쏟아부었네. 게이샤도 두 배나 몰려와서 화대만도 무시 못할 정도였지만, 하하하, 이미 천 냥이라는 액수를 듣고 나니 그까짓 것 대수롭지도 않게 느껴지더군.

가쓰라기는 내게 자주 "무리하지 마시어요." 하고 말했지. 낙적이야기가 나오기 전부터 입버릇처럼 말했기 때문에 오이란에게는 어울리지 않는 진실함이 있는 여자라고 생각했었네. 그리고 마침내 마이즈루야 주인에게 이야기할 단계까지 왔고, 당사자의 의향을 다시 한 번 확실하게 확인하려고 하자 늘 그렇듯 아무 말도 하지 않고 그 촉촉한 눈으로 나를 보았지. 에치고의 여자는 역시 마음이 깊구나 싶더군.

고향에 가서 이유는 밝히지 않고 칠백 냥의 돈을 어음으로 준비했네. 그것을 마이즈루야 주인에게 주자 낙적이 이루어졌다는 증표로 금화 오십 냥 꾸러미를 올린 장식대가 오이란의 방에 놓였네. 아니, 물론 그건 모형이고 진짜 금화는 광에 잘 넣어 두네. 장식대를 놓은 후부터는 다른 단골손님과 이별의 밀회를 하는 것이 관례라고 하더군. 오이란에 따라 다르겠지만, 가쓰라기는 어쨌든 인기 있는 유녀여서 반달 가까이나 시간을 주어야만 했지. 그동안 나는 얼굴은 내밀었지만 촌스러운 짓은 할 수 없어서 늘 재빨리 퇴장했네.

나 이외에 좋아했던 단골손님이 있었다고 한다면 이야기가 다르지만 다노쿠라야 어르신께서는 깨끗하게 단념했고, 질 나쁜 정부가 있다는 소문도 들리지 않았고, 무엇보다 본인이 고향으로 돌아가는 것을 기뻐하고 있을 것이라고 믿고 있었기 때문에 모두 완전히 방심하고 있었네. 그리고 갑작스러운 봉변에 나는 놀라 주저앉고 말았던 걸세.

하하하, 전화위복이라는 말은 바로 이런 걸 말하는 거겠지. 나는 재산을 탕진하지 않고 끝낼 수 있어서 신불에게 감사라도 드려야 할 걸세. 패배자가 억지 주장을 하는 것처럼 들릴지도 모르겠네만, 가쓰라기에게도 감사하고 싶은 마음이 조금은 있네.

햇수로 이 년이라는 시간 동안, 나는 실로 좋은 꿈을 꾸었다고 생각하네. 내 편할 대로 생각하는 거겠지만 고로이치의 누님에게 좋은 공양이 되었다고 생각할 수 있지 않겠나.

구라마에의 후다사시 다노쿠라야 헤이주로

그래. 자네는 가쓰라기의 이야기를 듣고 싶어서 일부러 나를 찾아왔다는 말인가. 하하하, 이거 기가 다 차는군. 그렇게 하잘것없는 용무로 감히 우리 집 높은 문지방을 넘었다는 거군. 그래, 이야기를 들어서 뭘 할 생각인가? 뭐라? 소설의 소재…… 아, 그렇군. 통속소설 같은 걸 쓰는 작가라고. 호오, 내가 미처 알아 모시질 못했군. 그런데 자네처럼 젊은 자가 글을 쓰는 겐가? 아니라고? 자네는 아직 연습 중이고, 스승님이 소재를 찾아오라고 했다는 거군. 그러니까 아직 작가 수습생이라는 말이군.

하하하, 겨우 그런 주제에 나를 만나러 오다니 배짱 한번 좋군. 그 정도 배짱이라면 언젠가 훌륭한 작가가 될지도 모르겠어. 그런데 극작가가 되면 돈은 많이 버나? 아니, 뭐라고? 한 권을 써서 겨우 그것밖에 벌지 못한다는 말인가. 눈치 빠른 다이코모치가 사흘이면 벌 돈인데 일 년이나 걸린다는 건가. 뭐라고? 유명한 작가라도 글로만 먹고사는 사람은 거의 없다니. 아, 그야 그럴 수도 있겠군. 그러면 글을 쓰는 목적은 뭔가?

나는 삼라만상의 근원이나 이치를 설명한 책은 달갑게 보지만, 소설 나부랭이는 한심해서 읽고 싶은 마음도 들지 않네. 좋다고 읽는 자들은 분명 철없는 여자들이나 쓸모없고 한심한 놈들이지. 하하하, 그런 자들에게 읽히는 게 즐거운가? 아니, 뭐라고? 호기심이 발동해서 쓰고 싶어진다? 호오, 호기심이라. 그러면 자네들은 호기심으로 다른 사람의 소동에 고개를 내밀어 밥벌이를 한다는 건가? 그건 제대로 된 인간이 할 짓이 아니네. 도리에 어긋난 짓이야.

이봐, 애송이. 해되는 말은 하지 않네. 소설 따위에 빠져 있을 시간이 있다면 기술이든 뭐든 배워서 착실하게 사는 게…… 이런, 자네, 이렇게 정면에서 보니 차림새는 상인이지만 아무래도 근본은 무가 집안이군. 어떻게 알았냐? 후후후, 그야 후다시를 오래 하다 보면 무가와 상인은 곧바로 구분할 수 있지. 아, 그랬군. 차남인데 양자로 갈 곳도 없어서, 차라리 칼을 버리고 붓을 들었다는 거군. 호오, 작가 중에는 그런 무가 출신이 많은가 보군. 그래서 자네는 그 소동을 글의 소재로 쓰려고 다이코모치니 뭐니 하는 사람들을 찾아다니다 내 이야기를 많이 들었다는 겐가……. 하하하, 알겠네, 알겠어. 자네에게 졌네. 흠, 그렇다면 나도 작정하고 전부 이야기해 줌세. 자네가 이야기를 듣고 어떻게 할지도 알지만, 나는 진실을 전부 이야기하겠네.

애초에 나는 열여덟이 된 이후로 요시와라에 눌어붙어 꽤나 놀았는데, 가쓰라기는 다른 오이란과 같이 볼 수 없네. 그이는 각별하지. 오이란으로서도 각별하지만, 후후후, 그런 여자는 좀처럼 없다네…….

자네가 들은 대로 첫 만남부터 단골이 될 때까지, 하하하, 내가 어린애처럼 오기를 부렸었지. 하지만 그건 일부러 그런 거였네. 아니, 가쓰라기는 처음에는 나를 몰랐지만 나는 가무로 시절부터 '아, 이 여자가 그…….' 하고 지켜보고 있었다네. 지금 와서 감출 것도 없지. 맞네, 가무로 시절부터 그 유녀에게 기대를 걸고 요비다시 오이란으로 키운 사람이 나라고 해도 과언은 아니네. 하하하, 요시와라 제일의 큰손이 뒤를 밀어주고 있으니, 마이즈루야는 그녀를 키워 주었던 거지. 그러지 않았다면 아무리 용모와 재주가 뛰어나도 그 유녀가 요비다시까지 될 수는 없었지.

하지만 내가 해 준 건 거기까지였네. 나머지는 거의 그녀 자신의 힘으로 해냈지. 마이즈루야에 있는 사람들이 가담하지 않았다면 도저히 그 일은 성공할 수 없었을 걸세. 그 유녀는 기루의 일꾼뿐만 아니라 기루의 주인까지도 자신의 편으로 만들어서, 마이즈루야를 문자 그대로 자신의 성곽으로 만든 후 치열한 전투를 했던 것이지. 그녀는 태생적으로 주변 사람을 자신의 편으로 만드는 불가사의한 신통력 같은 것을 갖고 있었는지도 모르지. 하하하, 바로 내가 그 좋은 증거라네.

가무로 시절부터 계속 그녀를 지켜봤는데 용모와 재능은 흠잡을데가 없었네. 하지만 오이란에게 가장 중요한 것은 말할 필요도 없이 남자의 마음을 사로잡는 것이지. 거기에는 때와 상대에 맞는 다양한 상술이 필요하다네.

첫 만남에서 내가 허물없이 행동했던 것은 일부러 그런 것이 아니네. 가쓰라기가 당연히 나를 알고 있을 것이라 생각했는데, 쌀쌀맞은 대응을 보고서야 그녀가 아무것도 모른다는 사실을 알았지. 그래서 조금 시험해 볼 요량으로 일부러 계속 예의 없이 행동한 거라네. 그러자 가쓰라기가 이내 화를 냈기 때문에 장래가 보이지 않는 것 같아 실망하기도 했지.

하지만 걱정할 필요가 없었네. 그녀는 그녀대로, 아무래도 일부러 내 화를 돋우려고 했던 모양이야. 오이란이 단골손님에게 싸움을 걸어 애를 태우는 수법을 자주 쓰기는 하지만, 설마 처음부터 풍파를 일으키려는 오이란이 있으리라고는 생각하지 못했기 때문에 두 번째 갔을 때는 이쪽도 정말로 화가 났었지. 하하하, 완전히 그녀의 수법에 넘어갔던 거라네.

세 번째 날에는 다시 조금 시험해 볼 요량으로 내 쪽에서 거절했지. 그때 그녀가 어떤 표정을 짓는지 보았는데 조금의 동요도 없이 가만히 나를 바라보며 눈빛으로 말하더군. '이제 막 일을 시작한 오이란을 거절하면 요시와라 제일의 큰손이라는 이름이 부끄러울 텐데요.' 하고 말이지. 그제야 흐음, 이거 처음부터 완전히 상술이었구나 하는 것을 깨달았지. 그래서 나도 지지 않고 다섯 번을 계속해서 등루했고, 결국 그녀는 모두의 앞에서 완전히 꺾인 모습으로 내게 승리를 안겨 줬지. 하하하, 그녀는 콧대가 센 남자의 마음을 홀리는 기술도 제대로 알고 있었던 거네. 아직 어린데도 이렇게 영리하다니 하고 혀를 내둘렀고, 이후 나는 진심으로 그녀를 총애했지.

아, 그렇다네. 그녀는 사람의 마음을 꿰뚫어 보는 힘이 있었어. 그러니까 사람들을 움직일 수 있었던 게지. 하지만 그것이 천성이라고 단정할 수는 없네. 영리한 아이가 유곽의 갖가지 상술을 보고 들으면서 몸에 익힌 것일 수도 있다는 말이지. 돈이니 여자니 하는 각각의 욕망에 사로잡힌 사람들의 마음을 어떻게 움직여야 하는지, 하하하, 유곽은 그런 것을 배울 수 있는 학교가 아니겠나. 뭐, 여하튼 마이즈루야가 그녀에게 일정 부분 도움을 주었을 걸세. 그렇지 않으면 그런 짓은 불가능하지.

뭐? 그녀에게 빠졌었느냐고 묻는 겐가? 아, 모두 그녀에게 빠졌을 걸세. 나 말인가? 나도 물론 한때는 진심으로 빠졌었지. 그래, 자네가 들은 대로 내 아이를 낳게 하고 싶을 정도로 빠졌던 것도 사실이라네. 물론 그녀도 내게 빠졌을 게 틀림없네. 후후후, 하지만 그건 어디까지나 유곽에서의 연애일 뿐. 젖비린내 나는 평범한 소녀가 그 동네 시시한 놈에게 홀딱 반하는 것과는 사정이 다르지.

그 유녀와의 흥정은 재밌었다네. 실로 사람 애를 태우는 능력이 탁월했지. 뭐? 이세야의 젊은 도련님…… 아, 십오야에 그 애송이와 경쟁했던 얘기 말인가. 하하하, 그건 가쓰라기가 애송이를 부추긴 걸세. 그렇지. 무리하지 말라고 말리면 애송이가 더 덤벼들 것을 알고 있었던 거지. 첫 만남부터 내게 싸움을 걸어올 정도니 애송이를 농락하는 거야 일도 아니지. 어쩌면 그쪽 부모나 누군가에게 부탁을 받아서 혼내 줄 계기를 만든 게 아닐까 하는 생각이 들 정도였지만, 하하하, 그건 좀 지나친 추측일지도 모르겠군.

여하튼 그 유녀는 사람을 잘 간파하고는 그에 맞게 대응했지. 이 세야의 애송이에게는 자상한 누님처럼, 내게는 말괄량이 계집애로 밀고 나갔다네. 때로는 내 신경을 건드리는 얄미운 말도 내뱉었지만, 그럴 경우 침실에서는 태도를 바꿔 조신하게 행동했지. 후후후, 완전히 포기한 듯 애달픈 표정으로 당장이라도 죽을 듯 숨을 헐떡이며 내 기분을 북돋아 줬네. 그런데 다음에 만나면 이미 아무 일도 없었다는 표정. 그러면 나는 또 굴복시키고 싶어지지. 하하하, 나라는 남자를 아주 잘 알고 있었다네. 자신감이 없는 남자에게 그렇게 했다가는 단번에 도망가 버리지 않겠나.

오, 자네는 그 에치고의 지지미 상인도 만났나? 하하하, 그 남자는 가쓰라기의 온순한 모습만을 보았던 거네. 뭐? 지지미 상인이 낙적을 하려고 했던 것은 내가 부추겼기 때문일 거라……. 그래, 자네 말이 맞네. 고지식한 사람은 결심이 굳은 법이라서 결국 꼴이 말이 아니게 된 것은 안타깝게 생각하네.

호오, 그렇군. 자네는 지지미 상인에게 이야기를 듣고, 그 소동을 내가 뒤에서 조종했다고 의심한 것이군. 후후후, 아주 뛰어난 혜안이야. 확실히 가쓰라기가 그 소동을 일으키는 데에는 낙적 이야기가 꼭 필요했지. 처음에는 내가 낙적을 할 계획이었지만, 집안사람들이 시끄럽게 굴어서 그렇게 된 것이네.

내가 가쓰라기에게 반했다는 게 거짓말이라면, 하하하, 그게 또 거짓말이 되지. 내 아이를 낳게 하고 싶었던 것은 진심이었네. 분명 총명하고 귀여운 아이가 태어났을 거야. 하지만 아내로 맞고 싶은 마음은 눈곱만큼도 없었네. 가쓰라기를 아내로 맞이한 날로 애만 태우다, 후후, 결국 제 명대로 못 살았을 게야. 자고로 아내란 함께 있으면 편해지는 이가 최고지. 조금 맹한 구석이 있는 게 좋아.

가쓰라기는 장사꾼의 아내가 되긴 애초에 무리야. 게다가 유곽의 연애에 시달려 평범한 여자의 행복과는 아주 먼 곳에 있었지. 그 점이 가끔 가엽게 여겨졌네. 그 유녀는 결코 약한 소리를 하지 않았지만, 때로 발작이라도 하는 것처럼 몸을 떨며 흐느껴 울었다네. 후후후, 나는 완전히 아이를 달래는 아버지였네. 차라리 진짜로 낙적을 해서 평생 안락하게 살게 해 줄까 생각한 적도 있었지. 하지만 깨끗하게 거절당했네. 나와 함께 있게 되면 아무래도 계속 그 일이 떠올라서 편하지 않을 거라고……. 하하하, 그쪽도 그렇게 얘기했네. 맞네. 나는 그 유녀의 신상을 잘 알고 있었다네.

이렇게 된 바에 이세야의 애송이든, 에치고의 지지미 상인이든, 누구라도 좋으니 그 유녀를 평범한 여자로 되돌려 안락하게 살게 해 주고 싶다는 기원도 했지. 혹시 에도를 떠나면 그 유녀의 마음도 변하지 않을까 생각한 적도 있었네. 지지미 상인을 부추긴 것은 그런 마음도 조금 섞여 있었지. 맞네. 그 남자와 함께 있으면 마음이 편하다고 가쓰라기가 말한 건 완전히 거짓말은 아니었네. 지지미 상인에게 본 적도 없는 설국의 풍경을 듣고, 그 유녀는 이 세상엔 지금과는 전혀 다른 길도 있는 것처럼 느껴졌다고 진심으로 말했네.

긴 세월 동안 나도 마음이 이리저리 변했네. 그 이상으로 가쓰라기의 마음도 흔들렸을 게야. 분명 자신이 자신의 마음을 알 수 없게 된 때도 있었을 것. 하지만 그 유녀가 고통스러운 삶을 견디고 살아남게 한 힘은 오로지 그 일을 성사시키겠다는 염원뿐이었지. 가쓰라기는 흔들릴 때마다 몸과 마음을 다잡고 그 일을 향해 똑바로 돌진했네. 그리고 나는 그 유녀가 일을 성사시킬 수 있도록 계속해서 대책을 강구해 주는 위치가 되었지. 결국 왜 그렇게 했는지는 잘 모르겠지만 내가 내심 그 유녀에게 빠진 것은, 그 유녀가 여자로는 보기 드문 기개가 있었기 때문이었을 걸세.

이제 그만 사건을 근본부터 설명해야겠군. 나는 자네도 알고 있듯이 후다사시라네. 사람들은 녹미를 담보로 해서 상급 무사나 하급 무사에게 돈을 빌려주는 직업이라고 생각하지. 하지만 우리는 그 무사 양반들을 나리님이라 부르고 하인처럼 봉사하고 있네. 물론, 솔직히 말해서 무사도 천차만별 아닌가. 수천 석의 녹봉을 받는 상급 무사가 있는가 하면, 일 년에 고작 열 섬으로 근근이 살아가는 하급 무사도 있는데 그들을 똑같이 대할 수는 없지.

높은 양반의 가문을 말하기는 꺼려지지만 자네 입이 무겁다고 믿고, 아키야마 나리님이라고 밝히겠네. 저택이 고지마치 근처라고 하면 이 역시 짐작이 가겠지만 대대로 반카타*를 지내 온 집안으로, 우리 다노쿠라야의 오랜 거래처였지.

내가 젊었을 때 알고 지냈던 아키야마 나리님은 늠름하게 생기신 분으로, 남자가 봐도 반할 만큼 남자다운 분이셨지. 무서울 정도로 길게 찢어진 눈매였지만, 가끔 뵐 때마다 나 같은 사람에게도 스스럼없이 말을 걸어 주시는 분이었네. 꽤 수완이 좋은 분이셔서 당시는 아직 구미가시라**였지만 이내 반가시라로 출세하게 될 거라는 소문이 자자했었네. 하지만 그분은 재사단명才士短命이란 말을 증명하듯이 허망하게 요절하셨고, 당시 아직 열여섯이던 도련님이 곧 대를 잇게 되었지.

도련님은 어머님도 일찍 여의시고 아버님이 급사하셨기 때문에, 내실이 정해지지 않은 상태로 당주가 되셨네. 형제도 없어서 집안에 핏줄 하나 없는 외로운 도련님이 걱정됐지만 친척들이 서둘러 혼담을 가져올 것이라고 생각했지.

도련님은 부친의 뒤를 이어 똑같이 반카타의 관직에 오르셨네. 신참이라고는 해도 구미가시라였던 부친에게 은혜를 입은 동료들이 얼마든지 있어서 친절하게 대해 줄 것이라 생각했었네. 하지만 고용 무사들은 우리 일반인들이 헤아리기 힘든 부분이 있지. 나리님이 수완가로 소문났던 것을 생각해 보면, 어쩌면 조직의 우두머

*반카타 番方: 에도시대 무가의 직명. 주군 가까이서 호위를 담당하는 무사다.
**구미가시라 組頭: 에도시대 다이묘(大名 녹봉 만 석 이상의 무가) 조직 가운데 하나인 구미(組)를 지휘했던 우두머리. 반가시라(番頭)는 구미보다 큰 조직인 오반구미(大番組), 고쇼구미(小姓組), 쇼인반(書院番) 등의 우두머리.

리로서 인망이 있었기보다는 아랫사람에게는 엄하고 어렵게 보였는지도 모르지. 그 여파가 도련님에게 왔다고 해야 할지…….

나는 그 자리에 있었던 것이 아니라서 무슨 일이 있었는지는 정확히 몰랐네. 단지 처음에는 아키야마 도련님이 저택 안에서 발광한 끝에 칼부림까지 하게 되었다는 이야기를 듣고 어안이 벙벙할 따름이었다네.

도련님이 칼을 들고 덤빈 상대는 새로운 구미가시라 고노河野 아무개라는 자였지. 주변 사람들이 곧바로 제지해서 큰일 없이 끝났지만, 도련님은 이후에 어쩔 수 없이 할복자살을 하게 되었다네. 아키야마 일가는 선친부터 계속된 불행에 휘말리는 바람에 후세도 정해지지 않은 상태였고, 결국 대가 끊기게 되었지.

그 사건은 당시 마을에도 다소 소문이 떠돌았지만 지금은 기억하고 있는 사람도 별로 없을 것이네. 내가 사람들에게 들은 바로, 도련님은 고노 아무개에게 늘 심한 힐책을 받았고, 그것을 견디지 못해 미쳐 버렸다고 하더군. 그러니까 윗사람에게 괴롭힘을 당하다 못해 결국 인내심의 한계가 왔다는 것이었네. 무사뿐만 아니라 어느 조직에서든 신참은 고참의 괴롭힘 때문에 힘들어하기 마련이지만 그것을 견디어 내고 못하고는 본인의 인내심과 주변의 도움에 달려 있지.

아키야마 도련님은 부친이 살아 계실 때부터 몇 번 뵌 적이 있는데, 부친과 무척 닮은 갸름하고 단정한 얼굴이었지만 어린 탓인지 부친보다 훨씬 여리게 보였지. 외모뿐만 아니라 마음도 여려서 상처받기 쉬운 분이었을 거라 생각했네.

한편, 고노 아무개는 아키야마 나리보다 열 살 정도 어렸지만 가문과 녹봉은 더 높았지. 대대로 구미가시라를 통솔하는 반가시라까지 올랐던 가문으로, 로주*까지 배출할 정도의 명문가였기 때문에 아키야마 나리님이 돌아가시자 수많은 선배들을 제치고 구미가시라 자리에 앉게 된 것은 당연하다고 할 수 있었네. 여하튼 과거 윗사람의 자식이라면 잘 돌봐 주는 것이 통상적이니 보살핌이 지나쳐 예상치 못한 결과가 나온 것은 아닐까 하는 생각도 했었네.

도련님은 저택으로 돌아가도 고독한 몸이었기 때문에 쉽사리 마음을 다스리지 못했고, 결국 발작했던 것이겠지. 난 도련님이 가여워서 견딜 수가 없었지만, 그렇다고 이제 와서 어떻게 할 수도 없던 터라 아키야마 일가의 일을 마음 구석으로 일찍이 쫓아 버렸다네.

그렇게 해서 완전히 잊고 있을 무렵, 아키야마 가에서 출납을 맡고 있었던 곤도 아무개라는 자가 찾아오면서 그때 일을 다시 떠올리게 되었다네. 그때 이후 전혀 만나지 않았는데 지금까지 살아 있을지조차 알 수 없을 만큼 나이가 든 노인이지. 행여 살아 있다고 해도 워낙에 평범하게 생긴 사람이라 우연히 마주치면 알아보지 못할 게야. 여하튼 당시에는 아키야마 가에서 누구보다 자주 마주했던 이라서 갑작스러운 방문에도 그리 이상한 느낌은 들지 않았다네. 하지만 그가 들려준 얘기에는 적잖이 놀랐지.

먼저 도련님의 칼부림 사건은 매번 힐책을 받다가 발작한 것이

---

*로주 老中: 장군에 직속하여 정무를 총괄하고 다이묘를 감독하던 높은 직책.

아니라 확실하게 작정하고 했던 행동이었다고 했네. 곤도 아무개는 그 계획을 듣고 물론 자중하라고 간언했지. 도련님도 일단 참아 보려 했지만 결국에는 참을 수 없었던 모양이었네.

원래는 고노 아무개가 도련님을 괴롭히기에 앞서, 도련님이 그자에게 어떤 의심을 갖고 있었다고 하네.

고노 아무개는 명문가 출신으로 더 빨리 구미가시라에 오를 수도 있었지만 이전부터 품행이 좋지 않은 탓에 문벌로는 아래였던 아키야마 님이 그 자리를 맡게 된 것이었지. 고노 아무개의 좋지 않은 품행은 아키야마 가에서도 입에 올랐던 모양으로, 그중 하나는 예의 요시와라 출입이었네. 꾀병을 부리고는 숙소에서 빠져나가 유곽에 머무는 일이 자주 있었다고 하더군.

아키야마 나리는 근엄하고 자신에 대한 신념도 강한 분이었던 만큼, 분명 상대가 높은 가문이어도 개의치 않고 사람들 앞에서 면박을 주었을 거네. 너처럼 나태한 자는 감찰부에 일러 고부신에 넣어 버리겠다고 위협한 적도 있었던 모양이야. 자네도 고부신에 대해서는 잘 알고 있겠지. 관직이 없는 이들로 구성된 조직으로, 직접 주군을 모시는 무사에게는 더없는 불명예지.

그런데 고노 아무개는 아키야마 나리가 병으로 몸져누웠을 때 의외로 두 번이나 병문안을 왔다고 하네. 로주의 이름으로 약을 주었다고 하는데, 그 가문을 생각하면 당연한 일이라고 볼 수 있었지. 하지만 그 약을 먹고 난 이후 용태는 더욱 악화되었네. 한 번이 아닌 두 번 다 용태가 급변해서, 두 번째에는 독을 탄 것이 아닐까 하는 의심이 들었다고 하네.

처음에는 설마 아무리 그래도 그런 짓까지 할 리는 없다고 생각했다고 하더군. 곤도 아무개는 단지 약이 효과가 없었을 뿐이고, 우연히 상태가 나빠진 때와 시기가 겹쳤을 거라고 말했네. 하지만 우연이 두 번이나 겹치겠는가 물었을 때는, 누구도 그렇다고 대답할 수 없었지.

아키야마 도련님은 취임하자 곧바로 무언가를 캐묻고 다녔던 모양이야. 물론 일개 무사가 로주를 붙잡아 심문할 수는 없으니 하급 벼슬아치를 붙잡아 넌지시 물었겠지. 하지만 그 하급 벼슬아치는 남의 얘길 좋아했던 자라 어느새 고노 아무개의 귀에 들어갔던 모양이야.

그 이후로는 무엇을 해도 힐책을 받을 뿐이었지. 고노 아무개 옆에 있던 무리들은 신참인 도련님에게 일부러 틀린 것을 가르쳐 줘 창피를 당하게 만들었지. 그 자리에 있는 모든 사람에게 웃음거리가 되었고, 고노 아무개에게 경솔한 놈이라고 매일 면박을 받았던 거네.

사죄를 할 때는 모두가 있는 앞에서 양손과 이마를 바닥에 댄 상태로 반나절 또는 한나절이나 앉아 있게 했다고 하네. 견디지 못하고 고개를 들면 "나태한 놈!" 하고 호통을 치며 목덜미를 꾹 짓눌렀고, 다시 더 긴 시간 앉아 있게 했지. 고노 아무개가 부친의 존함을 들먹이며, 아키야마 가는 대대로 겁쟁이 집안이라고 모욕했을 때는 도련님도 도저히 분을 참지 못하고 울음을 터뜨렸다고 하더군.

그 일들을 전부 곤도 아무개에게 들은 것은 아니네. 나는 나대로 후다사시 동료들을 통해 당시 집합소의 분위기가 어땠는지를 여러 가지로 조사했지. 내가 왜 그렇게까지 했는지는 지금부터의 이야기를 들으면 자네도 알 수 있을 걸세.

고노 아무개도 그렇지만, 내가 더욱 용서할 수 없는 것은 고노 아무개 옆에 있던 무리들이네. 그 지독한 처사를 누구 하나 말리지 않고 오히려 따라 하다니 어찌 그럴 수가 있는가. 과거의 은혜는 까맣게 잊고 오로지 제 한 몸 편하자고 힘 있는 자에게 꼬리나 흔들어 대다니 한심해서 눈물도 나지 않네. 흥, 나는 내가 무사가 아니어서 다행이라고 절실히 느꼈다네. 함부로 떠들 수는 없네만 태평성대가 이렇게 오래 이어지다 보니, 선조들이 전장에서 아무리 목숨을 걸고 공적을 세운 무사라고 해도 그 자손은 벼슬아치 노릇이나 하다 근성이 썩어 빠진, 모두 제 몸만 챙기는 좀생이들뿐이지 않나.

고노 아무개가 아키야마 도련님을 괴롭혔던 연유가 자신을 의심했다는 것을 알고 화가 난 것인지, 의심이 사실이었기 때문에 더욱 도련님을 자멸로 몰아낸 것인지 거기까지는 알 수 없네. 하지만 한 가지 확실한 것은 아키야마 가문이 고노 아무개로 인해 멸했다는 것이지. 아키야마 가문에 친척은 있지만 대 자체는 끊겼네. 그러니 고노 아무개가 아무리 악행을 저질렀다고 해도 이제 와서 고발할 사람조차 없지.

이것이 연극이라면 〈충신장〉처럼 곤도 아무개가 다른 하인들을 이끌고 고노 가에 쳐들어가겠지만, 물론 아키야마 가문은 아사노 가문처럼 명문가도 아니고, 곤도 아무개에게 오이시 정도의 기량이 있을 리도 없는 것이 현실이지. 이제 와서 내게 그런 이야기를 들려주는 이유가 뭔지 정말 수수께끼였네.

그리고 곤도 아무개는 내게 이상한 것을 물었네. 후후후, 자신은 젊었을 때 한두 번 가 봤을 뿐이지만 요시와라의 이야기를 상세하게 듣고 싶다고 하더군. 그래서 나는 고노 아무개가 꾀병을 부리고는 요시와라에 눌러앉았었다는 것 때문이려니 했지. 하지만 점차로 물어보는 내용이 묘하게 상세해지더니, 유녀의 살림살이까지 시시콜콜 캐어묻더군. 난 좀 이상한 생각이 들어서 반농담조로 누군가 요시와라에 팔고 싶은 사람이라도 있는가 하고 물었지. 그러자 말 그대로 벌레 씹은 표정을 하며 끄덕하고 고개를 숙여 내가 오히려 놀라지 않았겠나.

기분 탓인지 곤도 아무개가 입고 있는 옷도 후줄근해 보였고, 떠돌이 무사의 고단함이 배어 나왔다네. 설마 딸을 팔 작정은 아닐 거라고 생각하면서도, 혹시나 하고 가족인가 물었더니 그렇지 않다고 대답해서 나도 일단 안심했지. 하하하, 곤도 아무개의 딸이라면 판다고 해도 그리 비싼 값은 매겨지지 않았을 것이니 말이지.

그러더니 머지않아 한 여자아이가 요시와라로 팔려 가는데, 그 아이는 용모도 빼어나고 총명하니까 부디 잘 보살펴 달라는 뜻의 말을 내게 했네. 몇 살인가 물었더니 올해 열넷이라고 하더군. 그 나이는 어중간한 나이이기도 하고, 보살펴 달라고는 해도 아직 먼 이야기라고 생각했지. 하지만 십 년은 눈 깜짝할 사이더군.

아, 맞네. 그때 나는 가쓰라기의 후원자가 되기로 약속했지. 그 이후 음으로 양으로 돌봐 주고 있었다네. 왜 그렇게까지 친절하게 돌봐 줄 생각을 했느냐? 물론 곤도 아무개에게 부탁을 받은 것이 계기가 되었지만, 아까도 말했듯이 나도 나 나름대로 여러 가지를 알아봤기 때문에 도와주고 싶은 마음이 들었던 거네.

몸을 판다는 말을 들었을 때는 당연히 말렸네. 아이가 너무 가엾기도 하고, 아무리 그래도 도리에 맞지 않는 이야기가 아닌가. 하지만 그것밖에는 방법이 없다고 해서 어찌 할 수가 없었지. 유곽에서 처음 그 아이의 얼굴을 본 순간 깜짝 놀랄 정도로 제 아비와 닮았더군…….

숨김없이 말하겠네. 가쓰라기의 모친은 곤도와 같은 가신의 딸로 일찍 세상을 떠났고, 아이가 없는 곤도 부부가 젖먹이 때부터 소중하게 키웠네. 그 모친은 선대의 마님을 모셨던 이로, 마님이 돌아가신 후 아키야마 나리와 관계를 맺게 되었던 모양이야.

그다음은 말할 필요도 없겠지. 가쓰라기는 나리의 아이이며 아키야마 가문의 피를 이어받은 유일한 생존자였던 것이네.

궤변, 억지, 거짓말도 방법

마이즈루야의 반토 겐로쿠가 다시 증언하다

예이, 무슨 용무로. 어라? 당신은 분명히 전에도…… 오, 다노쿠라야의 주인님께서…… 호오, 통속소설을 쓰신다고. 그러면 호가 뭡니까? 오오, 그 유명한 짓펜샤잇쿠* 선생…… 의 제자 고벤샤한쿠의 또 제자 산벤샤…… 아, 예예, 그냥 그 정도로 합시다. 호오, 장래성이 있다고 히라 님이 칭찬을. 그래서 얼마 전 히라 님을 만나서 마이즈루야 소동을 들으셨다는 거군요. 분명 좋은 소재가 될 거라고 하셨다니. 다, 당치도 않습니다. 그 사건은 절대 표면에 드러나서는…… 예? 지금은 이미 완전히 정리되었으니까…… 정말로

---

*짓펜샤잇쿠 十返舍一九: 1765–1831. 에도시대 후기의 극작가, 우키요에(浮世繪) 화가. 그의 대표작 「동해도 도보 여행기東海道中膝栗毛」는 해학소설의 장르를 확립한 작품으로 대중적인 사랑을 받았다.

히라 님이 그런 말씀을…….

아, 예. 그날 밤에 오신 손님은 분명히 히라 님의 지인이라는 전갈이 기교야를 통해서 왔습니다. 원래는 조지야의 단골이셨던 듯, 우리 마이즈루야에는 처음 등루하셨죠. 하지만 히라 님과는 그리 깊은 관계는 아니라고 말씀하셨습니다. 히라 님이 가쓰라기 님을 다시없을 명기라고 후다사시 동료들에게 선전하셨고, 그 말이 돌고 돌아 그날 밤 손님의 귀에 들어가 유곽을 나서기 전에 한 번 만나게 해 드리라고 히라 님이 말씀하셨다는 내용이었습니다.

예? 낙적이 결정된 뒤에도 오이란이 손님을 받느냐……. 하하하, 그야 그렇습죠. 가장 돈을 많이 버는 유녀가 없어지는 것이니, 마지막까지 충분히 봉사하도록 해야죠. 가쓰라기 정도의 명기가 낙적하게 되면 인기 연극배우의 마지막 은퇴 무대를 구경하러 사람들이 몰려오는 것과 마찬가지로, 평상시의 단골은 물론, 이것이 마지막 기회라는 것을 안 손님들까지 밀려듭니다. 그날 밤의 손님도 그렇게 찾아오신 거죠.

평상복 차림이었어도 지체 높은 무사라는 건 한눈에 알 수 있었죠. 게다가 유곽에 익숙한 분이라는 것은 이 계단을 오르는 모습으로 알았습니다. 아, 예. 허리춤의 칼은 보통 히키테자야에 맡기지만 그때는 저희가 맡았던 모양입니다. 뭐라고요? 사실은 이미 대략적인 경위를 들어 돌아가는 형편을 알고서 그 손님을 이 층으로 안내했을 거라니……. 다, 당치 않습니다. 저는 아무것도 몰랐습니다.

예? 이곳에서 지켜보고 있는 제가, 가쓰라기가 내려오는 것을 못

봤을 리가 없으니 거짓말이다……. 아닙니다. 그날 밤은 기루가 엄청 붐볐고, 이쪽에서는 음식이니 뭐니를 들고 계단 위로 옮기는 사람들로 정신이 없었으니까요.

아, 예. 분명히 신조인 하루자토가 앞장섰고, 뒤따라 누군가가 내려오는 것은 봤습니다만, 당연히 젊은 무사려니…… 예? 칼을 차지 않아도 무사인지 알아보는 자가 오이란의 변장을 꿰뚫어 보지 못했을 리가 없다니……. 후후, 그렇게 생각하고 싶으면 그러십시오. 하지만 제게 무슨 이문이 있다고 일부러 못 본 척했다는 것인지.

호오, 사람은 이문으로만 움직이는 것이 아니다, 내가 가쓰라기에게 완전히 반했기 때문에 못 본 척해 주었다……. 아하하, 재미있는 양반이시네. 너무 웃겨서 이거 배꼽이 다 빠지겠군.

과연 통속소설 같은 걸 쓰시는 선생은 생각이 남다른가 봅니다. 열다섯부터 기루에서 일해 유곽을 속속들이 알고 있는 이 제가, 오이란에게 반해 도망가는 것을 봐줬다고는 부처님도 생각하지 않을 겁니다. 하하하, 그렇게 생각해 주시니 오히려 기분이 좋습니다요.

단, 저는 그 소동이 일어난 후에 그 연약한 오이란이 그런 무서운 짓을 해냈다는 것에 감탄한 것은 사실입니다. 그렇지만 제가 더 감탄한 것은 우리 기주였습니다.

도코마와시 사다시치에게 보고를 받고 달려갔지만, 전 그저 덜덜 떨기만 했습죠. 마이즈루야가 문을 닫아도 이상하지 않을 만한 엄청난 사건이었으니까요. 그런데 기주는 분명 얼굴은 파랗게 질렸으면서도 목소리는 의외로 침착했습니다.

마이즈루야가 오늘도 건재한 것은 뭐라 해도 기주 덕분입니다. 그렇다고는 해도 순식간에 그런 판단을 할 수 있다니 믿을 수가 없습니다. 그래서 분명 기주는 하나부터 전부 알고 있었던 것이 아닐까…… 아, 맞습니다. 저도 가쓰라기와 기주의 관계를 의심하고 있습니다.

마이즈루야의 후리소데신조 하루자토가 증언하다

저는 아무것도 모릅니다. 정말이어요. 서방님이 아무리 물으셔도 모르는 것을 대답할 수는 없지 않나요.

오이란은 벌레도 죽이지 못하는 착한 분이셨어요. 손님에게는 하룻밤이라 할지라도 진심과 성심을 다하는 것이 오이란의 도리라고 늘 말씀하셨지요. 단골이 많으셨던 것도 그런 이유여서, 저는 오이란의 귀감으로 우러러보고 있었사온데…….

낙적이 결정된 후부터는 정말로 매일이 즐거워 보이셨고, 저 사람에게는 저걸 주거라, 이것도 주거라 하셨지요. 예, 머리 장식을 잔뜩 받았지만 의상은 대부분 팔아 버리셔서……. 예, 그러합니다. 가짜 손가락을 만드는 오타네 할멈에게.

아, 예. 오타네 할멈이 보낸 물건이 왔던 것은 그날 밤의 사흘 전이었어요. 연보라색 겉옷에는 소용돌이무늬가 있었어요. 그 옷은 지금도 기억이 선명한데, 앞으로도 오랫동안 잊히지 않겠지요. 그 옷을 입은 오이란의 모습이 제가 본 마지막 모습이었으니까요.

그날은 아침부터 이슬비가 보슬보슬 내리기 시작하더니 해가 질 때까지도 계속 내려서 정말로 우울한 밤이었지요. 평상시에는 이쪽에서 히키테자야로 손님 마중을 나가는데, 길이 좋지 않아 가고 싶지 않다며 그날따라 희한하게도 오이란이 억지를 부리셨고, 손님 쪽에서도 역시 희한하게 홀로 등루해 주셨어요.

예? 손님은 어떤 분이셨냐고요……. 글쎄요, 그런대로 나이가 있는 분이었던 것 외에는 딱히 떠오르는 것이 없어요. 히키테자야에서 술을 꽤 드신 듯 얼굴이 새빨갰고, 유녀를 선보일 때에도 계속 술잔만 기울이시며 거의 말씀이 없으셔서.

그보다 이상한 생각이 들었던 것은 중요한 첫 만남의 자리를 오이란이 굉장히 빨리 끝냈던 것이었지요. 반토신조인 소데기쿠 님과 야리테 오타쓰 님에게 그 사실을 말했지만 전혀 상대해 주지 않았고, 모두가 서둘러 객실을 나갔죠. 아마도 오이란과 전부 미리 짰던 것이 분명해요. 그래요, 저만 아무것도 몰랐고, 다른 이들은 모두 한통속이었던 것이죠.

사다시치가 불러서 다시 객실에 들어갔을 때는 손님의 모습은 보이지 않았고, 오이란은 이미 옷을 갈아입고 있었어요. 사다시치는 제가 들어가자 나갔고, 가무로도 부르지 않아서 방 안에는 오이란과 저 둘만 있었지요.

오이란은 소년의 옷이 잘 어울렸어요.

오이란은 "부탁이 있어." 하고 제 귓가에 속삭이고는 그 아름다운 눈으로 가만히 바라보셔서, 저는 설레는 마음에 아무 말도 하지 못하고 오로지 고개만 끄덕이고 있었어요. 제 모습을 본 오이란은 생긋 미소를 지으셨죠.

안쪽 방은 미닫이문이 닫혀 있었어요.

방이 더워서 제가 그곳 문을 열려고 하자 오이란이 앞을 가로막고는 "안을 보고 싶으냐?" 하고 속삭이시더니 다시 생긋. 저는 다시 말없이 고개를 끄덕였고……. 그 이후는, 아, 더 이상 떠올리고 싶지도 않아요.

덜덜 떠는 제 어깨를 감싸 안으며 오이란이 제 귓가에 다시 "부탁이 있어." 하고 속삭이셨던 것은 기억이 나요. 하지만 그 이후의 일은 무엇 하나 확실하게 기억나지 않아요. 저는 단지 오이란이 조종하는 인형이었지요.

마이즈루야 도코마와시 사다시치가 다시 증언하다

아닙니다요, 나리. 소인은 어떤 거짓말도 한 기억이 없습니다요. 가쓰라기 오이란이 이세야의 도련님과 맺어지셨다면 분명 행복하셨을 거라고, 진심으로 생각했던 것을 말했을 뿐입죠.

여자는 자신을 좋아하는 남자와 맺어지는 것이 가장 큰 행복이요, 그것은 지금이나 옛날이나 그리 다르지 않다고 생각합니다요. 하지만 상급 기루에서 오쇼쿠를 할 정도의 오이란이면, 주변의 평범한 여자와는 마음가짐이 다른 것은 당연지사. 연애를 하는 것이 일이다 보면 남자 따위 관심도 없어질지 어떨시…… 뭐, 그런 부분은 본인에게 물어본 것이 아니니 알 수 없지만요. 가쓰라기 님이 평범한 여자의 행복을 버린 것만은 확실합죠. 소인은 지금에 와서 그것이 딱하고 가여워 견딜 수가 없습니다요.

예에? 어디부터 어디까지 알고 있느냐……. 아닙니다요, 그리 깊은 사정까지는 모릅니다요. 그 사건이 있기 전까지는 아무것도 몰랐던 것과 마찬가지였습죠. 하지만 전날에 히라 님이 부르시더니 이런 이야기를 들려주셨습니다.

내일 밤 가쓰라기 오이란의 소문을 들은 무사 한 분이 기교야를 통해 마이즈루야에 등루한다. 이름을 얘기하면 오이란도 잘 아는 중요한 분이시다. 평소에는 주로 조지야를 다니시는 분이니 선을 뵈는 첫 자리는 적당히 끝내고 빨리 둘이 있게 해 주라고 하셨습죠. 그 이야기를 듣고 저는 아하 하고 짐작을 했습니다요.

가쓰라기 님에게는 이따금 이상한 손님이 왔습니다요. 영감과 젊은 무사 둘이 와서는 반드시 사람들을 물리고 오이란을 만났는데, 술도 거의 입에 대지 않고 돌아갔습죠. 손님도 아시겠지만, 요비다시 오이란 정도면 만나는 것만으로도 엄청 많은 돈이 들어갑죠. 그런데 그 손님들이 올 때는 오이란이 자신의 화대를 지불하는 듯했습죠.

처음에는 오이란의 부친이 아닐까 생각했지만, 영감과 오이란의 얼굴은 비슷한 구석조차 없어서 그리 보이지는 않았습죠. 그래서 뭔가 사연이 있으려니 생각하면서도 무가에서 유곽에 사람을 파는 것은 가문의 명예와도 관련된 일인지라, 저는 쓸데없이 주둥이를 놀리지 않고 가만히 지켜보는 것이 제 할 일이라고 생각했습죠. 오이란의 낙적이 결정된 이후, 그 두 사람이 나타나지 않았기 때문에, 히라 님의 이야기를 듣고는 진짜 부친이 모습을 드러내는가 보다 하고 막연하게 생각했습죠.

그런데 말입니다요, 그날 히라 님이 시키신 대로 제가 손님을 마중하러 기교야에 가서 얼굴을 보고는 곧바로 그게 아니라는 것을 알았습죠. 일단 나이는 마흔 언저리로 부친이라고 하기에는 젊었고, 딸을 팔 만큼 가난한 무사로는 보이지 않았습니다요. 펑퍼짐하고 야무진 구석이 없는 얼굴에, 눈썹은 희미하고 눈두덩은 퉁퉁하며, 눈은 여우처럼 찢어졌습죠. 이마와 콧방울은 번들번들하고 입술은 두툼하니 보랏빛이 도는, 헤헤, 보기에도 호색한임을 알 수 있었습죠.

이자는 오이란의 소문을 듣고 마지막으로 즐겨 보고 싶어서 온 자다. 무가의 권력을 등에 업고 히라 님에게 억지로 강요한 게 틀림없다. 오이란은 마지막의 마지막까지 손님을 강요받더니 오늘 밤에는 이런 호색한에게 아침까지 시달림을 당하겠구나. 그렇게 생각하

272

며, 오이란을 더없이 가엾게 여겼습죠. 아니, 솔직히 오이란을 가엾게 여겨지게 할 듯한 손님은 얼마든지 있어서, 꾀병이라는 방법을 사용할 수 없는 것도 아니지만 히라 님에게 부탁받은 중요한 손님에게 그렇게 할 수도 없었습죠.

예, 그렇습죠. 칼은 보통 히키테자야에 맡기지만 히라 님 부탁으로 기루에서 맡아서 안쪽에 있는 칼걸이에 걸어 두었습죠. 나중에 신조 하루자토에게 건넨 칼이 그것입니다요. 아무리 높은 신분이라도 기루 이 층에서는 칼을 소지하지 않는 것이 유곽의 규칙⋯⋯. 아, 지금 생각해 보니 그래서 오이란이 그런 행동을 할 수 있었다는 생각이 드는군요.

아, 예. 야리테 오타쓰와 반토신조 소데기쿠에게도 히라 님의 전언을 확실하게 일러두었습죠. 선뵈는 자리를 대충 해도 손님이 별 불만을 보이시지 않아 안심할 따름이었습죠. 정말이지 그 손님은, 화를 내면 어찌 해야 하나 걱정스러울 정도로 어쩐지 느낌이 좋지 않은 손님이었습니다요. 높으신 무사들은 시골 무사와는 천지 차이라서 대체로 좋은 손님이시지만, 흠, 유곽에 자주 오는 자라고 해도 싫은 놈은 있으니까요. 그런데 객실의 가구 같은 것을 조지야와 일일이 비교하는데, 시끄럽기가 그지없었죠. 오타쓰와 소데기쿠도 빨리 객실에서 나올 수 있어서 다행이었다고 하더군요. 두 사람에게는 히라 님에게 부탁받은 대로, 오이란이 부르기 전까지는 절대 방에 가까이 가지 말라고 일러두었습죠.

낙적 직전에 오이란이 애정 도피를 하는 경우가 전혀 없는 것은 아니지만, 이런 이상한 놈이랑은 설마 그럴 리는 없겠다는 생각에 모두 완전히 방심했습죠. 하지만 히라 님에게 직접 부탁을 받은 저는 조금 신경이 쓰여서 객실 근처에서 복도를 서성거렸습니다요.

그리고 한 시간도 채 지나지 않았을 때였습니다요. 오이란의 방에서 짐승의 울부짖음 같은 소리가 들려서 "무슨 일이십니까?" 하고 장지문 너머로 물었습죠. 그러자 장지문이 살짝 열렸고 곧바로 방 안으로 들어간 저는 다리에 힘이 풀려 엉덩방아를 찧고 말았습니다요. 한심한 얘기지만, 한동안 그 자리에 못 박힌 듯 꼼짝도 할수 없었습니다요.

오이란은 지지미 원단의 속옷을 입고 있어서 그야 이상하지 않았지만, 오른손에 쥔 비수에는 피가 끈적하게 달라붙어 있었습죠. 오랫동안 이 일을 해 와서 자해를 한 유녀나 동반 자살의 뒤처리를 한적도 있습지요. 그래서 안쪽 방에서 배를 시뻘겋게 물들이고 흰자위를 까뒤집고 있는 남자의 얼굴을 봤어도 그리 놀라지는 않았습죠. 하지만 방에 들어가자마자 본 오이란의 그 얼굴만은, 너무도 무서워서 머리에서 떠나지를 않습니다요.

검은 머리카락이 마구 흐트러져 있었고, 분을 바른 얼굴에 피가 점점이 묻어 있던 그 모습은 무시무시하면서도 아름다운, 정말로 야차夜叉의 얼굴이었습죠. 아름다운 야차가 살아 있는 사람의 피를 실컷 마신 후 더없이 만족스럽다는 듯 희미한 웃음을 띠고 있었습죠. 그런 무서운 괴물을 본 것은 태어나서 처음이었고, 두 번 다시 보고 싶지 않습니다요.

가쓰라기 오이란이 그 아름다운 눈으로 가만히 바라보면 뱀의 사냥감으로 찍힌 개구리가 됩니다요. 평소에도 거역할 수 없었지만, 그때는 두려움까지 겹쳐서 무엇이든 오이란이 시키는 대로 할 수밖에 없었습죠. 그래서 먼저 신조 하루자토를 방으로 불렀고, 그다음 밑에서 기다리던 뱃사공을 이 층으로 불렀습죠.

전 정말 무슨 일이 일어났는지 몰랐고, 지금도 잘 모릅니다요. 하지만 하루자토는 실로 대단한 유녀였습죠. 아래층에서 보고 있으니 소년 차림의 오이란을 등으로 가린 채 태연한 표정으로 천천히 계단을 내려오는 게 아니겠습니까. 저는 시키는 대로 죽은 손님의 칼을 하루자토에게 건네주면서 그 얼굴을 뚫어지게 노려보았습죠. 그 모습은 아무리 봐도 처음부터 오이란의 계획을 알고 있었던 것이 분명합니다요. 네? 나리는 그런 말은 듣지 못했다고…… . 앗하하, 그 말을 그대로 받아들이시면 웃음거리가 됩니다요. 예로부터 유녀의 진심과 네모난 달걀은 없는 법이라는 말을 모르십니까?

하루자토뿐만 아닙니다요. 가쓰라기 오이란에게 계획을 들은 이는 그 외에도 많이 있을 겁니다요. 먼저 계단 바로 밑에서 보고 있던 반토가 오이란을 못 알아봤다는 게 이상하지 않습니까. 헤헤, 그 반토는 오이란에게 완전히 빠져 있었으니, 분명 그런 관계였을 겁니다요. 네엣? 본인은 그렇게 얘기하지 않았다…… . 후후후, 유곽의 금기를 깼다고 자신의 입으로 말하는 바보가 어디에 있겠습니까요. 실례되는 말이지만 나리도 어지간히 순진하시군요.

네에? 그렇게 의심하는 걸 보면 저도 오이란과 한 것 아니냐……. 뭐, 그 말을 들으니, 새벽에 한 번, 후후후, 막 잠에서 깨 게슴츠레한 눈으로 바라보셔서. 제가 침소 시중꾼이다 보니 생긴 떡고물 같은 상황이었지만 그런 것까지 따지면 끝이 없습니다요. 여자들도 수상하죠. 하루자토 신조도 분명 오이란의 품에 안겨 여자의 요소를 배웠던 사람 아닙니까요.

아아, 기루의 주인 말씀입니까요? 기주는 분명 계획을 전부 알고 있었고, 오이란이 왜 그런 짓을 했는지도 알고 있을 겁니다요. 그렇지 않았다면 순식간에 그런 판단을 할 수는 없었겠죠……. 넷? 기주도 역시 오이란과 그런 관계였느냐…… 흠, 글쎄요. 그 기주만은 유곽의 금기를 깨지 않았을 거라 생각합니다요. 반토와는 인간 됨됨이가 전혀 다릅니다요. 그렇다면 왜 가쓰라기 편을 들어 주었을까? ……글쎄요, 그것까지는 저도……. 아, 어쩌면 기주는 오이란의 편을 들어 준 게 아니라 히라 님에게 부탁을 받은 것이 아닐깝쇼? 헤헤, 비밀입니다만 기주는 결코 여자에게 흔들리는 분이 아닙니다요. 오히려 히라 님과의 의리를 지켰다고 할까. 후후후, 뭐 남자가 남자에게 반해서 힘을 빌려주었던 것일지도 모릅죠. 히라 님이 왜 오이란에게 그런 짓을 하게 했는지는 전혀 모릅니다만.

여하튼 저는 그때 무엇보다 기주의 판단력에 감탄했습죠. 반토는 덜덜 떨기만 하고 있을 뿐이었는데 기주는 방 안의 상황을 보고 얼굴은 조금 파래졌지만 크게 동요하지는 않았습죠. 그야 태어날 때부터 유곽에 있었다면 온갖 수라장을 봐 왔을 테니 시체를 보고도 놀라지 않을 수야 있습죠. 하지만 죽은 자는 우리 기루에 처음 등루한 무사인 데다가 지체 낮은 졸때기 무사도 아니었습죠. 상급 무사를 우리 오이란이 죽이고 도망간 것이니 당황하지 않는 게 이상한 겁죠.

일단은 초소에 알리려고 제가 일어섰더니, 기주는 "기다려." 하며 조용히 붙잡았습니다요. 기주가 초소에 알리지 말라고 해서 저는 깜짝 놀라 반토와 서로 마주 보았습니다요.

기주는 일단 히키테자야에 죽은 무사의 가명家名과 신분을 넌지시 확인한 후, 무가 연감과 지도를 맞춰 보며 저택 소재지를 알아냈습죠. 그게 말입니다요, 유곽에서는 예부터 유객의 저택에 심부름꾼을 보내는 일이 가끔 있어서, 그 부분에 있어서는 실수가 없습니다요. 그래서 제가 재빨리 전갈하러 갔던 것입죠.

이치가야를 향해 간다가와 강을 거슬러 올라간 것까지는 괜찮았지만, 그다음부터가 문제였습니다요. 무엇보다 장마철 어두운 밤에 저택을 찾아내는 일은 정말이지 쉽지가 않았습죠. 간신히 외등의 문장을 보고 찾아냈지만 문을 두드릴 용기가 나지 않았습죠. 저는 몇 번이나 그곳에서 도망가고 싶었습니다요.

간신히 문지기에게 말을 걸어, 저택에서 가장 높은 고용인의 얼굴을 보기까지가 또 한 고비. 물론 증거로 인로印籠를 가져갔었고, 주인이 고용인을 부른다고 말했습죠. 주인이 유곽에 눌어붙어 있는 것은 고용인도 잘 알고 있어서, 기루에서 뭔가 분쟁을 일으켰다고 생각했을 겁니다요. 그렇게 해서 고용인을 데리고 기루에 돌아온 이후의 이야기는, 부디 기주에게 직접 들으십쇼.

센킨로 마이즈루야 주인 쇼에몬이 다시 증언하다

나는 어떤 거짓말도 한 적이 없네. 하하하, 자네가 이야기 도중에 도망가 버려서 중요한 부분을 못 들은 거 아닌가. 후후훗, 이렇게 다시 얼굴을 볼 수 있으니 기쁘기는 하네만. 자, 이제 모르는 사이도 아니니 어려워 말고 좀 더 가까이 오게. 그렇게 긴장할 거 없네. 아하하, 아무 짓도 하지 않을 걸세.

아아, 가쓰라기가 무가의 딸이라는 것은 들었었지. 아니, 처음부터는 아니네. 오이란이 되기 조금 전에 들었다네. 자네 말대로 다노쿠라야 님에게 들었지. 하지만 들은 것은 그것뿐이야. 뭔가 사연이 있겠다고는 생각했지만, 설마 그런 소동을 일으킬지는 몰랐네. 아니, 아니, 정말로 거짓말이 아닐세. 나도 기겁할 정도로 놀랐고 몸이 떨릴 정도로 무서웠네만 그래도 명색이 기루의 주인, 말하자면 한 나라의 주인이나 마찬가지. 하하하, 아랫사람 앞에서 허둥대는 꼴을 보일 수는 없지 않겠나.

초소에 알려 봐야 해결될 게 없지. 여하튼 상대는 무가 사람이니 하급 포졸이 감당할 수 없는 건 불을 보듯 뻔했다네. 그래서 나는 곧바로 각오를 했던 거네. 물론 아무 일 없이 끝날 거라고는 생각하지 않았네. 사다시치를 보낸 후에는 칼에 맞아 죽을 것을 각오하고, 하하하, 훈도시까지 새것으로 갈아입었을 정도였네. 어쨌든 먼저 방을 조금 정리해야 했지. 아, 그 반토는 도움이 안 됐네. 덜덜 떨기만 할 뿐 아무것도 못했지. 그렇다고 다른 사람을 부를 수도 없었으니 사체 처리는 내가 직접 했다네.

그거 참, 다섯 겹으로 깔린 이불이 조금은 피를 흡수해 줘서 다행이었지만 그 양이 엄청났었지. 가슴부터 아랫배까지 찔린 자국이 몇 군데나 있었는데, 숨이 끊어진 후에도 칼을 꽂았던 게 분명하네. 그 유녀다운 집념이 담겨 있었지.

사체를 포목으로 단단하게 말고, 피투성이 바지를 내 바지로 바꿔 입히기도 하고, 더러워진 이불을 걷어 내는 등 고생은 말이 아니었지. 방 근처에는 아무도 오지 못하게 반토에게 망을 보게 했기 때문에 다른 사람들은 무슨 일이 일어났는지 몰랐을 거네. 아니, 거짓말이 아니라 정말이네. 하하하, 자네도 꽤나 의심이 많은 사람이군.

무가에서 온 자는 주인과 비슷한 나이의 고용인이었지. 그야 이천오백 석이나 되는 봉록을 받는 무가 집안의 고용인은 보기에도 멋진 무사였네. 그래서 나는 바닥에 양손을 짚고 일단 사건의 경위를 얘기했지. 또 거짓말을 했느냐? 하하하, 왜 이런 일이 일어났는지 나도 정말로 모르는데 거짓말을 할 수 없지 않은가. 후후, 단지 유곽에서는 가끔 이렇게 동반 자살을 하는 분이 있고, 유녀의 사체는 먼저 처리했다고 말했을 뿐이네. 아하하, 당연히 그쪽에서도 놀랐지. 아무리 세상일은 알 수 없다 해도, 처음 등루한 기루에서 처음 만난 오이란과 동반 자살을 할 남자가 있을 리 없지. 그렇다고 해도 그쪽에서는 무슨 일이 일어났는지 전혀 알 수도 없으니.

그래서 나는 그자에게 이렇게 말했네. 우리 기루의 오이란이 그쪽의 소중한 주인님을 저세상 사람으로 만든 불미스러운 일은 이쪽

잘못이며, 나는 목을 내놓을 각오를 하고 있다. 하지만 만약 이 사실이 알려지면 가문의 불명예가 될 터인데 어찌하겠나 하고 상대를 강하게 동요시켰다네.

무가는 후계자를 결정하지 않고 주인이 죽으면 대가 끊기게 되지. 따라서 주인이 오랜 병환으로 죽었을 때야 상관없지만, 급사했을 때는 일단 그 사실을 숨기고 후계자 신청을 끝낸 후에 병사했다고 하는 방법을 쓴다고 이전에 들은 적이 있네. 결국 무가에 가장 중요한 것은 체면인 게지.

후후후, 주인이 유곽에서 급사하는 것만큼 체면이 서지 않는 것은 없지. 게다가 동반 자살이든 뭐든, 유녀의 손에 목숨을 빼앗겼다는 사실이 드러나면 그걸로 가계는 단절되는 것이지. 나는 그 사실을 알고 고용인을 협박했네. 무례한 놈이라고 그 자리에서 목을 베도 어쩔 수 없다고 포기하고 하늘에 운을 맡겨 본 것이었지.

아하하, 그랬더니 어찌 되었나. 결국 쌍방 간에 절대 사건을 드러내서는 안 된다고 약조를 한 후, 그쪽에서는 깨끗하게 사체를 받아갔네. 흥, 주인도 주인이지만 하인도 하인 아닌가. 충의는 그저 허식일 뿐, 속내를 말하자면 자신들의 봉록이 없어지는 것이 가장 걱정되었던 게지.

제 몸 챙기느라 급급한 비열한 속성을 보고 나니, 하하하, 나는 내 자신이 괜히 긴장해서 훈도시까지 갈아입은 것이 부끄러울 정도였네. 여차하면 죽을 각오도 없는 자들이 무슨 무사라고. 그런 자들의 위세를 받아 줄 필요도 없다고 생각했다네.

후후후, 그리고 솔직히 말하면 조금 기분이 좋았네. 사람들은 우리를 망팔이라고 부르며 다른 사람 밑이나 닦아 주는 비천한 일을 한다고 생각하지. 그런데 그런 비천한 직업이기 때문에 세상에서 위세를 부리는 무가를 협박할 수 있었던 걸세. 이렇게 유쾌한 이야기가 어디 또 있겠는가.

세상은 유곽이 거짓말투성이라고 하네만, 사실 이곳만큼 남자의 본성이 그대로 드러나는 곳도 없지. 아하하, 그거야말로 이 세상의 진실인 셈이야.

가쓰라기는 약한 여자의 몸으로 그렇게 아름다운 얼굴을 하고 드러난 남자의 본성에 날카로운 칼을 찔렀지. 사체를 보고는 정말로 놀랐네. 처음 본 상대에게 대체 무슨 원한이 있어서 이렇게 잔혹하게 죽일 수 있었는지 의아할 정도였지. 하지만 그건 분명 원한이 아니네. 그 유녀는 아마도 이곳에서 느꼈던 슬픔, 괴로움, 아픔, 분함의 모든 감정을 한 칼 한 칼로 바꾸었던 거라 생각하네…….

흠, 가쓰라기가 지금 어디 있느냐? ……그걸 내가 어찌 알겠나. 하지만 그 유녀가 이곳을 빠져나간 것을 알고도 쫓지 않은 것은, 누구의 부탁도 아닌 내 자신의 결정이었네. 그렇게 큰일을 저지르다니, 기특한 여자라고 칭찬해 줄 수밖에 없지 않겠는가.

하하하, 맞네, 맞아. 나는 마음 어딘가에서 분명 그 유녀를 좋아하고 있었던 모양이네.

감찰관 호쓰타 유키에

하하하, 그렇군. 요시와라에는 거짓말쟁이들뿐이라서 애를 먹었다는 말씀이시군. 하지만 가장 큰 거짓말쟁이는 그쪽이 아닌가. 결국 아무도 눈치채지 못했다는 말인데…….

아니, 그렇지 않네. 후다사시 다노쿠라야 헤이주로라는 자는 자네가 어떤 사람인지 꿰뚫어 보고, 일부러 가명家名까지 전부 밝혔을 걸세. 그렇게 해서 관아의 심판을 지켜보겠다는 속셈이 분명하네.

쇼인반*인 구미가시라 고노 슈리가 뜻밖의 죽음을 맞아 후계자 상속을 청한다는 내용의 상신이 와카도시요리**인 미즈노 부젠노카미 나리에게 도착한 게 벌써 석 달 전이지. 뭔가 좋지 않은 소문이 들려서 보류했고, 위에서 하문이 있었던 차에 자네에게 몰래 동태를 파악하도록 유곽에 잠입시킨 것이네만 이야기를 들은 지금은 단지 기가 막힐 따름이군. 같은 직속 무사로서 실로 부아가 치미는군.

이 사실을 미즈노 나리에게 아뢰면, 고노 가문은 바로 대가 끊길 게야. 설사 그 가문의 로주가 이를 막으려고 한다 해도, 우리는 장군께 직접 진언을 허락받은 이들이니 그때야말로 그 권한을 이용해 정정당당한 재판을 요청해야 할 걸세.

천 길 방죽도 개미구멍 하나로 무너진다는 말대로, 어떤 일이든 윗사람이 똑바로 하지 않으면 만민에게 경시를 받을 것이고, 마침

---

*쇼인반 書院番: 에도시대 장군의 직속 친위대.
**와카도시요리 若年寄: 무가의 직명. 로주(老中) 다음 지위로 장군에게 직속되어 정무에 참여했다.

내는 막부의 주춧돌이 깨져 나라가 위험해지지. 상인들의 이야기를 듣고는 무엇보다 그 일이 걱정되었네.

　사실의 진위가 밝혀지지 않으면 아키야마 가의 재건은 어렵겠지만 만약 그럴 수만 있다면 아낌없이 힘을 쏟겠네. 아비와 오라버니의 복수를 멋지게 해낸 아키야마 가의 영양슈嬢, 아니 요시와라에서 가쓰라기로 불렸던 오이란을, 하하하, 나도 한번 만나 보고 싶을 뿐이네.

유곽 안내서

초판1쇄 발행 2016년 11월 6일
초판2쇄 발행 2017년 10월 2일

지은이 | 마쓰이 게사코
옮긴이 | 박정임
발행인 | 박세진
교   정 | 양은희, 윤숙영, 이형일,
표지디자인 | 허은정
용   지 | 두송지업
인   쇄 | 대덕문화사
제   본 | 자현제책사

펴낸곳 | 피니스 아프리카에
출판등록 | 2010년 10월 12일 제25100-2010-000041호
주소 | 06593 서울시 서초구 반포동 47-5 낙강빌딩 2층
전화 | 02-3436-8813
팩스 | 02-6442-8814
블로그 | www.finisafricae.co.kr
메일 | finisaf@naver.com

책값은 뒤표지에 있습니다.
파본은 구입하신 곳에서 교환해 드립니다.